U0943756

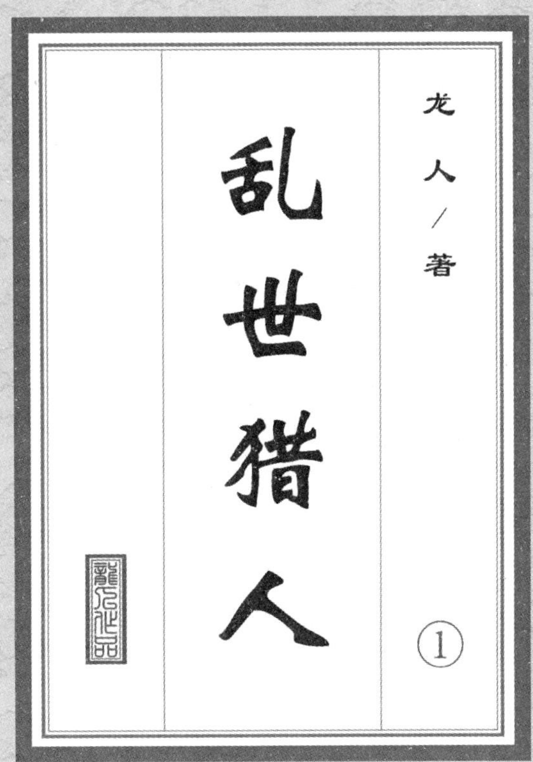

二十一世纪出版社集团
21st Century Publishing Group
全国百佳出版社

图书在版编目（CIP）数据

乱世猎人 : 全 14 册 / 龙人著 . -- 南昌 : 二十一世纪出版社集团 , 2017.10

ISBN 978-7-5568-3104-3

Ⅰ . ①乱… Ⅱ . ①龙… Ⅲ . ①长篇小说—中国—当代 Ⅳ . ① I247.5

中国版本图书馆 CIP 数据核字 (2017) 第 243763 号

乱世猎人：全14册 龙 人 著

责任编辑 敖登格日乐
出版发行 二十一世纪出版社集团
（江西省南昌市子安路75号 330025）
www.21cccc.com cc21@163.net
出 版 人 张秋林
经 销 新华书店
印 刷 北京龙跃印务有限公司
版 次 2018年2月第1版 2018年2月第1次印刷
开 本 710mm × 1000mm 1/16
印 张 224
字 数 2327千
书 号 ISBN 978-7-5568-3104-3
定 价 700.00元（全14册）

赣版权登字—04—2017—746
如发现印装质量问题，请寄本社图书发行公司调换 0791-86524997

目　录

楔　子

风，吹得很轻，轻得有些像掀开新娘子红盖头的手，温柔得让人有些心醉。

这是一个很不协调的世界，绝对不协调，不协调之处，便在于这风！除了这轻轻的风那虚假的温柔外，一切都显得是那般残酷而悲凉。

空气之中，不能掩饰的是一种伤感的味道——血腥味，很浓、很浓，这连续吹了几个时辰的风，犹未能散去的血腥味，使任何人都感到一阵心悸。

让人心悸的还源于天空中悲鸣、嘶叫的寒鸦。太阳的光彩并不很明显，其实，今日的阳光很好，只是在这一片天空之上似是昏暗一片而已。那是数不清的寒鸦之功劳，那些灰暗的翅膀，似是死神的阴影。

在死神的阴影下，是满山遍野的尸体，这是人的尸体，天啊！这是被人杀死的人的尸体。

一具具，横七竖八地躺着，绝对找不出半点规律，就像那丢弃于满地的兵器一般，已经失去了应有的生机。

那几辆破败的已成碎木的辎车，在冒着淡淡的青烟，这的确是几辆已经被破败得不能够用的辎车。唯一留有一点形状的，大概便是那两只高大的轮子。车身像那拉车的战马一般，软塌在地上，破败的旌旗，在地上横倒着，似乎告诉了人们一个难以描画的悲剧。

人世的悲剧、生命的悲剧、死亡的悲剧、战争的悲剧！

第一章　生死之界

风依然很轻，依然很柔，只是把那渐升的轻烟吹得斜了一些，斜得有些像妇女们弯曲的腰，那淡淡的阴影，竟能与地面上已流成溪水的血渍融合！这或许是一个偶然，是一个可悲的偶然。

血并未完全干枯，那是满天寒鸦更加的残缺，几株叶已凋零得差不多的树，立成一种黯淡的凄惨，伴着鸦雀，在微微的秋风中被血腥熏得瑟瑟发着抖。

“呱呱……”地上的寒鸦突然一阵骚乱地掠飞而起，连带着那些胆小的乌鸦也全都飞上了天空。

天空显得更为黑暗，蒙上了一层凄惨的阴影，到处都是乌鸦的翅膀，天——是乌鸦的天；地——是失去了生命的尸体的表演场。

不，似乎还有一具尸体是没有完全失去生命的，既然没有失去生命，那就不能叫做尸体！的确，那不是一具尸体，他还活着，便是他惊起了那满天的寒鸦。

惊起满天寒鸦的，其实是那只带血的手，那只手像是刚从血里捞起来一般。

在这地狱屠场的世界中，那双带血之手的确显得有些单薄而微弱，他在地上缓慢地移动着有些颤抖的躯体。

似是在寻找什么，是在找刀？对了，是在找刀。不知道是谁的刀，但这把刀看上去很好。好，只是一种感觉，是一种浓烈若酒的杀意自然而然地从刀身上散发出来，那或许是因为刀身上满是血渍的原因，能杀人的刀就是好刀。

不知道是多少人的血才洗炼出这柄刀，而此刻刀却不是用来杀人，而是用来手拄，像拐杖一般地手拄，撑起那不是很高大，却异常惨烈的身体。

血渍似乎已在他的脸上凝成了一种永恒的伤感，那紧披的战甲已经辨不出本色，唯有一片殷红，红得有些刺目！是他自己的血，也有别人的血，而那殷红的战甲之上插着一柄刀，似乎不是很深，至少那刀仍有大半在体外。

这或许便是他仍没有死去的原因之一，但这种深度却不是常人所能支持的，更可怕的是他身上的另外几处伤口，已把战甲的大部分划开，成了一种永恒的惨烈。血依然在流，不过被沾上的泥土堵塞之后，阻住了不少宝贵的血，可他还活着，就不得不说是一个奇迹了。

没有人知道他会不会在下一刻死去，那些并不重要，重要的是此刻，他仍活着，在他的身旁有一颗已经冰凉的心，人心，血红的，很恐怖。那是躺在他身边的那个胸膛已经开裂之人的，刚才就是他那只抓刀的手，从对方胸膛之中顺便带出来的战利品。

对方的战甲似乎并未能保护好自己的胸膛，这不能说不是一个悲哀。但显而易见，这站起身来之人胸口上的一柄刀正是那无心者的杰作。任何人都可以想象到，这是如何一个悲惨而残酷的结局，这或许正是战争的本质。

风，依然在吹，轻轻地吹。掀动着那缓缓站立之人的头发，散乱的头发，使那本来就恐怖无比的血脸更为阴森，但却没能阻止这人站起来之势。

他的一条腿，依然跪在地上，光凭一柄刀，似乎还无法完全支撑住他的身体。毕竟，他能够活下来已经是一个不错的奇迹了。

睁开的眼睛带着一种痛苦而怆然的神色，这是战争唯一能赐给战士的东西。

地上，依旧躺着一具具死状各异的躯体，也有人像他那样，半立着，那是拄旗者，没有倒下，却似乎立成了一座永恒的丰碑。

活着的，只有他一个人，至少到目前为止，只有他一个人爬了起来。

他露出了一个比哭更难看的笑容，却已经无力笑出声来，或是哭出声来，也许是怕惊扰了身边这些死去的忠魂。

冷冷地望了周围那些相互枕卧的尸体一眼，他长长地吸了一口气，却使伤口一阵抽痛，脸也变得更为扭曲。

刀鞘便在不远的地方，被压在一具尸体之下，但这并没有阻止他拿回刀鞘的想法。

这柄刀已经追随他十多年，人是有感情的，虽然已被这残酷的战场麻木了，可在心底，多少也藏了少许的温暖，在这人情淡薄、世态炎凉而又残酷的世界之中，唯一真正的朋友便是这柄刀，这柄不知饮了多少鲜血的刀。

忆起在十三岁之时便以此刀杀马贼黑风，十五岁再以此刀征服太行群盗，而十几年的戎马生涯，却落得如此下场，不仅仅是刀伤，连心头也伤得很沉重。

寒鸦飞旋，或是畏于这柄刀的杀气，它们竟没敢逼近刀旁所在的尸体。

伤者，拖着沉重的脚步，从那沉甸甸的尸身下，抽出这唯一能和这刀配套的刀鞘。

鞘身很古朴，古朴得有些像是刚出土两千年前的文物，那种雨花石般的淡素流纹，让人的心为之震颤，伤者的心也颤了一下，但并不是因为雨花石般的流纹，而是因为两个古篆体的大字。

那是他师父的字，也是他的名字，不是很好听的名字——“蔡伤”，那年，师父将这柄刀给他时，他才十岁，但也就是在那一刻，他明白，从今以后，蔡伤便再也不会与这柄刀分开。这柄刀，便是他的生命，他要像爱惜生命一般爱惜这柄刀，就因为刀鞘上有他的名字，更不能埋没了这柄刀。

他的确没有埋没这柄刀，就像他的人一样，其实，当他十岁那年将刀第一次握在手中之时，便知道自己绝对不会被埋没，但到头来却又是些什么呢？他有些困惑，生命难道便只有在这种无休止的战争中才能够完全体现出自己的价值吗？难道终结别的生命，便是人唯一的使命吗？

蔡伤在风中静立着，像一株枯了的树。

他在想什么呢？他又在期待什么呢？或许是在想道安和慧远（中国早期佛教史上的大师）所宣扬的“兜率净土”和“西天净土”那种美丽的境地。

“天地虽以生者为大，而未能令生者不死；王侯虽以存者为功，而未能含存者无患”，蔡伤低低地叨念着慧远当初的这句话，不禁仰天一阵悲怆地低啸。

寒鸦一阵乱舞，扰得空中骚乱一片，阳光在寒鸦的翅膀的缝隙之间，洒下斑斑点点的光润。

今日，是个很好的天气，连蔡伤都无法否认这一切。

洞中还算干燥，却显得有些黑暗，不过，有个栖身的地方，已经不是很坏了，洞中的烟味仍未完全散尽。早知道里面没有毒蛇猛兽，就不用费这么大的劲用烟熏了，蔡伤这么想着。

的确很累了，能找那么多干枝、柴棒便不是一件容易的事了，这当然是对蔡伤来说。甚至他的胸口又渗出血来了，毕竟，伤势也太重了，他已经没有能力走远。因此，他只能在这个还算干燥的山洞中陪伴着这些伤感的孤独度过可能是漫长的一段岁月。不过幸亏每一位死者身上都带有少量的干粮，至少他所带领的战士身上有，这些死者的口粮，足够他饱饱地吃上一个月，有一个月时间，他自信可以恢复过来，但外面的世界将会发生怎样的变化呢？在这种战乱纷繁的年代，的确没有人敢想象明天会是怎样一个场景。

洞口的草丛并未完全枯萎，刚好为这个洞的存在提供掩护，所剩下的，便是去山林之间拿一堆落叶和枯草来，再把那有些破的旌旗，借用一下，便是一张比较舒适的床了。更重要的是，去寻找一些草药，在这只有一个重伤者的世界中，一切都显得是那样困难和艰巨。

蔡伤不敢寄望有人能够经过这里，在这方圆数百里，或许不到百户人家，全因为这战乱。这的确是一种悲哀，没有一种安定的生活，甚至不知道家在何方，时刻在担心生命安危和温饱问题，是如何痛苦悲哀。

不知该怪谁，怪谁都没有用，谁也改变不了这个现实，就因为没有人可以改变人类侵略和占有的本性，除非这个世界真的变成了西方净土——极乐世界。

这是让人心酸的一个月，让蔡伤心酸的是那群狼和那没有生命的尸体。

那曾是战场上出生入死的兄弟，可却在这一个月之中，眼睁睁地看着狼群和乌鸦啃光他们的肉，剩下光秃秃的骨头，这是何等的可悲！何等的心酸！

蔡伤没有死，但他的心却已死了一半，看透了这人世的悲怆和现状，的确会有心灰意冷的感觉。

这一个月，他想了很多，从来都没有这样用心地去想，更没有像这一个月一样，望着人死去而想人生幻灭的问题及生命的意义。

他变了，变得像秋风中的枫树，能够表现的只有沉默，像他的刀一样沉默。

在伤好的这一天，他记不起是哪一天，在他的脑中只有日出日落，并没有时间的概念，因此，他不知道现在是哪一天了。但不管这是哪一天，他用那块破旌旗十分慎重地把手中的刀包扎好。

不知道包扎了几层，但很紧，也看不出刀的本来面目，那带血的战甲，他也很庄重地折叠好，然后挖了一个坑，不是很大的坑，却是在被他亲手埋下的几名战士的浅坟旁，将折叠好的战甲缓缓地放入坑中，似乎很伤感，因为他盖上土的动作是那样深沉而轻柔，像是怕惊走了一场凄美的梦，但那战甲终究是埋入了土中。

蔡伤重重地跪下，就跪在那埋葬战甲的小坟前，那样虔诚，那样怆然，其中竟隐含泪光在映射。

那被旌旗包扎的刀，便横在小坟前，像是贡品，而蔡伤更像是一块墓碑，那挺直的腰身，那有些破旧的衣衫皱褶成了永恒的沧桑。

蓝蓝的天空，淡淡的白云，鸟在轻轻地唱，风，吹出秋天特有的色彩，而蔡伤的双目竟在刹那间深邃成了天空深处看不见的寒星，似是对生命的一种明悟，但他并没有出声，那一切全都是多余的，没有任何语言比沉默更生动。

蔡伤并不老，也不是很帅气，但却有一种来自骨子的气势，而这正是沉默的内涵，正若那遍地的白骨所蕴涵的凄惨一般。

静静地跪了差不多一盏茶的时间，他立起身来，捡起那包裹得很好的刀，头也不回地向山林深处走去，陪伴的，唯有背上的大弓和两壶羽箭，这是没有被敌人带走的东西。

这一路上，梁军设立了很多关口，萧宏的确下了很大决心要北伐，蔡伤心中好笑，好笑梁武帝萧衍真是糊涂加三级，居然选用如此胆小怕事之人任主帅。不过他心中却有些苦涩，他没有笑的资格，败在昌义之的手下，虽然是孤军无援，却终归是败了。他有些恨朝廷，明明可以出师救援却断不出兵，这的确是让他心痛和寒心的地方。

他很明白，这是谁在弄鬼，毕竟自己是汉人，在拓跋家族之中始终只是个奴才，他有些怀念孝文帝，可惜却未完大业而去。他此刻并不想去惊动梁军，那是最不理想的做法，因此，他必须绕山路行，越是偏僻之地越好，他要去的地方，是风台，转走正阳关，他现在最想做的事，是让家的温暖和妻子那温柔的手抚平他心头的伤口。

“嘚嘚嘚……”一阵迅疾的蹄声从远处传来，使本来很宁静的山林那种自然的宁和全都撕碎了。

“想不到这山道，也有人马经过。”蔡伤自语道，同时身子迅速缩至一丛不是很密聚的灌木之后，像一只魔豹般静候经过的猎物，目光一动不动地注视着那小山道的另一头。

马匹不多，三骑，他一眼便知道这是梁军的信使，其实他早就听出只有三骑，所以他已准备好了羽箭，只要不是自己人，便夺上一匹马，省一下自己的脚力。让他奇怪的是，这几名梁兵，如何知道这种山林近路呢?

不过他已经没有必要考虑，第一名骑者已经进入了他的射程。

蔡伤拉弓的动作太快，那满月般精彩的弧度让人产生了一种错觉。

在弓弦之声传入耳朵之时，那第一名骑者的咽喉已经多了一件东西，那便是一支羽箭。

在惨叫声传入蔡伤耳朵的同时，蔡伤听到了两声怒喝，也是他第二声弓弦响起之时。

“叮!”那第二位骑马者竟以刀斩开了那支似幻影的劲箭，而第三名骑者却早已把身子藏入马腹。

这两人武功之高，完全出乎蔡伤的意料之外，在梁军的信使之中，居然会有如此好手。

“嗖、嗖!”两支劲箭电光般射掠来。

蔡伤一闪身，那柄被包好了的刀一横。

“叮、叮!”两箭全都射在刀鞘之上，蔡伤有些骇然，暗自庆幸一开始便射死对方一人，否则还真不知如何应付那第三支箭。

这三名骑者，似乎是非常擅于配合，两支箭所选的角度的确让人应付起来有一种手足无措的感觉，通过这两个角度，蔡伤想到了第三个角度，那绝对不是一个好对付的角度。蔡伤几乎可以肯定，若那第一位骑者不死的话，定由他来担这个角度的执箭人。

已经没有转余之地，剩下的必须是近身的搏斗，因为那两人已带马冲了过来，若用弓，绝对来不及发第二箭。

蔡伤绝对不是一个软弱的对手，至少，对敌人不会手软，刀终还是出鞘了，可是对方的来势更凶猛。

第二位骑者竟从马背上飞跃而下，借着坐骑那快速的冲力和自己身体的重量向蔡伤扑过来，像是巨雕在扑食弱小的兔子。

蔡伤看到了一点闪烁的金光，那是金牌，绝对是，蔡伤此时才恍然，这三人竟是梁朝金牌信使，难怪会是一群比杀手更可怕的狂人，不禁暗呼倒霉。只可惜已经没有逃避的余地，唯有将这两人杀死一途，但他知道这绝对不是一件很简单的事，不过他却知道一条，他们是在行使最重要的任务，绝对不会对自己死缠乱磨。

蔡伤的身形疾退，双脚在身后的双杆上一点，斜斜地避开这凌厉无比的一击。

“轰——”地面承受着这汹涌的劲气一击，泥土和草全都爆射而散，显示出那可怕的杀伤力。

“咦!”那名金牌信使对蔡伤能够避开他一击，似感到有些惊讶。

“铿!”蔡伤身形一挫，他总还是避不开第二名金牌信使那全力一击，不过却并未能让他受伤，可是却让他的刀出了鞘。

那隐隐泛有血丝的刀身，自然而然地散出一种可怕的杀气，再加上蔡伤那浓浓的杀意，使得山林间的空气变得沉重起来。

那空中倒翻而出的金牌信使也不是很好受，蔡伤的反震力，几乎让他心浮而涌。

“你是蔡伤?”那第一名信使一见那柄隐隐泛起血丝的刀惊问道，同时手中的刀也变得无比凝重。

“蔡伤，你还没有死?”那与蔡伤交换过一刀的信使重重地落在地上惊问道。

蔡伤有些得意地望了手中的刀一眼，语意很冷淡地道：“昌义之还没有那个能耐。”

“哼，想不到堂堂蔡大将军竟也会躲在暗处放冷箭，真叫人大失所望。”那最先认出蔡伤的人神色间竟真有失望之色。

“在这个世上，有几个光明正大的人能活得长久?今日，是我蔡伤教了你一课，这一切都是世俗教给我们的，适者生存!”蔡伤声音也很冷地道。

“我彭连虎今日受教了，看来这个世界上真的已经不再存在那种真正的好汉了，就算刀道再高又能如何。好，便让我来领教一下闻名北魏的大刀客吧。”那先攻向蔡伤的信使很淡漠地道。

“你便是彭连虎?”蔡伤也有些惊异道，因为他早在半年前便听说梁朝出了一名年轻的刀客，几乎是战无不胜，却没想到竟成了梁朝的金牌信使。

“不错，这位便是我师弟冉长江，没想到蔡将军会听过我的名字，我很高兴，能够挑战更高的对手是我彭连虎最大的愿望。”彭连虎目光中射出狂热之芒，声音却平静无比，让人清晰地感觉到他的心底似乎有一潭无波的水。

“可惜却成了金牌信使，成为别人一只棋子。”蔡伤不屑地道。

“哈哈……好，这不像是一句话！”彭连虎不怒反笑道。

蔡伤一愕，想不到彭连虎的反应会是如此，心底隐隐感觉出这名金牌信使的确很特别。

“师弟，你先走，我若一天内未到，便是已经死在蔡将军的刀下，不必为我难过。”彭连虎淡淡地向冉长江道。

“师兄，让我们一起将他宰掉，顺便带给临川王。”冉长江狠狠地瞪了蔡伤一眼沉声道。

“难道你不明白我的脾气？”彭连虎有些不高兴地道。

冉长江似乎对这位师兄很敬服，也不再说话，只是翻身上马，向蔡伤怒瞪一眼，淡淡地道：“我知道怎么说，师兄请放心。”

“很好！”彭连虎赞赏地道。

蔡伤更哑然，像看一个怪物般打量着眼前的彭连虎，淡笑道：“难道你不觉得吃亏吗？”

“怕吃亏，我也不会独自留下来。”彭连虎豪迈而傲然地道，一副不把生死放在心上的架势，使他那年轻的脸鼓胀着一种异样的生机和魅力，那野性和悍劲充分地展现在每一根神经之中。

蔡伤心中竟有一种相惜的感觉，不解地道：“我真不明白，以你如此人物，为何甘心做一个金牌信使，虽然可使身份特殊，受百官敬畏，又有什么大不了！”

彭连虎哂然一笑道：“我并不是像其他信使一般，我的身份是自由的，可以随时退出这个组织，连武帝都不会管我，但武帝乃是当今世上最值得人尊敬的皇帝，为他做事，我并不强求什么，这便是我的个性。”

"很好。你的确是个很好的对手，这个世上能让人欣赏的对手不多，你可以算是一个，我就让你真正来见识见识我北朝的刀法。"蔡伤傲然而平静地道。

"你是汉人，不应该是北朝的刀法，应该是我汉人的刀法。"彭连虎冷冷地道。

"天下本一家，我身在北朝，也便是北朝的刀法，这和民族并没有关系。"蔡伤有些固执。

彭连虎似乎大有怜悯之意地摇了摇头，目光中有些惋惜之色道："我真不忍心对你说实话，你根本就没有必要回'正阳关'。"

蔡伤心中升起一丝不祥的预感，也就是在这时，他的眼前亮起一道似波光的屏障。

那是彭连虎的刀。

刀好，刀招更好，更不会有人敢怀疑他的气势和掌握时机的本领差。

感受最深的，仍是蔡伤，因为他正在那怒涛般汹涌的气势锋端。

刀气似乎想要将衣衫全部割裂，在皮肤上形成一圈圈流动的气旋。

这是彭连虎的刀，比这更精彩和可怕的却是蔡伤的刀，像残虹又像晚霞，在虚空之中亮起一幕凄艳和血腥。

这便是蔡伤的刀，其实蔡伤的刀并不仅是如此而已，蔡伤的刀无所不在，无所不是，就像那吹过的萧瑟的秋风，弥漫在天空的每一寸空间。

刀便是刀，刀正是生命另一种形式的表现。的确，这一刀已经完全融合了蔡伤所有生命的激情和势力，也只有这样，才真正可以称得上是一位好刀客。

"铿!"两柄刀竟很巧妙地在虚空中交合，这不是一种偶然，蔡伤已经完全掌握了彭连虎这一刀的轨迹，虽然在心灵之间有一丝空隙，但在对方刀风及体之时已经完全进入了另一种境界，这是一个高手天生的本能，在生与死之间，才能够真正展现一个人的生命的顽强，而蔡伤更是用以不变应万变的规则，因为他知道，在力道之上，他绝对不会比对方差。

彭连虎躯体一震，目中的光彩更加炙烈和狂放，像是一只初逢劲敌的雄鸡，他想不到对方竟如此厉害。

“果然厉害！”彭连虎低喝一声，一声长啸，刀又若狂潮般翻卷而来。

蔡伤心头暗骇，彭连虎的武功之好也大出他的意料之外。看来外面所传的并不是假话，以自己在北朝的实力，除了尔朱家族中有限的几位高手之外，几乎不可能有胜过自己的，能够胜过他的同一辈高手中，只有尔朱荣一人而已。可在这里竟遇上了如此高手，若在平时，他定非常高兴与对方一战，不过此时早已失去了那种争胜之心，但潜在的战意却被蜂拥的刀气所激发，不禁冷哼一声，刀竟突然消失。

刀竟然消失了，在这最要命的时刻竟然消失了，彭连虎心中的惊异是不可言喻的，但他的刀，必须出击，对待敌人，绝对不能有半丝柔情，更不能有半丝迟疑。生命在高手相争之中表现的正是那眨眼间的光彩和魅力，这是没有人可以改变的事实，所以彭连虎虽然惊异，仍然以最快的速度出刀。

一切似乎全都在蔡伤的意料之中，在冷笑之中，一道血焰般残虹从平地升起。

那正是蔡伤消失踪影的刀，他的刀以一种无法理解的角度和弧度，竟从自己的胯下滑出，这几乎是所有刀手都认为的出刀死角，可蔡伤的刀却正是从这出刀的死角奇迹般地击出了一刀。

像残虹凄霞的光彩，给虚静的空间创造了一种无比浪漫而狂野的气氛。

彭连虎的面色好难看，虽然蔡伤这一刀与刚才拦截的那一刀看起来并没有什么不同，可他却清楚地感觉到，对方的刀气和战意已经破开自己那层层封闭、狂潮一般的网，进入自己最受影响的空间。而对他构成了难以想象的威胁，他根本就没有想到居然会有人能够从这种角度出刀，在他的眼中，他的师父已经是最好的了，而他直追其师，几有青出于蓝之势，但蔡伤的刀的确太可怕了。

在电光火石之间，他想到了一个人，那是他师父曾经提到的一个人，一个可以从死角出刀的人，可他已来不及想起对方是谁，蔡伤的刀势几乎已经完全压制了他。

刀芒在彭连虎的眼中不断地激散，不断地扩大和变幻，形成一种像开满红杜鹃般凄美的色调和生命的动感。

彭连虎不得不退，他这一刀还未曾完全击出，但必须退，这是已经没有选择的决定，否则结局只有一个，那便是死。

彭连虎当然不想死，所以他只能选择退，乘蔡伤的气势还未曾完全笼罩自己之时，以比出刀速度更快的速度爆退。

高手毕竟不是匹夫，不会逞匹夫之勇，能屈能伸才会使一个人成为真正的高手，才能活得潇洒，才能有机会吸取教训让自己更好地突破自身。

彭连虎便是高手，他更知道如何保护好自己，生命是一切的本钱，在明知不可为的情况下，绝不会做一件蠢得要死的事。那是对生命的一种浪费和污辱，一个勇者，一个敢拼死之人，往往最懂得生命的真谛。

蔡伤对彭连虎能在如此短的时间中作出如此快的反应和果断的抉择，的确有些欣赏，但欣赏是欣赏，决定命运的却是刀。

唯有刀才能够决定一切，至少在这场比武之中，刀，有着如此重要的地位和作用。

天地在刹那间，竟似乎给这无比绚丽的刀芒引入了一种宁静而死寂的世界，至少蔡伤和彭连虎的感觉就是这样，听觉似乎完全失去了作用，而整个世界全都变成了一种向外无限散射的异彩。

这是什么武功？这是何种刀法？没有人知道，连蔡伤也不知道，虽然是他从死角中出的一刀，但蔡伤却有一种感觉，那是一种无限爆绽生命力的表现，在他的心中明白，这或许并不叫作招，不能算是任何刀招，这只是一种生命魅力和生机狂野的舒展。

在世界上，最厉害的并不是杀人的招，而是强烈的生命激潮。那强烈的生命力可使一切生命全部摧毁，这正像一个一顿吃了一千斤大米饭的人，要么是不可能，要么便是死路一条，任何事都有一个限度，超过了限度所产生的副作用比未达到限度的破坏力更大。

虽然蔡伤这一刀未能达到这种效果，可是这已是不可否认的最可怕的攻势。

蔡伤的刀芒像烟花一般狂涌激射，彭连虎发出一声闷哼，很沉重的闷哼。

天地在一刹那间完全恢复了静寂和应有的安宁。

风，依然轻轻地吹，偶尔有一两片孤零零的枫叶，打着旋儿告别那让它成熟的枝桠。

蔡伤静静地立成了一株高大的树，这是彭连虎的感觉，与刚才那种狂野地绽放生命魅力的蔡伤几乎成了两种极端的形象，不可否认，他有着十分独特的魅力，那种宁静若深湖的气质，几乎让人怀疑这是不是一个可怕得会让猛虎战栗的绝顶高手。

蔡伤的刀已在鞘中，不知道是在怎样的情况下是在什么时候，让这柄刀进入刀鞘中，反正，在那绚丽的几乎充满彭连虎整个天地的异彩消失之时，蔡伤的刀已经在鞘中。

彭连虎当然没有死，死人绝不会再注意别人的刀在什么地方，但彭连虎却受了伤，在胸口，有一道斜斜、细细、浅浅的刀痕，是轻伤。但这刀若是深三分，可能会让别人从刀口的裂缝中看见心脏，或许是已经被切开的心脏。

鲜血，只是在刀痕之外凝成一串细碎的血珠，并未流下来，但衣衫却有些微红，没有鲜血染不红的衣服。

“多谢你手下留情，我还是败了。”彭连虎目光中毫无悲切，却有着说不出的感激和敬服，脸色有些苍白，显然刚才那种惊心动魄的场面，在他的心中早已烙上了一个很深很沉的印象。

“这只是因为你的根基很深厚，便是我全力想杀你，也不可能用这一刀要你的命。不过，你的确是特别的人，也是个人才，更是一个潜力无限的高手，相信你会有一天超过我的。”蔡伤语言中多了几分恬静和安详。

“很谢谢你能看得起我，我定会好好记住你的话，你便是我的目标，有机会，我还想向你讨教。”彭连虎在敬慕之中仍不失傲气地道，似乎刚才受伤的并不是他一般。

蔡伤淡淡地一笑道："你很直爽。其实，在这个世上，比我厉害的人物数也数不清，你的武帝萧衍本就是一个不世高手，恐怕能够胜过他的人，也没有几个，你的目标应该定得更高。"

彭连虎一呆，愣愣地道："我们武帝也是个不世高手？"

蔡伤淡淡一笑道："萧衍的确是位了不起的人物，多才多艺，其六艺轩闲，荣登逸品，阴阳、纬侯、卜筮、草隶、占诀、尺牍、骑射，莫不称妙，能使梁朝五礼俱备，雅乐和谐，儒学大兴，文史并茂，数百年来只此一人而已。更重要的是萧衍以军功起家，在战场上虽不是一人之力可以改变的，但谁都可以看出他绝对是一个不世高手。十年前，且曾与我朝宇文福大将军于彭城交过手，宇文福是很少轻易去说一个人，更不愿说别人比他厉害，可是当他说到萧衍之时，脸色总是显出很不自然之色，明眼人一看便知道十年前，虽然他在彭城让萧衍和崔慧景吃了大败仗，却也没有占到萧衍的便宜。宇文福绝不会比我差，那萧衍也绝对是个高手，这是毋庸置疑的。"

"今日又增长了一些见识，我还以为武帝是一位大儒……"说到这里，彭连虎不自然地一笑，疑惑地问道："不知蔡将军与葛荣是什么关系？"

蔡伤惊疑地望了彭连虎一眼，冷冷地应道："你怎会知道葛荣？"

彭连虎知道蔡伤误会了他，忙解释道："我师父曾在三年前遇到一位叫葛荣的年轻高手，他也和蔡将军出刀的角度很相似，我估计可能是与蔡将军有关系，才会有此一问！"

"你师父是谁？"蔡伤声音缓和了些问道。

"我师尊乃是郑伯禽！"彭连虎不在意地说出一个名字。

蔡伤有些奇怪，想不到彭连虎竟对自己师父直呼其名，脸上有些讶然之色。

彭连虎笑应道："我师父是个怪人，他不喜欢浮名，虽然武帝待他若兄弟，可他始终只将自己看作一个平民，不喜任何人以官位相加，而我们称他也只能以名字相称，以便提醒他，他仍是以前的他。他也不想我们以师徒相称，不过他永远是我们的师父。"

“哦，原来如此。郑伯禽的确是个人物，几年前，便是他杀了齐和帝萧宝融而名扬天下，想不到竟会有你这样的弟子，看来传言并不虚假，他见到的那葛荣正是本人的师弟。”蔡伤赞赏道。

“难怪，对了，蔡将军，我劝你还是不要回正阳关了。”彭连虎有些迟疑地道。

蔡伤心头打了个突，疑问道：“为什么？”

彭连虎犹豫了一下，低低地道：“将军你要节哀顺变，我得到消息，因为你的战败，而又有你尔朱家在后推波助澜，拓跋元格将你的家人全部赐死。”

“你说的可是真的？”蔡伤目中杀机爆射，目光似两道冰寒的利刃，紧紧地插在彭连虎的脸上，话语却有些颤抖。

彭连虎气势一愍，诚恳地道：“这是事实，消息来源于各城安置的密探，将军一家没有一个活口，三十几人和近百家将全部被抄。”

蔡伤声音霎时也像目光一样冰寒，手却有些禁不住地颤抖，吸了口气道：“这是什么时候的事？”

“半个月前，得到消息却是在前几天。”彭连虎被蔡伤的气势一逼，忙应道。

蔡伤没有动，静得像沉睡的大雪山，连那目光也没有丝毫的移动和变化，怔怔地望着彭连虎，像是凝目千年的石雕。

彭连虎的心底升起一股寒意和悲哀，因为蔡伤的目光而生出寒意，因为蔡伤的遭遇而悲哀，可此时，却已经没什么话能够安慰对方。

“蔡将军，你要节哀，人死不能复生，留得青山在，不怕没柴烧，身体为重。”彭连虎叹了口气淡淡地道。

“谢谢！”蔡伤终于从口中蹦出两个字，但两个字之中所包含的悲愤、哀伤之意，使彭连虎的心一阵揪痛。

彭连虎像是一只呆呆的獭，根本就不知道该怎样安慰或说些什么，看着蔡伤那让人心碎而肠断的目光，一切语言显得那般苍白而无力，这是没有语言可以解脱和代替的悲哀。

生命到底是什么？命运到底会如何？蔡伤目中的泪，使眼前幻出无数清晰而又遥远的身影，是那样熟悉，是那样亲切，可这却只能代表无尽的悲凉。

所有的亲人都去了，都去了，留下来的，却只有一柄刀，唯有一柄刀，想到这里，蔡伤竟然仰天大笑。

彭连虎吓了一跳，谁也想不到蔡伤居然还有心情笑，但只一开始，他便已深深地读懂了这笑声中那悲愤、痛苦的感情。

笑声惊飞了所有栖在林中的鸟雀，扑棱棱地振动着翅膀冲上了蓝天，山林间，唯一留下那比笑声更悲怆的回音在应和，不，还有松涛轻振之声。

蔡伤笑声愈来愈低，愈来愈低，若沙漠中失偶的孤狼。

眼泪禁不住鼓了出来，两行，很清澈，很清澈，在滑过脸颊的时候，蔡伤那低徊沉响，而悲愤、悲怆、悲恸、悲凉、痛苦而心碎的笑声竟转为哭声。

不是撕心裂肺的号啕，不是幽幽地抽咽，哭声并不太大，可那仰天绝望，深情而痛苦悲愤的眼神，配合上那裂开低哭的嘴形，却让人深深地感觉到蔡伤心中的那股可以让太阳流泪的哀婉。

绝对不会有哪位铁石心肠之人不感动，绝对不会有哪人不明白蔡伤的感情，彭连虎从来都未曾掉过眼泪，连父亲被人打死的那一刻和母亲病死的那一刻也未曾流泪，可在这一刻，泪水也禁不住伤感和叹息的皮鞭驱策，也从眼角滑落下来，因为，他深深地读懂了蔡伤对他亲人的那种深切得完全可以藐视海洋的感情。

世间能够让人感动的真情已经不太多，而蔡伤毫无作伪的真情流露，却绝对可以让人心弦颤抖。

人说男儿有泪不轻弹，而蔡伤毫无顾忌在另一个男人面前大哭，却绝没有人会感到好笑，绝对没有，哪怕最无知的小儿也不会对这种作风好笑，因为，只要是生命，便能感受到这哭声中的感情。

风，在轻轻地吹，树林中夹生的松树也沙沙地作响。这是一曲哀歌的调子，在彭连虎的耳朵中是这种感觉，大概是它们也读懂了这种至真至纯而又至哀的感情吧。

“希聿聿——”战马一阵低嘶，似在表达着一种不安的情绪，却惊醒了沉浸在蔡伤悲恸情绪中的彭连虎。

彭连虎警惕地打量了四周那显得很静谧的山林，心头升起一种异样的感觉。

“汪汪……”竟是一群狗的狂吠。

蔡伤似也从另一个世界中回到了现实，他的改变似乎很突然，只在一刹那间，便恢复了一种让人心悸的冷静。

彭连虎也把握不住那种变化，可蔡伤的确似变成了另外一个人，一个深邃得像不可看透深潭之水一般的人。

蔡伤并没有说话，可他身上却浓得似可以挤出水来的杀气已经很清楚地告诉了彭连虎，他要杀人。

是的，他要杀人，却不是杀彭连虎，而是那一群狗吠传出的地方，似是千百世的仇敌。

“蔡将军!”彭连虎惊异地低呼一声。

蔡伤并没有回答，而是将速度提高到一个极限，像是魅影般向狗吠的地方掠去，连头也不回一下。

彭连虎的心中似有所悟，忙系好战马，追在蔡伤的身后向狗吠的地方掠去，他只受了一点皮肉之伤，并没有什么大碍，甚至没有半点妨碍，在心底，他的确感激蔡伤那手下留情的一刀，否则他可能只有死路一条。

狗吠声渐烈，但那方位已经清晰地映在二人的脑海之中。

“黄海，你逃不掉的，别以为躲了十几天，便可以逃过我们的耳目，真是天真得可笑。”狗吠声传来一阵得意而又狠厉的高呼。

“再不出来，老子便用火熏死你这不知死活的东西。”又是几声大大咧咧的叫骂。

那是一群满面横肉的人，只看每个人那充血的眼神，便知道每一个人腰间的武器绝对是吃过很多血的。

有五人牵着五只狼般恶相的黑狗，正在呜呜地用爪子不断地扒着地上的土，显得有些急不可耐的躁动。还有五人围着一个黑黑的山洞，在杂草丛中立出一个弧状的队列，手握刀柄，一副如临大敌的模样，全副心神全都放在那黑糊糊的洞口，似乎那黑糊糊的洞口随时都会冲出一只猛虎一般。

第二章　刀道极限

山洞之中并没有半点应声，很死寂，似乎完全没有生命的气息，深不可测的感觉很强烈，在这种时刻，沉默所代表的只有一个，那便是可怕和紧张。

“黄海，我数十下，你再不出来，我便放火烧，用烟熏死你。”一个疤脸汉子吼道。

“哇，哇……”山洞中竟传出一阵小孩子的啼哭之声，在空旷的山林之中，对着那几只狗的“呜呜”声，显得格外突兀。

“哈哈……”几个凶神般的汉子突然全都爆出一阵哄笑，似乎这小孩子的哭声极端地好笑。

“想不到这小杂种还没有死，真是大出我们意料。黄海，你什么时候也可以挤出奶水来啦?”那疤面汉子狂笑道，但便在刹那间，他竟笑不出来了。

笑不出来，是因为一个人，若幽灵般突然出现的人。

那是蔡伤，杀气已经在印堂上凝成了一股毫光的蔡伤，让人心寒的是蔡伤的眼睛，那两道似有实而无形的目光，若一根根毒箭，深深地插入所有的人心中。

死亡的气息从那被旌旗包裹的刀鞘中渗透出来，那是一种不能阐述的感觉，谁都不明白，那刀鞘中装的到底是刀还是死神，还是什么？从来没有人想过刀是可以散发出这种气势的，也从来没人想到过死神会装在刀鞘中的，但那的的确确是一种接近死亡的气息。

“蔡伤！”第一个发出惊恐呼吸的人便是那疤脸人，而其他人似乎也从一个迷茫的梦中醒转，骇然而呼道：“你还没有死？”

“尔朱宏，是尔朱荣派你来的？”蔡伤冷冷地向那疤脸人喝问道，同时向前逼进了一大步。

那被称为尔朱宏的疤脸汉子失去了刚才的狂妄，变得有些惊慌地后退一步，壮胆似的喝道：“蔡伤，你开战不力，损失我国这么多的英雄儿郎，还有脸见国人？”

“哈哈……”蔡伤悲愤地一阵长笑，怒喝道：“天下任何人都可以说我，就是你尔朱家族说我，便是不可以，没有你这群只知享受而不知国事自私自利的小人，便是梁人再多，也不会有如此结果。”

“你，你强词夺理，我尔朱家族，国中每有战事，辄献私马，兼备资粮，助裨而用，而你开战不力，岂能怨人？”尔朱宏声色俱厉地道，其他人立刻紧张起来。

“我问你，我家是不是你尔朱家所抄？”蔡伤犹抱着一丝希望问道，但言辞却冷厉得可以冻僵什么人的思想。

“这……这是大王的命令，开战不力，祸及家族。”尔朱宏声音有些结巴地道。

在魏国，谁人不知蔡伤的厉害，无论是朝廷，抑或是江湖，蔡伤的一柄沥血刀已成了刀道的象征，连北魏第一高手家族，尔朱世家也不得不畏惧三分。在北魏年轻高手之中，除尔朱荣之外，蔡伤几无敌手，老一辈高手中能胜过蔡伤的人也不太多，当然一些老辈盛名已久，自然不会去找蔡伤麻烦，胜则伤和气，败则更不划算，因此蔡伤是在北朝流传得最多的人物。尔朱荣则很少在江湖中露面，在尔朱世家中，尔朱荣被公认为最有前途的高手，却只为尔朱家的事操劳，且江湖中敢去招惹尔朱家族的人几乎没有，连孝文帝拓跋元宏如此人物，都得对尔朱家族敬畏三分，何况普通山野之人？而蔡伤作为汉人的高手，其光芒早就让那些鲜卑贵族嫉恨有加，这之中包括孤独家族、尔朱家族和叔孙家族（北魏明帝建武三年，改北魏乙旃氏为叔孙氏，丘穆氏为穆氏，孤独氏为刘氏，素和氏为和氏。而孝文帝在公元496年，也下诏改姓，孝文帝在诏书中，把鲜卑氏与汉文联系起来，宣称“北人谓土为拓，后为跋，魏之先出于黄帝，以土德王，故为拓跋氏。夫土者，黄中之色，万物之无也，宜改进元氏”。因此将拓跋氏改为元氏，后朝仍有以拓跋为姓氏之人）。

蔡伤脸上的杂气一闪，双目之中似乎可以喷射出灼人的火焰，口中却平静无比地道：“那你们便去死吧。”

“嗖、嗖！”两声弓弦的暴响，两支劲箭若两道魔幻幽灵，伴着两声惨叫，插入两名小心戒备之人的心脏，准确度和力道惊人之极，却是从树林深处标出。

尔朱宏根本就没想到在树林之中仍隐藏有如此用箭的高手，他们一直防着洞中的黄海的攻击，却想不到会受到另外的高手袭击，一时没反应过来，便已经死于非命。

蔡伤的动作并不比那两支箭慢多少，绝对不会慢多少。在那两支箭射入两人的心脏之时，他的刀已经在那八个人的面前亮起了一道美丽而凄艳的屏障，带着狂烈而野性的劲气，似要撕裂一切地卷向那所剩的八人。他根本就未曾想到这么多人，若是连手起来，那种可怕的杀伤力和战斗力是不是他一个人可以抵挡的，在他的心中唯有杀意和悲愤的力量驱使他出刀、攻击，其他的一切并不重要。

这十个人全都是尔朱家族中的家将，无一不是好手，虽然蔡伤的武功已入顶级高手之流，但想将这八个人杀死，几乎是完全不可能，更有可能反被这八个人送掉性命，但他必须出手，洞中还有他的家将黄海，或许还有他的儿子。

刚才他听到了哭声——小孩子的哭声，那声音之熟悉，他记得半年前，他小儿子出世之时，便是这么洪亮的哭声。他更担心洞中黄海的安危，那是他近百家将中，最忠心而且武功是最好的，也是他的最好的朋友。

洞中的黄海并没有任何声息，也不知道是否还存活，孩子犹在哭，他看到了那延伸入洞中的血迹，那样鲜艳和夺目，这难道便是黄海的鲜血？蔡伤无暇细想，因为他所面对的敌人，绝对顽强得可怕。不过，幸亏那两支劲箭打乱了他们的阵脚，而蔡伤自一开始便以最凶猛的攻势进攻，使他们一时完全无法组织还击，不过还击只不过是迟早的事，只等蔡伤那疯狂的攻势稍一缓和，便是反击的时刻。

“嗖、嗖！”又是两支几乎同时射至的劲箭，依然那般凶猛和快捷，虽然在人影绰动之际，准头仍不差分毫，但这一次所起到的效果并没有第一次好，没有人因箭而死，受伤绝对是免不了，在蔡伤那奇妙而杀意浓于水的刀势之下，根本不可能以全力去对付那两支劲箭。

那五只野狼般可怕的黑狗在蔡伤进攻的刹那，全部从那五人的手中脱离，没有谁会小看蔡伤，事实证明，任何小看蔡伤的人结果只会有一个，那便是死，而且死得很惨。因此，他们根本就不想牵着一只狗与蔡伤对敌，狗一脱离五人的掌握，便若疯狂一般向山洞中扑去，那里似乎有着它们最可口的食物，诱惑着它们发疯发狂。

“嗖、嗖！”两只野狼般的狗被钉在地上，只是发出两声短促的悲鸣，便不再存在任何声息，那依然是在那树林之中的可怕箭手所做的事。但那可怕的箭手的身影已经出现在众人的眼下，那似笑非笑的眼神之中充满了野性和傲意，虽然胸口的衣服已经破裂，却不失那份洒脱和悠然。

“嗖、嗖！”这是两声弩机的响声，来自黑暗的洞中，那五只野狼似的狗却只剩下一只可以活动，但却似乎意识到什么，而有些退缩，在洞口顿了一顿。

“呜——”洞中传出一声犬吠，洞口一道灰黄的暗影一闪，竟冲出一只高大的母狗，那是一只并不比黑狗小的母狗，但那种凶猛和快捷竟似比那可怕凶悍的黑狗更可怕。

“呜！”黑狗一愍，黄狗却已经咬住了它的脖子，并被黄狗这突如其来的攻势和扑势撞得身子一歪，险些扑倒，但黑狗也不甘示弱，后腿一拐，想甩开黄狗的撕咬，可是它失败了。黄狗似乎很有战斗经验，头一阵乱摆，撕咬着黑狗的脖子不放。

黑狗一阵惨叫，脖子上竟被撕下一大块血淋淋的肉，黑毛更是满天飞舞。

黄狗得势不饶人，在黑狗犹未曾从疼痛之中反应过来，又继续扑上去攻击那黑狗血流不止的伤处。

尔朱宏也是尔朱家族之中的一员，虽然不是直系，但其武功也很好，正是这次尔朱家族家将的领班人，这些人平日都是江湖中有名的好手，或为绿林中的好手，被尔朱家以重金相聘，或是在走投无路之时投奔入尔朱家族之中（在北魏时期，地方豪强多养一些奇人异士，更有大量的奴隶。在北魏中期，鲜卑贵族对土的兴趣愈来愈浓，他们纷纷“就耕良田，广为产业”，加上拓跋氏入主中原初期，曾把大量良田辟为牧场，或辟为私家园林，民无田业现象十分突出，农民失去土地，四处飘流，或转投豪族，成为荫护人口，或聚集山泽，成为绿林好汉，而朝廷又对绿林好汉多以镇压，也便使绿林人物依附豪族的也非常多），是以他们更知道如何对付敌人，也深明狠的准则。

蔡伤的刀芒若天马行空难以捉摸，但那种凌厉无比的杀气却在虚空之中交织成无数罗网，绝对可以将一个完整的人绞得支离破碎。

“铿，铿……”无数强烈的震荡，蔡伤的刀势之中出现了一些凝滞，他毕竟是人，而不是神，面对这八名强手，一人之力始终有限，虽然在彭连虎的配合之下，一开始便伤了三人，但他们并非完全失去了战斗能力。蔡伤的刀只使那人受伤而非失去战斗力，因此，蔡伤所面对的仍有六名强手，这是一股绝对不能够低估的实力。

尔朱宏用的是剑。剑是兵器之王，尔朱家族之中的高手最擅长的便是用剑。剑，是一种很古老的兵刃，也是一种很灵巧的兵刃，尔朱宏就很擅长攻击，很擅长对着别人的死角发招，这是尔朱家剑法的特点。不过这是一个很难以达到的标准，靠的不仅仅是功力，而还必须有大智慧和高悟性之人，才能够真正地找到对方的死角。

无论是谁，无论是何等的高手，都会有死角存在，那是人体极限的限制，只是一个高手，他比别人更会掩饰这个死角而已，无论是在防守还是进攻之上，他都很少将自己的死角暴露给对方，那便是高手与低手的分别。而尔朱家的高手，几乎达到最高境界，而且还擅于制造死角，在无中生有之中，给人以最无情的扑击，这正是尔朱家族的可怕之处。据传，在尔朱家族之中达到最高境界之人，并没有，而最有希望达到的人正是尔朱荣。蔡伤的刀本身也可以从出刀的死角击出，但他却无法从自身的死角击出，不过这种从死角击出的招式也绝不是普通人可以想象得到的可怕，能够有蔡伤这种死角明悟的人，在江湖中并不多，因此能真正与蔡伤并驱的高手也不会很多。

尔朱宏更不能，他虽然也是个强手，却仍不能很清楚地找出蔡伤的死角所在，不过这对蔡伤所造成的威胁绝对不小。

蔡伤被一柄刀和一柄剑迫得斜斜地退了一步，全因那六道兵刃的确很可怕，很凶猛。

蔡伤的身子似是罩在一层凄艳的晚霞中一般，那已经完全超过了刀的意境，而达到了一种禅的境界，刀已经不是刀，人已经不是人，而是一种可怕而汹涌的能量，在疯狂地扭曲和鼓动，那激射的杀气和劲道只将所有的兵刃都震得“嗡嗡”作响。

“呀!”一声惨呼之中夹着一声闷哼，一名大汉的手连同刀一齐飞出了好远，那鲜血迸射而出，洒成一片灿烂的风景，蔡伤的肩头被削下一块皮肉，但这并没有影响他的动作和杀机。在这个时候，战局之中多了一柄刀，一柄平凡而又不普通的刀。

刀的主人便是那可怕的箭手彭连虎，他是来助蔡伤的。蔡伤算是一位值得尊敬的敌人，而且在这种时刻无论是在立场上讲抑或是在道义上讲，彭连虎都应该出手助蔡伤，至少也得还蔡伤饶他一命之恩。

彭连虎的刀对于蔡伤来说并没有太大的作用，但是对于尔朱家族中的人来说，却有着难以抗拒的杀伤力。

蔡伤的压力大减，刀芒再盛，整个身体像是泡在云霞之中一般，刀本身便带着森寒的杀意，再经蔡伤将那悲愤的感情寄于其中，竟可怕得难以想象，那三名对手根本就没有半点还手的力气，他们这才意识到什么叫可怕。

黄狗勇悍得让所有人都惊异，黑狗根本不是其对手，早已被咬得遍体鳞伤，血流不止，甚至连逃都没有机会，黄狗攻击的速度和角度甚至叫那些武林高手都有些骇然，不过此时也没有几人有闲情去看两只狗的生死搏斗。

山洞中依然沉寂如死，除了那两支弩箭和一只黄狗之外，连那婴儿的哭声也没有了，和外面几乎成了两个世界，那被呼作黄海的人始终没有出现，唯有洞口的那点血迹，比起黑狗所流的血和那失去一只手之人所流的血似乎并不算什么，反而是这种比死更可怕的沉寂让人担心。

“呀——”又是一声惨叫声划破了山林之中不太宁静的气氛。

是蔡伤的刀劈开了一人的头盖骨，这一招用得的确漂亮，连那被打得毫无还手之力的敌人都这么认为。

蔡伤用的不仅仅是刀，还有脚，他的脚也似是另一柄刀，在他的右脚迎上对方的刀锋之时，竟神奇无比地一阵扭曲，脚底竟奇迹般地踏在对方的刀背上，从而借力稍稍上升六个刀位，再奋然以闪电之势下劈，不仅将另一名对手的刀劈成两截，更把对手劈成两半，在蔡伤的刀回收之时，对方身上才有血水流出，后对蔡伤斜攻来的尔朱宏那沉重猛烈的刀锋一激，竟应刀而开，成了两半。

谁也想不到蔡伤这神速一刀竟会有如此威力，但这已成为事实，谁也不能不再重新评价蔡伤的刀和蔡伤，因为蔡伤比他手中沥血刀更可怕，更疯狂，更狠，杀气更重，那全是因为深刻的仇恨使然。

彭连虎的两名对手也并不容易，彭连虎的刀法在南梁已经很有名气，比起尔朱家族之中那些来自绿林的好手自然不同，郑伯禽曾是梁武帝萧衍身边的三大高手之一，其武功自有独到之处，所教出的弟子自然不差，何况能够成为梁朝的金牌信使便绝对不是一件简单的事。

这些人当中用刀的占多数，刀在这个乱世之中，似乎是最称手的兵刃，几乎是多功能的，厚实而又有力感，这是刀的好处，北朝之人多用斩马长刀，至少长五尺，刀头稍扬，有一个很小的弧度，这是鲜卑人喜欢用的兵器，最适合那刀战之用，靠挥动手臂，使刀上的力度增大数倍，杀伤力自然是可怕之极。拓跋氏本是北方草原强族，多擅马战，也便对长长的斩马刀比较偏好，但进入中原地区，山多林密，对于斩马刀的使用也便不如在草原之上，因为马战于野，在平原上，骑兵比较多，但在山区，多加以步兵，以五尺长刀，便很不灵活，则以枪、短刀、朴刀、钺、戟等兵器为主，而剑，双锋刃轻便是轻便，可是对于普通战士来说，很难使出自身的力气达到理想的效果，反而仍是单锋刀，厚背之刀为好，剑也便成了一个饰物，或是真正的高手才会用剑，在千军万民之中，刀始终造成的杀伤力比剑更大，因此，在这乱世之中，人们都喜欢用刀，而用剑之人少，可用剑之人，绝对不是庸手。

在这几柄刀之中，自然数蔡伤的刀最狂，而彭连虎的刀最绝，彭连虎的杀意很重，他不仅要杀那有战斗力的人，连那已失去了战斗力之人，也不时去踢上一脚和给上一刀，那三位已失去战斗力的人也死在彭连虎的刀下，没有半个活口。

尔朱宏的脸色变得异常苍白，此刻他才知道了什么叫害怕，才知道死亡是一种怎样的感觉，在直觉上，从蔡伤一开始存在于他们的眼前之时，他便已经感觉到死亡的气息，而在这一刻他真正的感觉到了死亡，真的明白了蔡伤刀鞘中装的是什么。

那不是刀，也不是死神，而是仇恨，一种深切得可以把任何人埋葬的仇恨。

他不明白，为什么会是这样，他甚至不明白为什么会这么巧，在追杀对方儿子的时候，遇上了这么可怕的煞星，或许这就是命，尔朱宏一向不大信命，他总以为命运便是手中的剑，命运便是尔朱家族的一句话或一纸公文，可是现在他发觉自己错了，真的错了，错得有些厉害，命运竟是蔡伤手中的刀。

他几乎已经绝望，毫无斗志，在心底深处感到一阵软弱和无助，那是一种很可怕的感觉，连他自己都觉得奇怪，为什么自己会有这样奇怪的感觉呢？他一向是一个很傲的人，目中除了尔朱家族和大王之外，其他人根本无所谓，可此刻却会感觉到自己的弱小，但他很快就明白了。

那是因为蔡伤的刀和身体所散射而出的那种强劲的气势，像大山一般高大，像汪洋一般狂放宽广的气势，而且越来越壮大，在他们的眼中竟成了天和地，使他们自心底感到自己的渺小，这种强大而可怕的气势，随着蔡伤的刀意所至，使得那种气势随着那凌厉无比的杀气完全使对方的心神失去了自主，这便是尔朱宏为什么会有绝望念头的原因，但他知道，这绝对不是一件好事，他也在提醒自己要振作，否则，只会是死路一条，可是他根本就已经无法从这失落的灵魂之中抽身而出，而另一人更不堪，手中的刀已经失去了那种威霸之力和应有的狠劲。

蔡伤并没有以刀去让他们受死，甚至避免让他们受伤，那刀以一种让人大惑不解的角度击出，谁也不明白，为什么蔡伤不直接击伤两人，明明有几个让两人受伤的机会，却轻易地放过，连彭连虎也不解，但蔡伤却知道是什么原因，因为他要的是一举击杀对手之机。

蔡伤完全明白尔朱宏现在的感受，这一切全都在他的意料之中，没有，也是他故意制造的这种局面，可是就在尔朱宏第五次松懈之时，蔡伤的刀突然不见了。

像是从这个世界消失，抑或是突然窜至另一个世界去了。

尔朱宏和另一名汉子因为蔡伤的刀突然消失而愣了一下，因为他们的心神，早已被蔡伤所夺，此刻刀突然消失，他们自然会愣一下，唯有彭连虎知道，下一刻将会是怎样一种结局，这是一个定局，谁也改变不了的定局，这正是蔡伤对彭连虎手下留情的那一刀。

彭连虎知道，尔朱宏和那名汉子死定了，连半点活下去的希望也没有，若历史重演一遍，彭连虎也明白，自己绝对不可能避过这一刀，那是不可能的，便是在蔡伤的刀消失前百分之一秒中便迅速飞退，也绝不可能躲过这一刀的杀机和死亡的攻击。唯一的办法，便是不要让蔡伤的刀消失，但那只属于天方夜谭。

果然，在地平线上，似乎从另一个空间突然跳出一道亮丽凄美的残虹，那是蔡伤的刀，那短暂的消失便是在酝酿着死亡。

那是从出刀的死角击出的一刀，从不可能的角度，居然击出了这一刀。

彭连虎大惊，因为他看到了比攻击他时更强烈数倍的异彩，这才是蔡伤的真正实力，抑或比这更可怕，但他完全无法理解蔡伤为什么能够从这出刀的死角击出这样的一刀，或许奥秘便在于那短暂的消失，他不明白。蔡伤的刀消失到了什么地方，像是做了一场梦一般，那柄刀似乎真的可以穿破另一个空间，而从人们的视线中消失，虽然彭连虎似乎感觉到那柄刀的存在，却说不出个所以然来，或许只有蔡伤，抑或葛荣才可以解释这些。

所有的人都呆住了，包括蔡伤和彭连虎，呆得像是几座雕塑。

蔡伤的刀在鞘中，似乎从未曾出过手一般，静静地立着，似乎在沉思什么，似乎又在为什么而悲伤，没有人明白他在想什么，彭连虎呆呆地望着另外立着的四人，那四个人长得其实有些难看，最难看的却是他们额头上多了一道红痕，每个人都一样，似乎连尺寸宽度都经过了精确的统一才会达到这样的效果，长为两寸，宽不过像头发丝一般的细线。

不过，在刹那间，彭连虎看到了那道红痕外凝聚了一串细密的血珠，每个人的眼睛都瞪得那般大，但却已经失去了应有的光彩。

蔡伤轻轻地转了转身，没有再去理会那几个静立的人，似乎觉得这一切是完全没有必要的。

事实证明，这一切的确是完全没有必要的，那是一阵风，一阵轻微的风，但只要这轻微的风便已经足够，至少将尔朱家族中的那四名好手吹倒了，四声沉重地扑地之声并没有惊醒彭连虎，他似乎是做了一场梦，他的目光只是呆呆地望着每个人的额头那两寸长凝满了血珠的红痕，他知道，这四个人全部死了，死在蔡伤的那一刀之下，没有人敢想象那是怎样的一刀，那一刀就是一场惊心动魄的噩梦，充满了凄艳而迷幻的噩梦。

风轻轻地吹，掀动了彭连虎的长衫，却也吹皱了彭连虎的思绪，只为蔡伤那惊世骇俗的刀法。

“黄海，你还好吗?”蔡伤声音有些颤抖地问道。

“呜呜……”那黄狗似见到了主人似的，来到蔡伤的身边亲热地磨蹭着，那身上被黑狗咬松的毛皮依然皱着，却没有痛苦的感觉，倒像是一个邀功的战将。

蔡伤伤感地轻轻抚了那黄狗一下，根本就没有留意地上已经死去的那五只黑狗，全部的心神都贯注在洞中，一颗心已经被揪得很紧，很痛。

洞中终于传来了两声“呵呵”痛苦的呻吟，那完全似是一个将死之人被勾魂勒住脖子的声音。

蔡伤心头一酸，大步跨入黑暗的山洞，一阵潮腐之气立刻扑鼻而至，但这一切并不能阻止蔡伤的任何行动，在昏暗的光线中，他看到了一团灰暗的身影，似是动了一下。

“哇……”又传来了一阵婴儿的啼哭之声，正是从那团灰暗的身影之旁传出来的。

彭连虎点亮了一根干枝，这不大的山洞，立刻显出了原形，黄狗也趁机窜了进来。

“黄海!”蔡伤一声悲呼，扑在那团灰影的身旁。

那是一个人，一个面色惨白的人，一个青灰色的衣衫上已经给鲜血染成红色，数不清他的身上到底有多少道伤口，也没有人愿意去数，一切都是那般触目惊心。在这面色惨白的人怀中抱着一个被鲜血染红了包袱的婴儿，那乌黑发亮的眼睛透着一股似来自天地山水之中的灵气，但这双眼睛却只是望着那只黄狗，似幼儿遇到了母亲一般望着那只黄狗。

彭连虎这才发现那只母的黄狗应该是最近才产下了一窝仔，否则不会有这样凶悍的表现和充足的狗乳。

婴儿显然是饿了，伸出一双白胖的小手去抓那垂下的狗乳，而黄狗很温顺地横过身子靠近婴儿，同时回过头来温柔地用舌头舔了舔婴儿那白里透红的小脸，展现出母性天生的柔顺。

“呵呵！”那地上蜷缩的灰影挣扎着要爬起来，但却无力地躺在蔡伤的怀中。

彭连虎这才发现，这是一个废人，并不会说话，但看那眼中的欣喜和激动，便知道这是一个很忠心的人，在他的手上还握着一张弩机，刚才射死两只黑狗的便是他。

蔡伤有些沉默了，只是两只眼中噙满了泪水和悲愤，更多的则是关切。

“我这里有刀创药。”彭连虎忙从怀中掏出几只瓶状之类的东西。

蔡伤感激地望了彭连虎一眼，迅速拧开几只瓷瓶，在火光的映照下，撕下那破碎的衣衫，倒上药粉。

“呵，呵……”黄海又是一阵低低的呻吟，艰难地用手指了指地上正在吸食狗乳的婴儿。

蔡伤痛苦地望了那只知饥饱的婴儿一眼，目中充满了慈父的关爱，那正是他半年前出生的儿子，在耳根下有块淡红色不大的胎记。

“他还中了毒！”彭连虎也在黄海的身边蹲下，语气有些沉重地道。

蔡伤这才注意到那肿得很粗的右腿，及那条躺在不远处已经没有了头的毒蛇，和黄海平日用的那柄剑。

伤口处正在小腿肚之上，还在湍湍地流着紫黑色的血，已肿得硬硬的一大块。

“哧！”蔡伤撕下刀鞘上的旌旗，把大腿根部扎得很紧很紧，然后毫不犹豫地张口去吸那伤口处的毒血。

“呵呵……”黄海一阵惊骇，伸手推了蔡伤一把，同时一扭身子，要避开蔡伤的口，但在受重伤失血过多的情况下，已经无力推开蔡伤，反而被蔡伤抱住右腿，大口大口地吸那毒血，再大口大口地吐在地上，直到伤口流出来的是鲜红色的血液为止。

“蔡将军!”彭连虎欲言又止，他的确不知道该说些什么。因为，一切都似乎没有太多的意义，更难以表述对蔡伤的敬意，他隐隐地猜到，这哑巴与蔡伤应该是主仆关系，那尔朱宏的对话，他也听到了一些，知道这个人带着这婴儿躲了十几天，那正好是蔡家被抄的时间，而刚才从黄狗对蔡伤的表现来看，应和蔡伤的关系很密切。

由此可见，黄海与蔡伤应为主仆关系，而蔡伤不顾自身的安危去为一个下人吸毒，这种感情，绝对不是这乱世之中那些豪强和高手可以做到的，怎么不叫彭连虎感动呢?

蔡伤吸完那些毒血，长长地吁了一口气，闭上眼睛静静地坐于黄海的身边，若老僧入定一般运功逼除那侵入自己体内的毒，他只感到舌头有些麻木。

柴火渐敛，山洞之中光线渐淡，而蔡伤的呼吸由粗重逐渐转为细腻而平和。

婴儿也再没有哭泣，反而好奇地在地上摸爬着，那两只点漆般的眸子，闪着异样的神采，无比安详和纯洁。

黄海的呼吸也逐渐转入平静，竟在洞中平躺着睡了过去，想来，也确是太累了，加上身体失血过多的虚弱，此刻见到蔡伤，那股支持他的力量一松懈，便禁不住沉沉地睡去。

彭连虎静静地望着渐醒的蔡伤，低低地道：“到我们南朝去吧，相信大王会接受你，一定可以报你家人之仇的。”

蔡伤缓缓地睁开眼，像是两颗暗夜里的寒星，有些虚弱地道：“那样只是让更多的家庭步我的后尘，我已厌倦了这种生活，不想再看着有太多的人为我死去。”

彭连虎一呆，有些不敢相信地望了蔡伤一眼，冷冷地问道：“那你就不想报仇了吗？难道你就想让你的家人白白的死去了吗?”

蔡伤嘴角抽搐了一下，心中一阵刺痛，但声音仍保持那种不愠不火的样子道：“我想，想得要命，但我不可以因我自己的仇恨私心去害了更多的人，那将会有更多的孤儿寡母断肠摧心。”

“这不应该是在战场上纵横驰骋的蔡伤。”彭连虎像是在看一个怪物一般审视着那似乎平静得不兴半点波纹的蔡伤沉声道。

“这的确不是在战场上纵横驰骋的蔡伤，那个蔡伤已经在一个月前的战场上死了，其实生命无所谓生，无所谓死，人总会改变的，每一次改变，人总会失去一些或好或坏的东西，那也是一种死的方式。”蔡伤强压着心头的悲愤，平静地道。

彭连虎呆了片刻，才长长地吸了一口气，黯然地道：“我真的不明白，为什么会是这样?”

“当你参与战场上那种残酷而带血腥的杀戮之后，而曾与你出生入死之人一个个倒下去，唯剩你一个人活着的时候，你便会明白。”蔡伤掩饰不住怆然地道。

“你是在骗人!”彭连虎有些激动地将双手搭在蔡伤的肩头，怔怔地望着蔡伤。

“这是没有必要骗人的，我活过来了，这不知是有幸抑或不幸，只有在死亡的阴影刚刚离去之时，才知道原来生命是这般美好，本来这个世上的每一个人都应该好好地享受生命赋予他们的权力，可是他们却是因为某些人的私欲，因为某些人的仇恨，而被剥夺了本来应该好好享受的生命，这是何等的残忍和悲哀？我不相信慧远大师的‘然则祸福之应，唯其所感，感之而然，古谓之自然，自然者，即我之影响耳，于夫主宰，复何功哉!’的《明报应论》这句话是晋代佛学大师慧远《明报应论》中的语句，他把报应的主宰者由“天”转移到作业者的“心”，把受报的主体转为作业者本身，这种说法是印度的而不是中国的。，但我却相信生命是美好的，亲人更需要人去珍惜和爱护，与其将仇恨挂在刀锋之上，使未去的亲人和朋友失去享受生命的机会，不如将爱和祝愿抹在手心去让未死的亲人和朋友享受更多的爱，因此，我不想再卷入这种永无宁日的血腥之中。”蔡伤平静得像一位佛学禅师一般淡漠地道。

彭连虎不禁听得痴了，他想不到一位纵横沙场、威震两邦的大将军及杀人无数的武林高手却会有如此深切甚至如佛家的思想。

“那你准备去哪里呢?”彭连虎不知怎的，心头竟然多了一种失落的感觉，有些伤感地道。

“天下很大，处处烽烟起，没有哪里真的有靖节先生指东晋陶渊明。在陶渊明死后，人称之为“靖节先生”。所说的世外桃源，不过，无论哪座山林都可以住上很多不沾烽火的人，我有手有脚，不会饿死，过些平淡的日子应该不成问题。”蔡伤有些幽然地道。

“我南朝山明水秀之地甚多，蔡将军何不去我南朝呢?”彭连虎仍想劝说道。

“我生在北朝，不想离开自己的故地，毕竟我仍算是北方土地的主人之一，你不必劝我，我会去太行山找一处安静的山谷，那是我的出生之地，长于斯，死于斯，才是我的好终结。”蔡伤淡淡一笑，却有些惨然地道。

“太行山?”彭连虎低呼。

蔡伤淡淡地点了点头，道：“我去拜过死去的亲人，便会起身太行，太行山脉连绵数千里，绝对容得下几个生命。”

“你还要去正阳关?”彭连虎惊道。

“不错，北朝之中，我的敌人很多，但我的朋友也有，便是尔朱荣亲来也不一定能将我留下，更何况，他们根本不知道我仍活着。”蔡伤平静地道。

彭连虎脸色微微一变道：“恐怕我师弟已经将你活着的消息传了出去。”

蔡伤脸色仍很平静地笑了一笑道："冉长江定是赶往洛口，而我走正阳关，当消息传到正阳关之时，大概我已经离开了正阳关，更何况两军交战，对消息封锁得很严，时间上的落差是不会小的，你放心吧，只怕这会连累你，你是一个很好的刀客，却绝对不适合在朝廷中生存，江湖才是真正的处所。"

彭连虎一阵释然道："可你只有一匹马可用，而且马匹还是我梁朝的马，根本进不了正阳关，甚至还会遭到我军的拦击。"

"这个你不必担心，尔朱宏他们既然追踪黄海至此，至少他们不会是走路而来，相信附近定然有马匹拴着。"蔡伤冷静地分析道。

彭连虎不禁有些傻傻一笑，自嘲道："我真笨，竟忘了还有他们。"

"你先走吧，你我所处的立场不同，很容易引起人误会的，而且，你耽误久了也不行，让你师弟等急了。"蔡伤急急地道。

"那我便告辞了。"彭连虎这时候才想起自己所负的任务，忙起身告辞道。

"不送了。"蔡伤平静得不带半点烟火地道。

彭连虎迟疑了一会，才转身行去。

蔡伤望着洞外消失的彭连虎的身影，露出了一丝凄然痛苦的笑意，一把抱起地上正与黄狗逗乐的儿子，无限深情地抚摸着。

婴儿并不害怕，他似乎也能够懂得蔡伤的慈祥和关爱，"呵呵"地伸出白胖的小手抓着蔡伤的头发，黄狗也跑了过来，磨蹭着蔡伤，不时伸出舌头舔舔蔡伤的手指，不停地摇动着尾巴。

黄海醒来的时候，洞中已燃起了一堆火，把洞照得很亮。

蔡伤很关切地望了黄海一眼，见那脸色微微的有一丝红润，便将刚射来烤得很香的兔肉撕下一半递给黄海，而黄狗却独自在一边啃着一只死鸟。

"呵呵！"黄海嘶哑着打着手势，比画着要告诉蔡伤发生的事情。

蔡伤幽幽一叹，伤感地道："兄弟，你不必再说了，我已经知道。你现在必须好好养伤，待伤势好了，我会回来与你汇合去太行山。”

“呵呵！”黄海激动地拉着蔡伤的手臂，满眼悲愤地比画着手势。

“我明白你的心意，但你更重要的是要看好风儿，他才这么小，若是背着他去正阳关，会很不方便的，更何况你失血过多，又受了这么多的伤，行动不便，大家一起回去会更不易的，因此，你任务便是照顾好风儿，这比谁的生命都重要，你应该明白这是绝对要做好的事。我知道你恨不得将那群狗贼杀得半个不剩，但事实却不会是这样，因此，你必须留下，你明白我的意思吗？”蔡伤黯然低语道。

黄海再也没有说任何话语，只是两眼中噙满了泪水，右手拉着蔡伤的手臂久久未能放下，呆呆地望着蔡伤那坚毅而冷静得不见半丝波纹的脸。

蔡伤有些不敢看黄海的目光，扭过头望望洞外那呈淡蓝色的天，那悠悠的云，长长地吁了一口气，平静地道：“我不是莽撞的人，一定会好好地活下来，不为别的，就为我的儿子，我也应该好好地活下来。”

“呵呵！”黄海拉了蔡伤一下，摇了摇手。

“我必须回去，而且还得尽快回去，我回去只是要带雅儿的骨灰一起上路，顺便完成一点小小的事情，你放心好了。在北魏，我唯一顾忌的只有尔朱荣，其他人还不放在我的眼里。你只要照顾好风儿，在这里等我便行了。这里地荒岭野，在短时间内是不会有人来这里的，只要小心一些便不会有问题。若是十天之后仍未见我回来，你便独自去冀州找我师弟葛荣，他会抚养风儿的。不过你放心，十天之内，我一定会回来。”蔡伤自信地拍了拍黄海的肩头道。

黄海含着眼泪重重地点了点头。

蔡伤感慨地在婴儿那白嫩的脸上亲了一口。

“嘎！”婴儿把头一扭，显然是被蔡伤的胡须扎痛了脸。

蔡伤不禁黯然自语道：“蔡风呀蔡风，想不到你才一出世便多灾多难，刚刚可以和爹有相聚的日子，却又要分别了，不过你乖乖听黄叔的话，别吵，爹很快便会回来的，哦！”不免又深情地望了小蔡风那红扑扑的小脸蛋一眼，不禁又忍不住亲了一口。

正阳关，位于淮河之畔，颍河、淮河在正阳关水面汇合，使正阳关在水道之上起到极其重要的战略作用。

不过，这一刻，正阳关的气氛很紧张，大有剑拔弩张之意，在这战乱纷繁的时代，无论是哪里，都显得不协调，何况这里与南面的梁朝临近，最易受战火侵扰。这段日子的确与以往不同，因为梁朝大举北伐，梁朝以临川王萧宏为主帅，领精兵数十万，器械精新，军容甚盛，可以说是南朝数十年未见的盛况，而且在月前与蔡伤的那一战，使北魏近万兵将生还无几，魏廷大震。

最震惊的，自然是正阳关，因为蔡伤本身便是正阳关的大将，在正阳关中的百姓，无不将蔡伤当作大英雄，可是他仍然以战败而结局，而萧宏又进驻洛口镇，与正阳关不过才两百里之遥，自然人心惶惶，不得宁日。

这个年代，每一个人都几乎是活在颠沛流离之中，虽然对战争无比的厌倦，可根本无法摆脱和改变这种命运，唯一能做的便是躲避，去找那无所谓有的净土世界。

因此，很多人便开始迁移，拖儿带女，成群结队，只知起点，而不知目的地的迁移。

对于生生死死，这个时代的人早已变得无比麻木，但没有谁心底不在期盼一个安定的生活，可是连梦都在逃离迁徙中做，又有何可以以慰人心呢？

第三章　毒布故居

正阳关城门口戒备森严，每一个人都要仔细盘问，越是战乱之时，把关之人越严，谁都不想将敌人的间谍和刺客放了进来，那长长的难民队伍像是蜿蜒的长龙，拖儿带女，甚至有的人拖着家中唯一的家当，一头小猪，一只小母鸡之类的进城，对那些身带武器之人，更是很小心地检查。

蔡伤对正阳关的熟悉，便像是对自己的手掌一般了解，哪一门有多宽多高，守兵叫什么都一清二楚。不过，这一刻却并不想让人认出他的身份，那将很不利于他的行动，他的身份却是一位樵夫，挑着一担柴，一副土头土脸的打扮，对于进城，他早议定好了对答，自然很顺利进入。

蔡伤挑着柴来到一家朱门大院的后门口，这一家他再熟悉不过，不是他的家，但是他信得过之人的家，也是一位非常正直的党长公元 485 年，孝文帝改革，实行均田制，同时也颁布实行了三长制，即为，五家为一邻，设一邻长；五邻为一里，设一里长；五里为一党，设一党长，而三长皆由本乡有威望者担任。，这家主人王通与蔡伤关系甚为密切，而且又是汉族士人王萧的亲戚，自然在正阳关有着一定的地位。

“砰、砰!”蔡伤放下柴禾，重重地在后门上敲了一两下。

“谁呀?”后门嘎吱一声拉了开来。

蔡伤认识眼前这老头，但此刻他却不能够表示身份，于是压低嗓音道：“送柴禾的。”

“今日柴禾已经送过，还来干什么?”那老头有些不耐烦地道。

“大爷，谁不知王老爷家深门广，而又德高望重，是个万有生佛。小人是为了感激王老爷前些日子对小人老母施手相救，特为王老爷免费送上一担很干的柴禾，大爷你通融通融，便收下我这点小意思，算是小人孝敬王老爷，祝他财源广进，福寿齐天好了。”蔡伤故意啰里啰唆地道。

那老头打量了蔡伤一眼，只见他满脸胡须乱糟糟的一大片，不由得有些惊疑不定，不过听到蔡伤那几句话说得挺得人心，拍了拍蔡伤那有些破旧的衣服下的肩膀，问道：“你是哪个村的，叫什么?”

“小人是秀水村的，叫阿狗。”蔡伤装作憨憨地一笑应道。

“阿狗?”那老头不禁皱了皱眉头。

“是啊，我娘总是这样叫我，既然是我娘这样叫，我也便是阿狗了。”蔡伤毫不在意地道，一副土头土脑的样子学得的确似模似样。

老头似是感到好笑，道：“那好吧，你挑着柴跟我来。”

“谢谢大爷，谢谢大爷，我娘还让我给王老爷磕头呢！若不是王老爷给的十个大钱，恐怕我娘会病死，王老爷恩同再造，那可真是大好人呀。”蔡伤一边挑起那重重的柴禾，一边不伦不类地道。

老头带着蔡伤穿过几重房子，来到柴房门前，蔡伤忙很灵巧地将两担柴禾很有顺序地堆好，才再说了声谢谢。

“我会跟老爷说的。”那老头道。

“我娘叫我一定要亲自给老爷磕头，感谢他的大恩大德，请大爷行行好，再成全小人这个愿望吧。”蔡伤恳切地道。

“我家老爷没空，下次再来吧。”老头说着径直走了出去。

蔡伤无法，只好跟出柴房，突然眼前一亮，因为，他看到了他要找的人，正从不远处的房檐边转了出来。

蔡伤急忙赶上数步，来到王通的面前，高声道：“王老爷，原来你老人家在这里，你来了正好，阿狗正要感谢你救了我娘一命呢!”

王通是一个中年汉子，有一种儒雅的风度，更有着一种英悍挺拔的气质，从骨子里透出，满目之中却有一种黯然忧郁，听到蔡伤如此一呼，不禁呆了一呆，但瞬间目中暴射出一幕异彩，掩饰不住激动地抖了一下。

蔡伤心中一阵感动，却忙道："王老爷，阿狗这就给你磕头了。"说着就要下跪。

王通一慌，忙一把扶住蔡伤，却明白了蔡伤的意思，想起蔡伤刚才所说的话，望了左右一眼，禁不住有些喜色地道："你娘好了吗？"

"多谢老爷的钱，让我能及时去抓药，这才没事。"蔡伤很技巧地应道。

"那太好了，阿狗，我正想有事找你，却没想到你来了！"并旋转身对左右喝道："你们先去做事吧，我跟阿狗有些事情要谈。"

那老头有些惊疑却又释然地去了，而他身旁的两位大汉似乎有些大惑不解，不过王通的吩咐，他们不得不听。

"老爷，那还要不要到大老爷那里去？"那满脸络腮胡子的大汉疑问道。

"你去大老爷那里一趟，叫他赶快到我这里来，就说我有很重要的事要找他，快去快回。"王通掩饰不住激动地道。

"是！"那两个汉子不敢相信似地退了出去。

"将军！"王通欣喜地低呼。

"我们进去说吧！"蔡伤有些黯然，却又有些欣慰地道。

王通向四周扫了一眼，见无人在，便径直领着蔡伤到了自己的书房。

"王仆，吩咐下去，没有我允许，除了大老爷之外，不要来打扰我，再给我备些酒菜。"王通对正立在门口的年轻人呼道。

那年轻人立刻应声而退，蔡伤踏入房中，王通轻轻地关上房门。

"王兄！"蔡伤轻叹了口气，低沉地道。

"将军，我还以为永远也见不到你了，可恨，尔朱家族也太猖狂了。"王通欢喜之中，又夹着无限的伤感道。

"一切都不用说，今次我回来，只想带走雅儿的骨灰。"蔡伤无限悲怆地道。

“雅夫人自刎而死，我大哥通过朝中的关系，准奏将夫人安葬于公山之南，这是夫人临终之前的愿望。”王通眼中闪着泪花道。

蔡伤心中一阵抽搐，强压住胸中的悲切，道：“是我害了她，我不是一个好丈夫。”

“将军何必这么说，夫人临终前便相信你一定会没事。她说，她很想死后，能埋在公山南面的路边，这样她就可以看见你安然地回来……”王通说到这里竟忍不住滑下两颗泪珠。

蔡伤无力地扶着桌子，长长地叹了口气，泪珠还是禁不住流了出来。

“是谁抄了我的家?”蔡伤声音变得无比冰寒地道。

“是吴含这狗贼，现在靠着尔朱家的势力，当上了城守的职位，夫人便是不想受辱而死。”王通愤怒地道。

“好，那今晚，我便将他的头挂在城头。”蔡伤话中充盈着一种强大的让人心寒的杀意，王通也禁不住打了个寒战。

“可是他身边的护卫有很多呀。”王通担心道，显然他不敢看好蔡伤。

“无论他身边有多少护卫，除非尔朱荣每一刻都护卫着他，否则，他死定了。”蔡伤身上那种强大的杀气变得更为浓厚，双目之中显出无比坚定的神色。

王通长长地叹了口气，知道这一切已经成为定局，谁也改变不了蔡伤的决定，明白他的人不多，而王通便是其中一个。

“你需要多少人相助?”王通毅然地道。

“我只想王兄把雅儿取出来，我要带走她的骨灰。”

“将军，夫人入土为安，我想还是不要去侵扰她算了，她生在正阳，死在正阳，相信也不愿意骨埋异乡，在这里，我们会经常派人去给她扫墓的。”王通轻轻地提醒道。

蔡伤一呆，无限凄然地道：“我想要她每一刻都陪在我的身边，她也定希望我能够陪在她身边，她总是向往我的老家，这次我便带她回我的老家，相信她定不会想留在正阳关这伤心的地方，何况还有我们的儿子会想念她的。”

“公子还好吗?”王通惊喜地道。

“风儿正和黄海在一起，目前还没有问题，尔朱宏那几个狗贼已经被我打发他们上了路。”蔡伤淡淡地道。

“黄兄弟可曾一道回城?”王通急切地问道。

“没有，他受了伤，我也不希望他回来，他必须照顾风儿，我不想再失去别的亲人。”蔡伤吸了口气道。

“你们都没事便好了。”王通欣慰地道。

“二弟你叫我有什么事?”外面一个苍严的声音传了过来。

“大哥!”王通忙拉开门，便见王成立在门口，身后的王仆，端着两壶酒和几盆热气腾腾的菜和几盆点心。

“你们把东西放在桌上吧!”王通向王仆和两位送菜的下人沉声道，旋又一把拉进王成，等王仆几人出了门，忙拴上门，欢喜地道：“大哥，你看他是谁?”

王成打量了蔡伤一眼，一连低呼：“蔡将军!”同时激动得一把按住蔡伤的肩头，似是打量着一个宝物一般审视着蔡伤。

蔡伤心头一热，也激动地搭住王成的手臂。

“你没事，真是太好了，却把我们都担心死了。”王成欢喜地道。

“让你们操心了。”蔡伤感激地道。

“将军要我们怎么做?”王成义愤地道。

蔡伤淡淡地一笑，黯然道：“王大哥，怎会变得如此躁怒。”

“你不知道，我想到尔朱家族那一双狗眼，心头便有气，更可恶的却是吴含那狗贼，小人得志，我怎能不气呢?”王成恼怒地道。

“我只想要知道吴含今晚会在哪里出现!”蔡伤冷酷地道。

“这包在我身上，用不了一个时辰，全部搞定。”王成自信地道。

“另外还请两位大哥，在今日白天将雅儿的尸骨给化了，我要带走她的骨灰。”蔡伤伤感地道。

王成沉凝了一下，望了王通一眼，见王通微微地点了点头，便也跟着点了点头。

“另外，为我备上一些香纸，我要去为死去的兄弟和雅儿上一炷香，并在晚上北城门外靠东的树林之中为我安排一匹好马和弓箭之类的，我的要求便只有这么多。”蔡伤很平静地道。

“难道将军不要我们为你准备一批信得过的兄弟？”王成认真地道。

“好吧，你先为我预备一批兄弟，到时候知道了吴含这狗贼的行踪再好好地安排这批兄弟，不过不要说我回来了。”蔡伤在盛情难却之下，淡淡地应道。

“好，我去为将军准备弩箭和飞索之类的东西，大哥便去探听吴含的行踪，将军吃完酒，便去公山为夫人上一炷香。”王通果断地道。

蔡伤感激地望了两人一眼，沉重地将双手搭在两人的肩膀上道：“就有劳两位大哥了。”

“将军何必客气，咱们都是自家兄弟。”王通和王成同时道。

“那为何仍以将军相称？我已经不是什么狗屁将军了，我改了口，你们为何不改口呢？”蔡伤伤感地一笑道。

王通和王成一愣，相互望了一眼，惨然一笑道：“是该把什么狗屁将军的称号扔掉了，那就称你蔡兄弟好啦。”

蔡伤不禁感激地一笑，三人的手紧紧地握在一起，会意地笑了起来。

公山其实并不高，在淮河这一带，也没有什么很高的山，不过战火并不能抵挡住自然的威力，树木仍不少，在一片平原之间，公山仍是比较显眼，在城中，最高的也便是这座公山。

蔡伤仍是那潦倒的样子，不过腰际却多了一柄刀，那是他的沥血刀，刀鞘以布条缠得不透半丝风，跟随着他的还有两人，那两人看上去更不显眼，便像黄土高原上一块褐色的黄土，随便哪里都可以捡到一大堆。

付雅的墓便静静地躺在林间的一块空地之上，一堆新土却埋藏了蔡伤所有的爱。的确，这个位置正好可以看到南门和东门进出的人群，而此刻，蔡伤在她的坟前立成了一块宽实的墓碑，可是她已经看不到了。

蔡伤想到昔日的温柔，不禁悲从中来，自幼孤苦，受师父养育，而师父已仙逝，这是唯一贴心的亲人，却也绝他而去……

蔡伤双膝一软，重重地跪在那简陋的墓碑之前，抱着那连字都未刻写的墓碑禁不住滑下两行清泪。

那两个很普通的人在蔡伤立在墓前之时，他们便选了两个位置，这两个位置可以看到任何上山之人，他们的眼神绝对不普通，那种只有猛兽才具备的目光，他们却有，那冷冷的光芒使人立在太阳底下都感觉到了心底的寒意。

“将军，节哀顺变!”一人平静而伤感地道。

蔡伤并没有回答，只是静静地抱着那墓碑，流着泪，心头却涌起了无限的杀机。

那两人叹了口气，神色有些黯然。

“为什么只立碑，而不题字?”蔡伤冷冷地道。

“这是朝中的意思，其实夫人的遗体是偷换出来的，以另一具尸体作夫人的尸体送入法场，而真的夫人遗体便由员外和党长埋在这里，所以员外才没有在碑上题字。”那两人解释道。

蔡伤心中一阵刺痛，将带来的纸香在坟前一张张认真地烧着，而那专注的神情，便像是在完成一件艺术作品。

山林间的风很轻悠，秋天的风便是这样，那种萧飒是隐含在骨子里的，这轻轻的风却可以使树叶变黄，使千万树叶断梗而下。

无论是哪里，有的只是一片凄凉景象，世事凄凉，人间凄凉，自然也凄凉，人心也凄凉，这本是一种残酷，更是一种悲哀，乱世的悲哀，谁也无法改变的悲哀。

风依然轻轻地吹，地上的黄叶，打着旋儿，似乎在揭示着一个什么，或是这本身就代表着一个什么。

有鸟鸣的声音，已没有人愿意去分辨它们在叫些什么，反正蔡伤的心似乎已不属于这个世界，这个世界的一切都不会放在他的心上，在他的心里，有的，只有那堆新土下的幽魂。

那是他一生中最重要的人之一，也是他的最爱，但却永远地别他而去。

这或许便是命，谁也无法改变的命，他不信命，可是世间的事常常不是人所能控制的，所能解释的，只有命，只有用命来解释这一切，不过命运似乎是太残酷了一些。

蔡伤的刀，便横在那墓碑之前，这似是一种宣誓，一种不同于异常的承诺，但不可否认的是蔡伤身上所散发出来的杀气，比刀上的杀气更浓上百倍。

那跳跃的火苗，映得蔡伤那布满杀机的脸有些扭曲。

蔡伤的府第已经换了主人，住的是新任的城守吴含，这是一种很不公平的事，至少对于蔡伤来说，这绝对不是一件公平的事。

蔡伤从公山返回，却徘徊在自己的府第外，这里曾经是他的家，可是现在，一切都改变了，只不过短短的一个多月时间。他的确好恨，恨的是这不公平的世道，恨的是这些该死未死的仇人。在他胸中燃烧的是复仇的火焰，可是他知道，他还不够能力，至少尔朱家族便不是他有能力铲除的，而这可恨的朝政更不是他所能推翻的，他只有忍，等待，他有些不甘心，真的不甘心，便在这一刻，他有个决定。

他会做得比吴含更绝，因为他本是来自江湖，来自江湖，是一种本钱。

对于蔡府，他了解得便像是了解自己一双手有几根手指一般明白，在这里度过了十几年的他，觉得这吴含幼稚得可笑。

不过这也难怪，吴含要是知道蔡伤还活着，给他个天大的胆，也不敢住在蔡伤的府中。

可惜这一切都太出人意料了。蔡伤活着本就是一个不小的奇迹，所以这便叫天意，而不能怪吴含。

蔡伤望着那改为“吴府”的金匾，不由得笑得很邪气，笑得很可怕，至少我是这样认为！

“我要一些慢性毒药。”蔡伤平静而狠厉地道。

王成不禁一呆，疑问道：“取这么多毒药干什么呢？”

蔡伤有些残酷地一笑道：“我要吴含尝尝这种滋味，也让他的家人陪着他一起去地狱，否则他有些寂寞的。”

“你要在蔡府里下毒？”王成骇然问道。

“不错，吴含最不该做的事，便是住入我的府中。”蔡伤淡漠地一笑道。

“可是现在的蔡府守卫极为森严很难进去下毒的。”王成惊疑地道。

“这一切根本就不是问题，没有人比我更了解蔡府，我可以不必进府便让他们喝下去的全都是毒药。”蔡伤自信地道。

“好吧，我立刻便去叫人准备毒药，那刺杀吴含是否按原定计划实行？”王成问道。

“准备一下也好，不过或许就我一个人便行了，若吴含今晚住在蔡府的话，他绝对活不到明天。”蔡伤淡淡地道。

“那蔡兄弟难道还要晚上出城？”王成惊疑不定地问道。

“不错，今晚若是不出城的话，将会拖连很多人。”蔡伤坚决地道。

“可是夜间城门全都关闭，没有守城令牌，不可能开城门的，而且也会引来很多追兵。”王成有些担心地道。

“正阳关没有比我更熟悉的了，最近吴含上台可曾将城防改换布置？”蔡伤平静地问道。

“哼，这种窝囊废，光靠拍马屁拉上关系当上城守，对城防是门外汉，不过也算他有自知之明，知道自己不是城防的料，也便没有更动将军以前的布置，只是在几个重要的地方安插了他自己的亲信而已。”王成冷冷笑道。

“若是这样便好办了，我在割下吴含的臭头之时，摘下他的令牌便行了，更不需要开启城门，便可以出去。”蔡伤自信地道。

“蔡兄弟准备由城墙跃下去?”王成骇然道。

蔡伤哂然一笑，望了王成一眼道：“城守令牌在我这里，而萧宏大军便在洛口，谁也没胆量晚上大开城门，而水面守城的参将张涉绝不会对我留难，因此，这一切都不成问题。”

“那好吧，我会尽量依你的意思去办好的，你便在这里好好休息一下，准备晚上的行动。”王成爽快地道。

正阳关的夜晚很静，静得在街道上能够听到耗子在扒瓦面的声音。

战乱时期的夜，似是两个极端，不是喧闹得让人心潮澎湃，便是静得让人心底发寒。

其实，静寂也并非不是一件好事，静可以使自己早些进入梦乡，的确，在这种不知朝夕、没有着落的日子之中，梦本身就是一个至美的诱惑，或许梦正是一种诱惑，才会使夜变得如此静寂，唯有梦中才会让他们疲惫的心得到短暂的休憩，让白天所有担心和痛苦全都在梦里释放，这是一个与真实世界完全不同的世界，但却有着其自身的存在价值。

在街头和屋檐下都挤有奔走了一天的人，那疲惫不堪的身体和着冷冷的地面便做着不能安稳的梦，只看他们的架势，大有从梦中一醒来便开始跑的打算，这便是战乱带来的悲哀。这是一群失去了家的浪人，根本便不知道家在何方，根本就不知道是否可以见到明日的太阳。有些人还发出病痛的呻吟，这也是战争赐予他们的不幸。

月辉很淡，像是长了一层短短的毫毛，显出一种病态，在暗暗的屋檐之上却有几条显得捷若狸猫般的身影，那或是这冰寒病态的秋夜唯一有着灵魂和活力。

身影在城守府的院墙外停了下来。

是蔡伤和几位蒙面人的身影，蔡伤并未曾蒙着脸，那似乎是多此一举的做法，他正是要让别人知道，他蔡伤绝对不是好惹的。

“跟我来!”蔡伤的声音低沉而威严，却不能掩饰那种来自骨子里的杀气，像腊月的寒霜，使人禁不住在心底发寒。

随行的有四人，步履异常矫健，一看便知道，绝对不会是庸手。

蔡伤所到之处，却是府外的一个树丛，很快便在一棵树根的草丛之中掀起了一块木板，这里竟会有一个地道。

“将军，这里的地道吴含会知道吗?”一个蒙面人惊疑地问道。

“这条秘道我府中却只有几个人知道，谅吴含天大的神通也不可能在这短短的半个月内可以查出秘道的所在。”蔡伤肯定而自信地道，说着带头钻入地道。

城守府很静，但仍有灯火点亮着，在这静谧之中却潜伏着重重的杀机。

蔡伤对府内的一切了解得太清楚了，对哪里应该安插夜哨，哪里可以躲过暗哨自然更是清楚不过，以蔡伤的计算，那包毒药大概在今晚便可以发作，只要吃过晚饭的人，后果只有一个，那便是死。

在这种世道，对恶人根本就没有任何情面可以讲，谁也不能怪谁的手段毒辣和残忍，那只是为了生存的需要。

大概此时，吴含正睡得像头死猪，蔡伤这样认为着，更轻易地便找到了吴含所住的那个房间，这是王成探听的结果。

房间内的灯火已熄，蔡伤向身后的四人暗暗地打了个手势，四人立刻若夜鼠一般散开，靠着墙根向那房间逼去。

蔡伤取出那短小的弩弓，见四人都接近了那黑暗的角落，这才立身而起，缓缓地向那房间逼去。

“谁?”黑暗中立刻传来四声低喝。

“嗯……”四声惨叫，没有一人逃过了死亡的命运。

“嗖!”弩机轻轻一响，蔡伤的身子如大鸟一般飞射而出，接着那由瓦面上滚下来尸体，这一箭正穿过对方的咽喉，使对方发声的机会都没有。

“轰——”蔡伤狂野地撞开木窗，抛进一团淋了油被点燃的棉团。

室内突然变得大亮，吴含显然听到了屋外的动静，已从床上很利落地起来，自然地去取床头的剑，但他根本就想不到对方竟然会如此狂，直接撞破窗子扑进来，而且先扔进一团火球，在由黑暗转为光明之时，他根本无法看清任何的东西，但他却听到了四声弩机的响声。

吴含也是一个高手，否则再怎样也不可能当上城守之职，他的身形一缩，以为这一下定可以躲过四支弩箭。

他的反应速度应该不算不快，其实他在房内一亮灯火的时候，就知道不好，便已经开始蹲下，因为他身前是一张茶桌。

“呀——”帐内传来女人的惊叫和惨叫，四支弩箭全都钉在那仍未穿上衣服从被子中坐起身来的女人身上。

吴含这才适应了光线，可他眼中所看到的却是比那火球更耀眼更凄艳的光芒。

那是蔡伤的刀，充满了无限杀意的刀，像残虹，像虚幻的云彩使整个房间内的火球之光彩全都被刀转化为异样的光彩。

没有人可以形容出这一刀的可怕，吴含也不能，但他却明白，这是谁的刀，他也明白，今日他再不会有活命的机会，半分也没有。正面交锋，他也根本不是蔡伤的对手，何况这仓促间根本没有作出任何防御的准备，他清楚地感觉到死亡的召唤。

蔡伤的刀来得的确太快了，快得吴含没有一点心理准备，连半点心理准备也没有，他更想不到的是蔡伤仍能够活着回来找他，但他并不是一个束手待毙的人，他手中的是剑，他运足能够聚集的所有力气，企图来个同归于尽。

蔡伤一声冷哼，在异光之中，吴含突然可以看到蔡伤的眼睛，那双眼睛可怕得让人永远都会做噩梦，那种深刻的仇恨之中也夹杂着一丝轻蔑，蔡伤早就决定一刀解决了吴含，因此他根本不怕惊动府内的哨兵，他所设计的这种击杀方式，对于他来说，真是太自信了，他几乎把吴含的每一个动作在预先都计算好了，而吴含此时却似乎照着蔡伤所设计的计划演练一般，这的确是一件让蔡伤感到自豪的事，作为一个一流的刀客，不仅要会用刀，会杀人，更要知道什么方法最为简单最为保险，而能够未动而预知对方动作的，那才是真正的顶级高手，而蔡伤正是这么多人之中的一个。

“叮——”“呀——”吴含的剑根本就未能完全推出去，便已被蔡伤的刀气绞飞，那柄魔鬼般可怕的刀，也几乎在同一刻割断了吴含的脖子，脑袋并没有滚落在地上，而是挑在蔡伤的刀上。

鲜血喷洒一地之时，蔡伤的身影已射出木窗之外，那些府内的巡夜这个时候才传出震天的声响，把城守府变得沸腾起来。

蔡伤一声长啸，低喝道：“走!”便若鬼魅般掠向两边的柴房。

“什么人?”两声大喝。两名哨兵这才醒悟过来，挡住蔡伤道。

蔡伤“哈哈”一笑，暴喝道：“蔡伤!”黑暗之中，那柄刀已经若魅影般划破虚空，在对方的惊骇之下，割开了他们的咽喉。

“嗖……”四声弩机的暴响，两旁冲来的几名护院立刻惨呼着倒地不起。

蔡伤手起刀落，立刻将那剩下的一名送上了西天极乐。

“轰——”蔡伤将房门被撞得变成无数碎木，蔡伤一手提着吴含血淋淋的人头，冲入了柴房。

“嗖……”一排弩箭向五人疾射而至。

那四人似早料到如此，身形若一团团肉球一般滚入柴房，同时手中的弩机也松了出去。

几声惨呼过后，有人高呼道：“别放走了刺客，刺客在这里……啊!”一声惨哼，蔡伤的弩箭在火把光辉的映照下，深深地插入了他的心脏。

蔡伤向四人打了个眼色，立刻提着头向破门前一站高声呼道：“吴含正是我蔡伤所杀，你们传话给尔朱荣，我会让他不得好死。”

“蔡伤……”那些护院惊骇地议论起来。

“弟兄们，烧了这柴房，蔡伤有什么了不起，难道他还能敌得过我们这么多人吗?”一人高呼道。

“对，烧死他们。”一群吴家之人悲愤地呼道。

城守府的火光映得正阳关的夜更有一种诡秘的情调，城中立刻变得很混乱，那些巡城之士兵全都向城守府赶来，更不知是谁在大街上高喊了两声：“南朝的兵攻城了，南城的大将攻城来了。”

街头的那些正在做梦的人立刻条件反射般全都一骨碌地爬了起来，见那些巡城兵匆忙而行，以为战火下一刻便要烧到这里，全都呼天抢地地拖儿带女像没头的苍蝇一般乱闯，而那些正在睡梦中的人们，更是惊慌失措，有的便穿着睡衣走到门外，见到场面如此混乱，而城守府火光冲天，不禁也跟着大呼道：

“南朝的大军杀来了！”

城中的场面乱到了极点，而那几个蒙面人此刻也全都恢复了普通百姓的装束，夹在混乱的人流之中疾走。

蔡伤以黑布裹着吴含的人头，却径直向北城跑去，他在杀死吴含的同时，便以脚将那块守城令牌取了过来，再加上这一路到处都是难民，巡城兵本就没办法分辨谁是凶手，何况他们根本就不知道吴含已经被蔡伤所杀。

蔡伤并没有走正北门，而是取城墙中心的位置。

“谁，来人止步。”城墙的士兵紧张地看着蔡伤奔了过来。

“我！”蔡伤沙哑着声音道。

“夜晚城墙不许人靠近，否则杀无赦，快快离去。”一个冷峻的声音传了过来。

“我奉城守之命外出有急事。”蔡伤亮出城守令牌，停住脚步冷冷地道。

在火把光映照下，那七寸的令牌虽然隔了六七丈，仍然清晰可见。

蔡伤见对方没再阻拦，便大步走近城墙，沉声道：“还不去为我开启城门。”

那声音冷峻的高个子不禁浑身一震，这声音太熟悉了，连这跨步的神态也是那般熟悉，不禁仔细地打量了蔡伤一眼，又向左右望了一望，沉声道："既然有城守的令牌，便开启北门三尺。"同时望向蔡伤的目光变得异常狂热。

蔡伤淡淡一笑，向北门大步行去。

"吱呀！"北门那巨大的顶门拄被几十人移开，使北门露出一道三尺宽的缝隙。

"张大人，谢谢你的合作。"蔡伤在心底大为感激，语意真诚地道。

"配合大人行事，是本将应该的，还不放下吊桥。"张涉激动地道。

"哗！"吊桥很沉重地搭在护城河的对岸。

蔡伤大步走上护城河，向张涉望了一眼。

"大人好走，本将不送了。"张涉欢喜之中又有些伤感地呼道。

"快关好城门，小心萧贼兵至。"蔡伤不忘叮嘱道。

"关好城门，起吊桥。"张涉忙下命道。

蔡伤心中一阵感慨，无限失落地向南面的林中奔去，因为王通已经将马匹在林中备好，在正阳关中只有这些信得过的生死之交，可惜今日一别又不知何日可以重相聚首，或许永远老死他乡，不禁长长一叹。

"将军！"林中一声低呼。

蔡伤迅速行了过去，那人亮起一根火把，激动地道：

"将军成功了？"

蔡伤打量了他一眼，举起仍在滴血的黑色包裹，道："王仆，你怎么仍守在这里？"

"老爷不放心这一匹马系在这里，同时吩咐小人送些盘缠给将军，再将夫人的骨灰送来，因此便守在这里了。"那年轻人正是王通书房门口遇到的王仆。

"真难为王大哥了，你回去告诉他，我永远都会记得这大恩大德。"蔡伤打量了马背上那几壶羽箭和铁胎大弓及弩矢，感激地道。

"老爷说叫你不必谢，只要你活得好，他便很高兴了。你是我们汉人的勇士，这里是二百两银子和一些珍珠，相信将军可以去做一些生意，老爷说恐怕你以后再也不会去带兵打仗了，因此请你一定要收下。”王仆诚恳地道。

“知我者，王大哥也。好，这些钱我收下了，你小心一些。”蔡伤拍拍王仆的肩膀伤感地道，同时慎重地接下这一包金银。

王仆从背上取出一个瓶罐道：“这是夫人的骨灰。”

蔡伤双目泪光一闪，手中的人头重重地掉在地上，而深情无比地抓过瓷罐，喃喃地道：“雅儿，我为你报仇了，我这就带你去老家，从此再也不会分开，好吗?”

王仆也禁不住鼻子一酸，蔡伤抱紧骨灰坛，泪水又簌簌地洒在瓷罐之上。

“唏!”骏马低低地喷了口热气，蹄子在地上踏了两下，把蔡伤从悲痛中惊醒过来，不禁仰天叹了口气，对着地上吴含的人头，冷厉地道：“那你便永远做个无头鬼好了。”

说着，“轰”地一脚，竟将这颗带血的脑袋踩得爆裂开来，劲道之惊人，只叫王仆目瞪口呆。

“你小心了，我这就去了，代我向你们老爷问好，也许风儿十几年后会回来的。”蔡伤伤感地道。

“小人会传到的。”王仆一阵激动地道。

蔡伤凄然一笑，抱着骨灰坛，翻身飞上马背，“驾”的一声轻喝，马儿向南方疾驰而去，唯留下王仆举着火把呆愣愣地望着蔡伤消失在视野之外。

夜风微微有些寒意，却掩不住城内的喧哗，正阳关的确已经够乱的了。

蔡伤一路疾行，绕过了梁军与魏军的关卡，赶到黄海所住山洞之时，已是他离开山洞的第五天，黄海的伤势已经好得差不多，大部分已经结疤，而蔡风每天与黄狗一起打得火热，也不怎么哭闹，满山洞乱爬，黄狗便若慈母一般呵护逗着蔡风。

蔡伤心头一阵酸楚，不过他只能让蔡风以狗乳为食，否则蔡风太小，仍不能够吃稀饭，只会饿死，这种日子不能像以前一般，请奶娘，看来以后还得将黄狗带上。

这一夜下了很大的雨，蔡伤本打算赶路，可是现在却走不成了，还得把马匹全都牵到洞中，如此风雨，连马也会受不了，不过幸亏打了一些猎物，就着火烧烤倒也很自在，反正也不在乎这么一天半夜的，而且目前魏、梁大战迫在眉睫，应该不会有人来追截他，更何况，也不会有人想到他会不投梁境而返河北呢？所以他并不太在意，这一夜搂着蔡风好好地睡了一夜。

翌日醒来，才发现衣服竟被蔡风尿湿了，黄海和他不禁全都大感好笑，不过也使心情稍好了一些。

天气也放晴了，不过昨夜的风雨的确太大，林间那未掉的黄叶全都掉光了，地上泥湿路滑，山路也不好走。

蔡伤以软布带把包裹好的蔡风绑在背上，策马向山东方向驰去，他不想走河南，那会更增加他的危险，因此，只好取道山东再绕行邯郸至武安阳邑，那是他熟悉的地方，因为他在太行山长大。

一路上让蔡伤惊骇的是那随处都可以见到死去的梁兵，虽然是昨夜死去，蔡伤不敢相信，昨夜如此大的风雨还有人能够行军打仗，简直是太不可思议了，不过事实是梁军败了，而且一路上仍有许多游散的梁兵，成群结队地逃离，毫无军纪可言，散漫得像流匪。

蔡伤当然不会怕这小股梁军，那些人根本就毫无斗志，见蔡伤厉害，谁还敢自讨苦吃去惹他，只要蔡伤不找他们麻烦，便要感谢苍天了。蔡伤也逮住一逃散的梁兵，追问这是怎么回事，那梁兵心惊胆寒地道：“昨晚，下了好大的暴风雨，我也不知怎么回事，大家都不见了大王，怎么也找不到，只好大家一哄而散，回家好了，请英雄饶了我吧。”

蔡伤与黄海不禁面面相觑，却想不到战事会是如此一个结局，只一场暴风雨便解决问题，想起来不禁大为好笑，自然也不再留难那梁兵。

蔡伤一路上绕开官兵，化装而行，经常野宿而很少入城，同时又因在洛口附近捡到了几个很好的帐篷和粮食盐巴，这一路上也不算是苦差，只是天意渐寒，北方更甚，蔡风小脸冻得通红。

蔡伤便与黄海猎得一头老虎，将其皮为蔡风裹身，使他解除寒冷之忧。在他们到达肥城的时候，便闻北朝发兵数十万去围攻钟离，各地还在不断地募兵，不过蔡伤却没有丝毫兴趣，只想早一些去过一点安定的生活，而这大乱之时，朝廷并没有严令通缉他，这样也会对军心造成不好的影响，因此蔡伤一路行得极为顺利，只不过见沿途的难民和许多萧条的村落使他心内大为抽痛，这并不是某一个人力量可以改变的事情。

第四章　训犬之道

公元五百二十三年，柔然入侵北魏北部六镇（六镇，一般指沃野、怀朔、武川、抚冥、柔玄、怀荒，六镇之外又有御夷等镇，大部分位于北魏北方边境，即今内蒙古境内。沃野镇指今内蒙古五原县东北；怀朔镇指今内蒙古固阳西南部；武川指今内蒙古武川，抚冥指今内蒙古四王子旗东南；柔玄镇指今内蒙古兴和县西北；怀荒镇指今河北张北县北），怀荒镇民请求开仓放粮，武卫将军于景无理拒绝，镇民忿恨难当，遂起兵造反，杀了于景，而沃野镇镇民破六韩（姓）拔陵（名）亦聚众起义，杀死沃野镇守将，改元真王，其余各镇的各族人民纷纷响应，起义队伍迅速扩大。

北魏朝廷震动。而天下百姓因不堪北魏朝廷的压迫，便四处都动乱不安起来，人心离散，大量的难民向南疾涌，更多人躲进山中，结草为寇。

太行山脉更是贼寇横行，民不聊生，朝廷更无主力去平定这小寇流匪，任其猖獗，不过在武安附近阳邑小镇却很平静，更无匪寇问津，因其在山中，出入路途不易，甚至朝廷苛政在此实行得也并不很严厉，使得这几十户人家得以稍稍偏安。

阳邑小镇中，多以狩猎为生，也会种耕山地，却不为主业，小镇之中人人都是优秀的猎手，因此山寇流匪根本就不敢打这小镇的算盘，那是自取其辱。

山外一个世界，山内一个民间，它乱它的我行我的，在这种战乱纷繁的世界里，能够有这样一份环境，已经是一种很了不起的福气了。

这里的每个人都很珍惜生活，就像珍惜生命一般，这种时代之中，能够得一天的平静便是一天幸福，或许是这里的人早已麻木了这种感觉。不过他们也经常会去武安郡，在那里以毛皮或是猎物换回自己所需要的东西，这便是他们那简朴得不能再简朴的生活，不过在武安没有人不知道阳邑这小镇的厉害，做生意也不敢占小便宜，更重要的是他们尊重阳邑镇的每一个人，他们所猎获的猎物是许多猎人根本不想遇到的猎物，这是一个猎人的荣耀。不过，最近让武安郡的年轻公子哥儿感兴趣的却不是那些猎物，而是一个少年，一个身后总有几匹狗跟着的少年，他所带的猎物绝不少，也绝不简单，更让人惊异的还是他身后那驯服得像儿子一般的狗。

这几匹狗也绝不同一般的土狗，明眼人一看便知道这狗是由狼配种的，那种高大威猛之状的确让人心有些寒。

那些公子哥儿很喜欢斗狗，的确，在这种不知生死何时的年代，有钱的人们很会享乐，斗狗本是一个很好消遣的活动。

武安城并不是很大，靠近山区，那木石结构的城墙很坚固。

相对来说，武安在北魏疆土的中部，其形势也并不像边界，城中除了防守太行盗寇的一些兵士之外，也并没有驻扎太多的士兵，当然城中仍有数百护城之兵，这已经差不多可以保护好这城不受匪寇侵扰，再加上各土豪家中所养的兵丁，差不多可以应变城内的突发事件。

这些年来，虽然朝廷腐败，百姓苦不堪言，而那些小生意、大买卖依然有不少人做。做这些生意之人大多都会有后台撑腰，否则的话，很难混下去，而做这些大买卖小生意之人更懂得圆通之道。

武安城中最诱人的地方，不是青楼，而是酒楼，酒楼又数“四季发”为第一，不知道这里的厨子从哪里请来的，做的菜特别诱人，有人在楼外闻到菜香，竟让口水垂出三尺，不过能吃上这种好菜的人不多，因为没几个人有那么多钱。

“四季发”最有名的菜有“粟子烧鸡”、“大富大贵鸡”等，这是普通人吃得起的，还有些是普通人不敢动脑筋的，不过无论怎样，“四季发”

的生意的确很火，在这种偏安的地方，所住的人家反而多是那些有钱的人家，因为他们有钱，才更怕战乱，在战乱之中，钱便显得太不值钱了，人随时都可能失去生命，让钱财无用武之地，因此，很多有钱的人都喜欢向偏安的地方迁移，他们在朝中有关系，又有物力人力，迁移的确是一件比较简单的事，而在这腐败的风气之下，田地全都可以通过关系买卖，一切都变得很单纯。

“四季发”后门口的马棚之中蹲着四只高大的黑狗，像狼一般吐着舌头，的确有些让人心惊，连马都有些惊悸的感觉，但却有两个锦衣少年见到四只大狗不禁喜出望外，相视望了一眼，便一齐从后门挤进了“四季发”。

“蔡风，蔡风!”那两个锦衣少年也不顾那些正在吃得欢快的人，便高喊起来。

“两位公子……”店小二为难地道。

那两位锦衣公子却并不在意，一把拉住店小二，欢喜地问道：“蔡风在哪里，快带我去找他。”

“蔡公子在楼上与掌柜算账，等会儿便会下来的。”店小二挪开那锦衣少年的手道，旋又唠叨道：“用这么大力，差点没给你把衣服抓破。”

那锦衣少年毫不在意，迅速向楼上跑。

“砰”的一声，竟将一个准备下楼的人给撞倒在地。

“哎哟，痛死我了，哪个不……”那人被摔得眼冒金星，摸着屁股就要骂，可是当他看清眼前两位锦衣少年后，忙收住将要骂出口的话，变得一脸恭敬，一骨碌地爬起来，阿谀道：“两位公子，实在对不起，小人给你赔罪了，请公子不要怪小人，是小人瞎了眼……”

那锦衣少年剑眉一挑，叱道：“别啰里啰唆的挡住了路，蔡风在哪里，快告诉我。”

“那小子便在那边。”那人向柜台一指道。

“啪！你敢叫他小子!”那高个子锦衣少年很利落地给了那爬起来的汉

子一巴掌怒道。

虽然这汉子比锦衣少年要高出半个脑袋，却不敢还手和躲避，反而还装作笑脸道："小人说错了，说错了！"说着捂着脸悻悻地离开两位锦衣少年。

"蔡风，你终于来了。"那两个锦衣少年欢喜地向柜台边那黑衣少年奔去。

那黑衣少年缓缓地扭过头来，显出一张犹带顽色却很俊美的脸，脸上那有引起夸张的线条配上那一双野性的眸子，让人一看便知是一个大胆狂野而又极为背叛的小子。

"你两个鬼叫什么？没见到这是酒楼吗？叫人家还怎么做生意，吵烦了我叫虎子把你屁股咬一半去。"黑衣少年露出一口洁白的牙齿叱道。

那两个锦衣少年像斗败的公鸡似的，吐吐舌头扮了个鬼脸，不好意思地笑道："人家想你心切吗！"

那掌柜的被这一幕给惊得瞪大一双眼睛，不敢相信地望望眼前的这黑衣少年，又望望那两个锦衣少年。

其实不止掌柜的如此惊异，楼上的所有人都大为惊异，谁也想不到太守的两个宝贝儿子居然对一个猎户的儿子如此恭顺。

黑衣少年灿然一笑，脸上绽出阳光般的光彩，道："你们先到虎子身边等我吧，我和掌柜的算完账便下楼。"

"你快点哦！"那高个子锦衣少年欢喜地叮嘱道。

"没见过你们这么心急的人。"黑衣少年哑然笑道，便转头对掌柜道，"刘掌柜，继续算账吧。"

掌柜的干笑一声道："好，好，这獐子是一十六个，五钱三一斤，一共是……"

黑衣少年奇问道："不是五两银子一个吗？"

"不不，现在市场好，肉价涨了，涨了，而且你又是老顾客了，所以就是这样了，一共是七十六两银子。"掌柜忙解释道。

那黑衣少年装作恍然地“哦”了一声道：“原来是这样。那好吧，七十六两银子便是七十六两吧，咱们的确是老朋友了。”

“蔡公子，你点点，这是七十六两，一个子儿也不少。”掌柜的提出一小袋银子道。

那黑衣少年正是蔡风。山中无甲子，蔡伤一转眼便在阳邑隐居了十几年，蔡风也已经长大了。

蔡风迅速地把袋中的银钱点了一遍，笑道：“的确没错，转头请掌柜为我准备二十斤好酒，要陈的。”

“好的，没问题，蔡公子你随时来拿都行。”掌柜热情如火地道。

“那便先谢谢掌柜的喽。”蔡风哂笑道。提着银子转身便向楼下行去。

“阿风，成交了吗？”一名青年人放下手中的酒壶立身喜问道。

蔡风悠然走下楼梯，向那年轻人行去，笑道：“我出手自然马到成功，七十六两银子怎么样？”蔡风扬了扬手上的袋子得意地道。

那年轻人扭头向周围侧目的人望了一眼，回头狠狠地瞪了蔡风一眼，骂道：“得意忘形。”

蔡风耸耸肩，将手里的银钱向那年轻人手里一塞道：“你去与马叔会合，我还有些事。”

“一群狐朋狗友，没半点正经，快去。”那年轻人笑骂道。

“本来就是狗友嘛！”蔡风毫不在意地笑应一声，转身从后门走去。

那两锦衣少年见蔡风行了出来，欢喜无比地一把拉住蔡风的衣袖，激动地道：“这次你一定要帮帮我，为我兄弟俩争口气。”

“哎哎——干吗这么用力，把衣服撕破了，我可没钱买哦！”蔡风大咧咧地移开两人的手道。

两个锦衣少年尴尬地一笑，道：“这个好说，我去为你买好衣服，便是去吃‘四季发’的‘獐头虎爪丁’也没问题。”

蔡风眼睛一亮，舔了舔舌头，傻兮兮的样子，道：“真的？”

“当然是真的，我田禄什么时候说过假话，哄过兄弟？”那高个子锦衣少年急切地保证道。

“不错，我田福也可以保证。”另一个锦衣少年也举手表态道。

“哦，如果是这样的话，我还可以考虑考虑，不过我得先问清楚对手是谁，你们赌注有多大。”蔡风摸摸鼻子一脸狡黠地道。

“这个……”田福不禁向田禄望了望，欲言又止的样子。

田禄干笑道：“这个对手是李崇的儿子李战。”

“李崇的儿子？你搞没搞错，李崇不是在京城吗？怎么会到这里来呢？”蔡风一惊道。

“李崇的妹妹是魏兰根的夫人，魏钟那小子故意把李崇的儿子给叫来，还带了两只非常厉害的狗，把我‘左骑将军’和‘右骑将军’全都咬得遍体鳞伤，不能再战。”田禄不甘心地道。

“哈哈……”蔡风不禁大笑起来。

“你笑什么？”田福有些不高兴地道。

“这叫官大狗凶，李崇是当朝的尚书令，养的狗也不同凡响，真是有趣，有趣。”蔡风好笑道。

田禄和田福不禁也莞尔应和道：“那倒也是。”旋又道：“不对，李崇养的狗怎会比你的虎子厉害呢？这四大护卫任何两只都会把李崇的儿子吓得屁滚尿流。”

“别净戴高帽啦，人家是尚书令的儿子，官大压死人，我这一介草民，惹上他岂不是死路一条。”蔡风故作为难地道。

“蔡风，算我求你了，你不是一向不怕权贵吗？当初你不是知道了我是太守的儿子，还要打得我们屁股肿吗？”田禄几近哀求道。

“当初是当初，时下不同了，你爹怪罪下来了，我还可以到别的地方去。嘿，要是李崇下令，可是哪里都无法藏身，除非到梁朝去，可那怎么好……”说到这里，蔡风故意顿了一顿，打量了田禄和田福一眼，见他二人一脸失望和气愤之色，不禁又笑道，“除非……”却只说两个字竟又停了下来。

“除非怎样?”田禄和田福精神立刻全都涌了上来，急切地问道。

“好说，好说，是这样的，为了兄弟的事我吃点亏没什么，可是我爹若是知道了，定让我屁股大大地开花，那结果，可比李崇的命令更可怕，只要我爹和我黄叔不反对，我倒愿意为兄弟挽回一点面子。”蔡风口气缓了一些，狡黠地道。

“那你爹怎样才肯同意呢?”田禄担心地问道，一脸期待地望着蔡风。

“其实，我爹和黄叔都很好说话的，也很好对付，只要用酒把他们灌得迷迷糊糊便万事大吉了。”蔡风漫不经心地道。

“酒，可是你爹不在这里，若是回你山沟里再来，岂不又要花上两天，那太慢了。”田福急道。

“要不这样吧，我先帮你把李战这小子的两条尚书狗解决掉，然后再负酒请罪，大概应该也没有多大的问题，看在酒的份上，我爹也许会只打一两板子就算了。”蔡风装作一副无可奈何的样子。

“这样再好也没有了，我一定拿武安城最好的酒给你带回家。”田禄兴奋得摩拳擦掌地道。

“唉，这叫士为知己者死，没法也!”蔡风装作无可奈何地一叹道。

“哈哈哈……”田禄和田福不禁大笑起来。

“对了，我还有三位同来人，既然决定为你出战，就得在这里待上一夜，这个……”蔡风势利眼地望了田禄兄弟俩一眼，欲言又止地道。

“这个全都算我的，保证会让你住得舒舒服服，只要你能为我兄弟俩争回面子。”田禄大方地道。

“那我就不客气了，咱们都是朋友嘛，谁是谁的又何必分得这么清呢?你出便等于是我出喽，对吗?”蔡风故作客套地一拍两人的肩膀笑道。

田禄和田福不禁一愣，旋即狡黠地道:“那你先为我付了账再说。”

“啊——”蔡风一惊，急忙道，“那可不行!”

“哈哈……”三人不禁同时大笑起来。

蔡风摸一摸肚皮，酒足饭饱地立身而起，拍拍田禄兄弟俩的肩膀笑道："现在就看你的喽，把那李战小子约出来，便让我的虎先锋和豹先锋上阵，把那两只尚书狗咬得残腿断脚，看看到底谁厉害。"

田禄兴奋地道："这个没问题，有你的虎豹两大先锋上阵，一定让李战那小子惊得忘了春夏秋冬。"

蔡风得意地一笑道："带点礼物去好好慰劳慰劳几匹战将，让它们好好为你卖力。"

"这个你放心，不让它们吃饱，哪来的力气上阵拼斗呀？"田福笑道。

"阿风，咱们该起程回镇了。"那年轻人大步从门口进来沉声道。

"不忙，不忙，蔡风今日不回家了，你们也留下来，明天一起回去好了，这之中的费用由我出好了。"田福大方地道。

那年轻人惊异地望了蔡风一眼，蔡风耸耸肩膀笑道："长生哥，你便包涵包涵，明日一早，我们再回去也没关系。何况，我们又不用多花钱，对吗？你便去请马叔和三子一起住进'四季发'吧，吃的喝的全不用愁，早已叫掌柜的为你安顿好了，我明日再来找你们和马叔，怎么样？"

"阿风，你爹知道了会不高兴的。"一中年汉子也踏入"四季发"来到蔡风身边坐下道。

田禄有些紧张地望望蔡风，怕他又决定回家。

蔡风向他兄弟二人笑了笑道："没关系。"旋回头对那中年汉子道，"马叔，你不说，我不说，长生哥也不说，三子也不会说，我爹哪知道，对吗？我只是去为他弄酒喝而已，不会很严重的。"

"好吧，那明日一定要尽快赶回镇上。"那中年汉子吸了口气道。

"小二，来，带这三位到客房去，好生伺候，账全算本公子的。"田禄高声喝道。

"是，是……"那店小二颤颤磕磕地道。

"那我们便先走喽。"蔡风一把拉田福和田禄向那中年汉子嬉笑道。

那中年汉子不禁摇了摇头，拉了拉那呆呆的年轻人跟在店小二之后向楼上行去。

太守府很豪华，朝廷之中，廉洁的官已经没有几个。

“让我去看看你的左旗将军和右旗将军。”蔡风一步入府门便道。

田禄望望身后的蔡风带来的四只大黑狗一眼，转身便向西门院走去。

“少爷！”那两个门丁恭敬地向田禄兄弟二人行了个礼道，又冷冷地打量了一身素衣的蔡风一眼，显然有些不明白他们的少爷怎会和一个乡下的野小子搭上了关系。

蔡风心中有些不快，见那两狗眼看人低的门丁如此漠视自己，不由得冷冷地道：“你们望什么望，我是来向你家公子要债的，有什么不妥吗？”

那两个家丁怎么也没想到蔡风会如此凶，而且这般毫无顾忌地说话，但见两位公子并没有说话，不禁怒叱道：“你哪来的野小子，竟敢到太守府来撒野！”说着便要揪住蔡风，他们还以为蔡风真的是逼债的，因为他们深知田禄两兄弟经常斗狗，在外面欠了账并不足为奇。何况，他们见到蔡风身后那四只巨狗，怎么想田禄兄弟的狗也不会有赢的希望，故此想给蔡风一个下马威。

“虎子，豹子！”蔡风低喝道。

“呜，呜！”那两只高大而有些瘦的黑狗，闪电一般扑了过来。

“呀，呀！”那两个家丁还没反应过来，便被两只黑狗咬破了裤子，在屁股上拖下两道齿印，而另两匹黑狗作势欲扑，两对铜铃似的眼睛馋馋地盯着两人的咽喉，只吓得两个家丁魂飞魄散。

“哈哈……”田禄、田福不禁欢快地大笑起来赞道，“果然勇猛无比，你们两个狗奴才真是瞎了眼，连我的朋友也敢打，不给点颜色让你看看，你们不知道厉害。走，蔡风。”

蔡风不屑地向两个家丁望了一眼，吹出一道口哨，四只狗立刻汇合，不再对两个家丁进行包围，便像是训练有素的特级战士。

“弟弟，你便去向魏钟那小子邀战，今天下午，老地方见，一定要让李战那小子知道厉害。不过不要告诉他，出战的是虎子和豹子，否则他们会吓得不敢下注，那可就不好玩了。”田禄对田福道。

“我这就去，便说一个时辰后便开战，岂不更好？李战那小子骄傲得很，总以为他的狗打遍天下无敌手，一定会不把我们放在眼里，无论怎样他都会应战，这样岂不更省时间。”田福建议道。

“田福说的有道理，便依你的话去说吧，我要让李战这小子看看我蔡风训练出来的狗才是最厉害的。”蔡风自信地道。

“走，我俩去看看左骑将军，顺便对你的四大先锋慰劳慰劳！”田禄一拉蔡风便向西院行去。

“禄儿、福儿，你们又去干什么？”一道威严而又慈祥的声音飘了过来。

田禄和田福正要奔行的脚步像被钉子钉住了一般，无奈地全都缓缓地转过身来。

说话的是一华贵而雍容的中年美妇，凤髻高束，步摇微颤，若风摇柳摆的纤弱之中，掩饰不住那逼人的威严。

“娘！”田禄、田福勾着头低低地唤了一声。

蔡风忙抱拳躬身恭敬地道：“蔡风见过夫人。”那双贼眼却溜到那贵妇身边那娇俏的少女身上，只见那少女明目皓齿，清丽脱俗，纤长的身体紧裹在鹅黄色的轻裙之中，有说不出的诱人。

那贵夫人扫了蔡风一眼，却没有看清蔡风的面貌，只觉得蔡风一身粗布衣服应是个乡下少年，可是蔡风那有礼而不慌不忙的动作和声音与普通乡下人不一般，不觉得柔声问道：“你叫蔡风？”

蔡风仍低着头，不卑不亢地应道：“正是。”

“为什么不抬起头来？”那贵夫人奇问道。

“夫人没叫我抬起头来，我怎敢抬，那岂不是大大的不敬吗？”蔡风说着抬起头来，毫无顾忌地向那少女望了一眼。

中年美妇微微皱了一下眉，蔡风的动作的确有些过火，那少女似乎也有所感，狠狠地瞪了蔡风一眼，却并无多少怒意。

“娘，他是孩儿的朋友。”田禄从背后偷偷地拉了蔡风衣角一下。

“哦，你是干什么的?”那贵妇很优雅地问道，目光又变得平静得像湖水一般宁静。

“夫人问话，我不敢隐瞒，我乃山中猎户之子，令郎与我一见投缘，也便结上朋友了。”蔡风不卑不亢地应道。

那贵妇扭头望了望众人身后的那四只比狼还威猛的大狗，不仅没有害怕的神色，反而转向田禄训斥道：“听说你与李尚书令的公子李战斗狗是吗?”

“娘!”田禄有些不知所措地答道。

“你们真是不知天高地厚，李尚书令的公子是你惹得起的吗?幸亏没有出事，否则一个不好，你爹也保不住你们两个!”那贵妇似乎极为气愤地道。

田禄和田福被说得不敢抬起头来，只好斜眼向蔡风偷偷地求救。

蔡风只感到好笑不已，不过也不知道如何插上话，虽然他天不怕地不怕，可在太守府中对太守夫人还得有三分敬畏，但是他总不能放着可得到免费美酒的机会不要吧，因此，只得硬着头皮低声说道：“夫人，二位公子只不过年轻气盛，喜爱玩闹，与李公子斗狗只是出于一种热闹的心理。其实二位公子与李公子关系很好的，今次二位公子叫我来，只是为了医好狗儿而已，并没有别的意思，若夫人不喜欢二位公子这般做，二位公子是最孝顺的，一定会听从夫人的吩咐，平日两位公子和我们一起玩耍之时，便说最听夫人的话啦，对吗，二位公子?”

“是呀，娘!蔡风说的是实话，我们今后不会再去找李战斗狗了，只是我们不忍心看到狗儿多受痛苦，才会叫蔡风来治治狗儿的伤势。”田禄打蛇乘棍上地应和道，同时感激地向蔡风暗暗瞥了一眼。

田福也唯唯诺诺，一脸无辜之相。

那贵妇冷冷地打量了谈吐不凡却又不卑不亢的蔡风一眼，见他那清澈若水的眸子中，掩饰不住的傲然自信之色及那脸上夸张的线条，展现出一种坚毅而悠然的气质，怎么也起不了厌恶之感，想到自己儿子竟有这种朋友，心底也不免多了一丝欣慰。

那少女也哑然地望着蔡风，想不到这山间猎户之子竟有如此胆识和气概，只看那镇定如恒的表情便不得不让人惊讶与他小小的年龄不相符合。

太守夫人虽然对蔡风另眼相看，但她很明白自己儿子的个性，因此也并不松口，严肃地问道："那你便不想为你那两只狗争回面子吗？"

田禄和田福一呆，蔡风立刻便知不好，因为他是抬头平视，而田禄兄弟二人只是低着头，没见到他母亲的脸色，弄得不明其意，蔡风忙道："其实二位公子养狗只是娱乐而已，狗始终不能与人比，为了狗的面子而伤了人的和气，这种事，相信二位公子绝不会蠢得去干的，更何况李公子与二位公子还是好朋友呢！"

"是啊，娘，孩儿绝对不会做这种傻事的，何况我们和李战已讲好了，又怎会因为狗斗而认为是没有面子呢？"田福乖巧地接声道。

太守夫人狠狠地白了蔡风一眼，蔡风竟耸耸肩道："夫人，如果没有其他事的话，我想早一点为狗儿治伤，为它们减少一些伤痛。"

"你会治狗的伤吗？"那一直未曾开口的黄裙少女突然开口问道。

蔡风听到那若黄莺出谷般悦耳动听的声音，不觉得心神一荡，也跟着无比自信地一笑，把头稍稍一歪，微微斜着眼睛毫无顾忌地望着那少女的俏脸，淡淡而轻松无比地道："若是小姐不相信的话，可以和我们一起去，看我治伤的手段，那便真正地知道答案了。"

那少女不觉得俏脸一热，俏目之中除了有些羞怯之外，还似乎大有恨意，不过这更显出一种别样的风情，蔡风不禁有些呆了。

太守夫人觉得蔡风的确有些过分了，她身后的两名健壮的女仆似明白了她的心意，怒叱道："大胆，竟敢对元小姐这般无礼，你可知罪？"

蔡风斜眼冷冷地望了那两名健仆一眼，漫不经心地道："我不知道自己到底犯了什么罪？我是来为公子的狗儿治伤，若有人怀疑我的医术，我要向他证明这也算是有罪的话，那么那个证明破六韩拔陵是否为造反头头的人是不是也犯了大罪。若是没有取证，朝廷如何妄自取兵赴北讨贼？我倒要听听两位所说我这罪在何处?”

“你、你……”那两个健仆想不到蔡风的词锋会这般利，而且拿朝中为例，使她们根本无从辩驳，结结巴巴脸都涨得红红的，却说不出所以然来。

那少女也惊异蔡风的狂傲，不由为蔡风那种目空一切的气魄心折，连太守夫人都对蔡风大为惊异。的确，连她也说不出蔡风罪在何处，只是从一种身份和传统理念上说，蔡风的确是有些说不过去，可这一切只是人心中的定念而已，根本不存在任何罪条之说。而蔡风对天下的事情都似乎知道得很清楚，要知道破六韩拔陵起事只不过是近一个多月的事，而朝中正出兵讨贼也不过传出消息不久，而蔡风顺口引用，显然不应该是一个普通猎户之子所应有的急智。不过，蔡风是她儿子的朋友，这消息是出于他儿子之口也说不定，因此，疑虑也并不深，只好淡淡地道：“那你们快去吧，不要再让我知道你们与李战斗狗，否则我定会叫你爹严办的。”

“是，娘，孩儿明白。”田禄和田福恭恭敬敬地道。

太守夫人很优雅地转过身去，那两名健仆狠狠地瞪了蔡风一眼，蔡风毫不相让地冷冷地横了两人一眼，田禄、田福也狠狠白了两名健仆一眼，吓得她们只好悻悻而去。那黄衫少女却转过头来向蔡风露出一个甜得可以把人腻死的微笑，只看得蔡风六魂出窍，七魄飞升，不过还是以最潇洒的动作耸了耸肩，扮了一个滑稽得让田禄兄弟俩都想笑的鬼脸，毫无顾忌地做出一个馋相，差点没把眼珠都拿去射那少女。

那少女不禁大感有趣，却也羞不可抑，她从来都没见过蔡风这么大胆而野性的男孩子，想来也好笑不已，不过因为太守夫人在身边而未敢笑出来，只转身娉婷而去，像摇曳的芙蓉一般清美而优雅。

“蔡风!”田禄一拉呆若木鸡、一脸色相的蔡风，笑着大喊道。

蔡风不禁回过神来，扭头痴痴地望了田禄和田福一眼，笑骂道：“奶奶个儿子，老子口水都快流出来了，你们家有这么漂亮的小妞，怎么不早一点叫我来为你治狗伤，帮你们养狗也无所谓。”

田禄、田福先是一愣，后不禁爆出一阵大笑，重重地在蔡风的手臂上击了一拳笑骂道："真是色胆包天的家伙，连我表妹的主意也敢打，欠揍啊。"

蔡风被捶得咧嘴一声惨叫，骂道："奶奶个儿子，干吗打这么重，你表妹不是母的呀，老子是公的，公的喜欢母的正常得很，有什么稀奇吗？管她是你什么人，便是公主也没关系，真是没见过市面。"

"奶奶个儿子！我们没见过世面，这家伙说起话来连谱都没有。"田禄一把抓住蔡风的手臂好笑地对田福指着蔡风笑骂道。

田福不禁笑得直打战，问道："妈的，蔡风你什么时候弄了这么好的一句话——奶奶个儿子，真是新鲜，骂得真够痛快。"

蔡风大大咧咧地一笑，装作傲气凌人地道："奶奶个儿子，乃是神来之作，别人怎么学得会！"旋又装作正经八百地道，"现在，认真严肃谨慎郑重地问你们一件事，你们要老实告诉我。"

田禄和田福禁不住一呆，笑骂道："有屁就放，有屎便拉，何必啰里啰唆用这么多形容词呢，不嫌麻烦吗？"

蔡风不以为耻地笑道："这样便更能表现这个问题的严重性嘛。"

"去你的大头鬼，快说吧！"田禄骂道。

"你那表妹芳名怎么称呼？你那表妹今年芳龄几何？你那表妹仙居何方？那你表妹可有婆家？"蔡风一副滑稽之状地笑问道。

田禄和田福又好气又好笑，蔡风啰里啰唆正经八百却只是为了这种无聊的事，不禁摇头叹道："看来你小子是吃了秤砣铁了心，一颗色胆包了天，无可救药了。"

"那是另一回事，与我的总是没有多大关系，快给我从实答来。"蔡风毫不放松地道。

田福摇头苦笑着学蔡风刚才那种调答道："我那表妹芳名元叶媚，我那表妹芳龄一十又五，我那表妹仙乡邯郸，我那表妹……"说到这里却不再说下去了。

蔡风听得正入神，见田福这么不是东西，从中而断，不禁一把抓住田福的手臂急问道："你什么时候变得如此讨厌呢，专吊人胃口。"

田福一脸同情地道："我怕你受不住打击哦！"

田禄不禁哈哈大笑起来，蔡风脸色微微有些失望，气愤地道："有什么好笑，幸灾乐祸，一点不够朋友，你应该为你表妹失去了我那样一表人才天下无双的丈夫而可惜才对。"

田禄和田福不禁大为愕然，像看怪物一般打量着蔡风，那种目光只看得蔡风心头发麻，不禁怒道："看什么看，我又不是女人，有这么大的吸引力吗？"

田禄和田福忍着笑意，品头论足地道："这张脸嘛，还挺中看，至于眼睛嘛瞪得太大，像要吃人，要是不露凶相还可以，这个嘴嘛，太翘了，翘这么高有损形象，称半表人才倒还可以，'一表'那还得不翘嘴巴。鼻子生得不错，不过这种鼻子天下大概也不在少数，耳朵也不怎么样，这个头马马虎虎了，脚大了一些，手长了一些，不太理想，不过整体一看，又似是那么回事，有一点天下无双的韵味，不过那还得温和一点，脾气太臭了就不好了，会扣分的……"

蔡风又好气又好笑地望着这两个自诩专家似的人物，两拳迅速推出，在田禄和田福还来不及反应的同时，击在两人的臂上，骂道："真是缺德透顶，居然如此耍本人，半点义气都不讲。"

田福、田禄被击得一声惨呼，捂着肩膀苦笑道"稍微轻一些嘛。"

"你们呀，特不够意思，快告诉我，叶媚可有婆家？抑或婆家是哪里人氏？"

田禄不禁摇头苦笑道："看来是真的没有救药了。"又叹了口气道，"我表妹婆家乃是晋城叔孙家的叔孙长虹。"

"晋城叔孙家族的叔孙长虹？"蔡风不禁吓了一跳惊疑地问道。

"怎么，怕了吧？"田禄很不看好地道。

蔡风一脸悻悻之色不屑地道："哼，我蔡风怕过谁来着，连尚书令的儿子我都敢惹，他叔孙家的小儿郎有什么大不了的，真是太小看我蔡风了。”

田禄和田福不禁哑然失笑，低声道：“这就不同了，李崇虽然是尚书令，却不是鲜卑贵族，在北朝中，谁不看鲜卑人的脸色行事，连李崇都怕这些人，你再厉害也斗不过他们的。”

蔡风像瘪了气的破袋一般，没了半点精神，一脸失望之色，仍不忘狠狠地道：“我一定叫狗儿把叔孙长虹的屁股咬下一半，奶奶个儿子，居然敢夺走老子的心上人。”

“你的心上人？天啊！”田禄一脸滑稽之色地幸灾乐祸地道。

“走吧，不够意思的家伙，去给你狗儿治伤吧，也许咬他屁股的就是你那左右旗将军也说不定呢。”蔡风悻悻地气恼道。

田福一脸好笑地问道：“大哥，你还要不要去约战李战那小子？”

田禄这一下也像瘪了气的布袋，无力地道：“我看还是免了吧，我怕老爹的老虎凳。”

这一下轮到蔡风放声大笑了，只笑得上气不接下气，还故意夸张地将那笑的动作弧度拉得长长地，只让田禄又气又恨又无可奈何，谁叫他们的确害怕他的父亲，只得忍气吞声带着蔡风来到狗棚中。

“汪汪……呜……”狗棚中的狗很多，一见生人来到，全都沸腾起来。

田禄和田福“咄”地喝了一声，那群狗全都安静了下来，领着毫不畏惧的蔡风穿过外棚，向内棚行去，蔡风身后的四只黑狗与棚中的群狗一比，顿时鹤立鸡群，那些狗也都迅速让开一条道，似乎对这四只狗极度畏怯。

“果然是犬中之王。蔡风，你是怎么驯养这几位大‘先锋’的？”田福羡慕地道。

蔡风哂然一笑道：“其实这也没有什么特别的秘诀，最主要的只有几个字而已。”

“几个字？哪几个字？”田禄奇问道。

“与狼共舞，与犬共眠!”蔡风毫不在意地道，神色间却有着一丝难以觉察的得意之色。

“与狼共舞？与犬共眠?”田福不明所以地问道，眼神中有一丝迷茫之色。

“对，正是这八个字!”蔡风再次重申道。

“这怎么讲?”田禄若有所思地问道。

“驯犬，先要知犬、惜犬、怜犬，犬之先祖本为狼，想知犬，必须先识狼、知狼，因此，了解狼是必不可少的一步，惜犬和怜犬并不是指给它们食物让它们住得好而已，那样所驯出的犬，最多也只能够成为看家的劣等狗一般，就像你外棚中的狗一般，遇到陌生人会叫一阵子，却根本不可能驯出那种善斗凶悍的战狗。狗的潜能是无可估量的，正如没有人知道人的潜在力量有多大一般，惜狗怜狗应该是去理解狗，要把狗当做自己，子女，兄弟，也要狗对你撤除最起码的戒心。狼是很古老的悍兽，其生命力、其斗志是很难想象的，狗的先祖是狼，而今的狗却失去了狼的凶猛、狂野，却又要有狗的温顺和安定，因此必须与狼共舞而与犬同眠，这其中的细节，我自然无法一一向你们说明。我是把你们当作朋友，才会将这驯狗的秘诀毫不保留地告诉了你们，至于你们能够怎样，那便要靠你们的造化喽!”蔡风一脸肃穆地道。

“公子!”内棚中两位正在为伤狗涂药的狗童忙立身而起恭敬地道。

田福和田禄回过神来，同时向蔡风敬服地道：“若真如你所说，看来我们这一生也休想真正地驯出一只像你的四大先锋那般神骏悍厉无匹的大狗了。”

蔡风淡淡地一笑道：“其实也没什么，养出我这四大先锋这般神骏的狗并不是一件很难的事，但要说能养出这般勇悍的狗恐怕你们真的没那个心思。”

田福、田禄一喜，急切地齐声问道：“怎么个养法?”

“这个嘛，我还想留一手，若是你将我的绝活全掏光了，以后还会请我吃‘四季发’的名菜吗？说不准哪天见了我连招呼也不打一个也说不定呢！”蔡风一副讨价还价的样子邪笑道。

“啊！”田禄和田福不禁一阵愕然，却又无可奈何，只好气骂道，“小人之心度君子之腹。”

“我从来没做过当大人的梦，大人得日理万机，小人却可悠闲自得，大人处处受人注意，像是被人监视，而小人则可随心所欲，无所顾忌，更不用为虚名而烦恼，两位兄弟说中我的心思了。”蔡风不以为耻地向田禄兄弟俩眨眨眼，扮个鬼脸嬉笑道。

田禄、田福无可奈何地摇头叹了口气道：“怎么也斗不过你，快为我的狗儿治伤吧。”

蔡风淡淡地一笑，不顾那两只受伤狗的汪汪声，便蹲在狗儿的身边仔细看了起来。

“你在干什么？”田禄等了良久仍没见蔡风有什么治伤的动作，不禁有些不解且急迫地问道。

蔡风扭头深深地望了两人一眼，淡然道：“急什么急，你们的狗儿不会有生命危险的，更何况这些只不过是皮外伤而已，根本就不必大材小用，让我来治它们。”

田禄和田福不由得大愕，不高兴地问道：“那你在这里看了这么久，在看什么？”

第五章　妙方疗兽

蔡风刚要回答，却传出一声娇脆而甜美得让人如沐春风般的声音：“这样做当然是在显示自己似乎很有经验喽，一般不学无术的骗子，都会装模作样地摆弄一番，才好混饭吃，更多的人只会故弄玄虚，打脸充胖再借口推托以示身份。不过这种把戏只会骗一骗小孩子而已，难道二位表哥还不知道吗?”这甜美声音之中的轻描淡写的力量的确也够辣。不过蔡风可能是例外，因为没有人喜欢听人贬低他，更何况是美丽得可以滴出蜜汁的美人儿。

进来的是元叶媚，谁也没想到她居然会在这个时候跑到这里来，更没想到她一来便如此不客气地接着田禄和田福的问话。

蔡风和田禄、田福的脸色都变得异常尴尬，田禄和田福不禁干笑着问道：“表妹怎么到这种地方来呢?这不是你女孩子家应该来的地方，要是被我娘知道，肯定又会骂我的。”

元叶媚毫不在意地一声轻笑，斜眼鄙夷地向蔡风望了一眼，道：“有位治狗‘神医’请我来观看他的精妙绝伦、盖世无双的治狗神术，所以小妹便不请自来了。请二位表哥原谅。”

蔡风听着她故意在“神医”、“精妙绝伦、盖世无双的神术”这些字上加重语气，又看见她那鄙夷的神态，如何不知道对方的意思?虽然尴尬无比却老脸不红地一声干笑，立身向元叶媚逼近了两步，猖狂地睁大一双眼睛，毫无顾忌地把元叶媚从上到下打量了一遍，笑道：“叶媚小姐原来早有心来学习本神医的医术，只是碍于夫人才不敢直说，有此一点足够让蔡风欢喜得一百夜睡不着觉。”

元叶媚没想到蔡风如此轻狂和大胆，不禁俏脸一红，粉腮生怒，怒叱道：“大胆狂徒，敢占本小姐的便宜。”说着甩手向蔡风脸上击去。

蔡风潇洒地把脸向前一凑，“啪”地一声脆响，元叶媚的玉掌刚好落在蔡风的脸上，除蔡风外，所有的人都大为愕然，谁也想不到蔡风不仅不避而且还凑上脸去挨打，这岂不是自讨苦吃吗？田禄和田福自然知道，蔡风要是想避开这一掌，那简直是易如反掌，可却偏偏不避。

元叶媚也没想到蔡风会这般乖巧地把脸凑过去让她打，她本来并没有抱希望能打着蔡风，毕竟对这大胆而猖狂的家伙不是有很大的恨意，全因她自幼生在一种特殊的环境中，根本就未曾有机会领略像蔡风这种野性性格之人，而今日见到蔡风，的确自心底产生了一种好奇的心理，少男少女这种天生互相的好奇心，人人都会有，因此，她才会独自一人来这里想看看蔡风的医狗之术。而刚进来便听田禄和田福兄弟与蔡风的对话，出于一种很难明白的情绪，她很希望蔡风受窘，看看这狂傲而野性自信的人在受窘的时候会是怎样一种表情，而并不是真的对蔡风看不起和生怒，而当蔡风毫不在意，却说出这种轻浮而别致的话时，心中泛起一种异样的刺激，不过出于少女的矜持，很自然地便要伸手去打。本以为蔡风定会躲闪，可情况却大大地出乎她的意料之外，不由得呆立着不知如何是好，连那只玉手收回来，也不知道放在哪儿好。

“蔡风，你怎么了？”田禄和田福不禁一阵惊呼，跑过来问道。

蔡风缓缓地抬起右手，在脸上那五只红红的指印上摸了一下，轻松地又放在鼻子前面嗅了一嗅，才扭过头来对田禄兄弟两人露出一个潇洒的笑意。在元叶媚惊愕之时，凝目深深地望着元叶媚，目中射出两道奇光，淡然一笑道：“终于如愿以偿，谢谢叶媚小姐。”

此话一出，便若惊雷一般，使得众人呆若木鸡，谁也想不到蔡风会从口中跳出这句话，虽然轻描淡写得几乎无可挑剔，却让人有说不出的好笑和震撼。

田禄和田福感到好笑无比，自然明白蔡风这句话的意思，因为刚才蔡风已大胆地向田禄和田福透露出疯狂的想法。自元叶媚一进这木棚，蔡风便开始了他的“阴谋”，而且似乎一步步都在蔡风的算计之中，不由得不打心底佩服蔡风泡妞有术。

元叶媚却被蔡风这句话震撼得心头狂跳不已，那是与田禄、田福完全不同的感受，从来都没有人敢对她这般无礼地说这种话，而且是一个才见过一次面的陌生少年。更让她震撼的却是蔡风说出这轻描淡写的一句话时的语调和神态及眼神，没有一丝做作的痕迹，没有半点言不由衷的表情，这种大胆直露而温情的话与蔡风那种野性自信而狂放的个性形成了两种鲜明无比的对比，使得那种话语更显得真诚无比。元叶媚绝不是一个傻子，她本是一个聪明一点即通的女孩，结合蔡风前一句那种夸张的话和后一句轻描淡写的话及那奇异的眼神，自然明白蔡风话中的意思，不由得心头狂跳，低着头不敢与蔡风眼神相对，同时幽幽地道：“对不起！”

蔡风心头一阵狂喜，道：“没关系，我很高兴。”同时回头得意地向一脸好笑的田禄和田福对望了一眼，简直像是捡到了十万两银子一般有成就感。

“二位表哥，小妹先走了。”元叶媚向田禄、田福轻轻地说了一句，改变刚进来之时那种强露尖刻的形象，红着脸不敢望蔡风便要退去。

蔡风心头不禁转过一念，忙道：“叶媚小姐不是要看本神医医狗之术吗？怎么这么快便走呢？”

元叶媚不得不停下身来，并不回头，却淡漠地道：“你会吗？”

蔡风镇定自若，诧异地道：“你没看过怎会知道我不会呢？”

“哦，我只是见过很多不聪明的骗子用不聪明的骗术，所以才会误会蔡公子。而蔡公子，是否有真材实料，我的确不太清楚。”

“哼，小姐只不过是听了我半句话，便接上话题，以我想，这大概可以用武断来说吧。”蔡风故意以话相激道。

“哦，蔡公子刚才只说的是半句话吗？不知道剩下的半句又是什么呢？”元叶媚转过身来冷冷地望着蔡风，一脸不屑之色，只把蔡风气得差点没翻白眼。

“我是说过，让我动手的确是大材小用，但却并没有说不可以动口呀。这里有几个兽医，再由这府中的公子的朋友亲自动手，难道不能算是大材小用吗？这种伤势，只要找出伤的最主要的地方，再对症下药自然比泛泛之辈下药要事半功倍，这便是我来这里的主要原因。作为府中少主的朋友，我只需要找出原因，再告诉他们几个药方，由这几个兽医去抓药，难道不等于是我亲自动手一样？”蔡风吸了口气，平静地道。

“哦，这两只狗儿只是被别的狗儿咬伤的，难道还有什么古怪之处？”元叶媚疑惑地道。田禄和田福也显得有此疑问，唯那两个兽医若有所思地听着。

“这个叶媚小姐自然不会清楚，不过听我讲过之后，相信两位公子和二位大夫定是能够明白。”蔡风傲然地道。

“那你何不说来听听？”元叶媚淡淡地道。

“我们养狗之人都知道狗儿也有很多不同的种类，比如，南方的狗种主要以娇小温驯称著，而我们北方的狗种因地处偏寒其生存能力和斗志便要胜过南方的狗儿，当然，这是指普通情况之下。我们北方的狗种接近狼之性情，所食极杂，这其中又有藏獒，那是一种巨犬，大若牛犊，猛似虎狼，其齿龈也与我们北方和南方的狗种不同，其食肉。而我们所养的战狗经过很多年来的演变，也有了很多的变化，其主要变化是来源于杂交的狗种，很多人为了提高狗儿的战斗力，引狼为种，或引更好的狗为之配种，使狗儿的体质从根本的遗传上改变，再加以后天的训练才能得出优良的战狗。因为杂交狗的产生，狗儿很多的状态都有所改变，比如牙齿，与狼杂交的狗种其牙齿与普通种狗便有所区别，齿数、牙齿的厚度和长度这些都有微小的变化。但不是此道中人便不会太注意这些。而狗儿所食之物的杂乱和食量不同也会引起战狗攻击力强弱的不同。无论是何种狗，包括人的牙齿都含带着微量的毒素，甚至毒性较重。在南方、北方、西方，狗儿所食之物绝对有所不同，虽然大体是一致，可就因为有差别，使得狗儿的牙齿所带的毒素也便有所不同。这只是最基本的不同，而在杂交之后的狗儿，牙齿的毒素更有差别。因此，只要知道对方的狗是哪一种狗，再对着这种毒性进行对症下药，自然会有事半功倍的效果，因为，狗儿与狗儿的伤势主要是因为对方的狗儿所造成的，并不存在任何人为的因素，因此所受之伤无非为齿伤和爪伤，这都是皮肉之伤，要用的只有三个种类的药物。一是消毒类的药物，需对症下药。二是止血生肌之类的药物，像这一类的药物不用我说，几位大夫自然知道。三是止痛镇定的药物，这一类的药物不是很好使用，因为狗不同于人，它们的语言我们大多不会懂，它们痛不痛也不会有人知道，因此，使用这类药物，只能根据经验和常用的药物去处理，也没有多大技巧。所以巧，便巧在对着狗儿毒伤进行对症下药，虽然这关系是很大，可实不是每一个人都可以知道，不知道几位认为对否?”蔡风在棚中缓缓地踱着方步淡然道，双目之中射出智慧的光芒。

“妙极，妙极，果然是高论，果然是高论。”那一直沉默的两个兽医不禁同时高声赞道。将听得入神的田氏兄弟和元叶媚从虚幻中拉了回来，可脑中依然盘绕着蔡风那种精妙的阐述。

蔡风淡淡一笑，色色地扫了元叶媚那比花更美的脸一眼，继续道：“我刚才之所以在狗儿的身边蹲了这么长的时间，便是因为要找出伤它们的是哪种狗儿。”

“原来如此，是我们兄弟俩误会了。”田禄和田福恍然道。

元叶媚却呆呆地不知道说什么好，对于养狗、治狗伤她的确是外行，但蔡风阐述得极为细腻，道理也很明显，她自然不会不懂，可是刚才所说的话的确是有些过分了，而蔡风那种挥洒自如、嬉笑无拘的性格的确让她感觉到一种异样的刺激。她说不清那是怎样一种感觉，但却知道自一开始，她便似乎注定会输给蔡风，打一开始，便被蔡风牵住了心神，她有些不敢想象。

“蔡风，那李战的狗儿到底是什么种类的狗儿呢？”田禄急不可待地问道。

蔡风意味深长地望了元叶媚一眼，却很温柔，只让元叶媚不好意思地低下头，这才以最舒缓的口气道：“李战的狗儿，是以北方的狗种与藏獒交配后所产的母仔再跟野狼交配而成了双重杂交之狗，你的狗儿自然不会是那两只狗的对手，连我的四大先锋也没有必胜的把握。”

“啊！与藏獒交配之后的狗仔真的很厉害吗？”田禄和田福同时问道。

蔡风忙用手一拍脑袋，滑稽地一声惊呼道：“惨了，我怎么一时得意忘形，竟将这种驯狗的秘招给泄露了呢？真是糟糕之极，以后又多了几个和我争饭碗的人喽！”

田禄、田福和元叶媚先是一愣，后来才明白蔡风说些什么，连元叶媚也禁不住“扑哧”一声笑出声来，只把蔡风眼睛都给看直了。

元叶媚俏脸一红，露出一片娇羞之色嗔道：“讨厌，贼眼兮兮的。”说着转身娉婷地向外行去。

田禄和田福不禁哑然失笑，蔡风也一声干笑，却还不怀好意地道：“叶媚小姐，干吗走得这么急呢？还是让我送小姐出这狗棚要保险一些。”说着不顾开药方，便大步追上去。

“蔡公子，这双重杂交的狗毒又如何开药方呢？”一名兽医很不识趣地叫道。

田禄和田福狠狠地瞪了那兽医一眼，吓得那兽医立刻噤声，蔡风头也不回地高声道：“让那双重杂交的狗咬你一口，你再去揣摩着下药吧。”说完也不顾元叶媚反对，便来到她的面前，转头嬉皮笑脸地道：“叶媚小姐，让我为你开路。”

元叶媚见蔡风那怪怪的样子，不禁“扑哧”一笑，笑骂道：“本小姐既然可以走进来，还怕走不出去吗？你是不是开不出药方，便找借口逃脱？”

蔡风毫不以为耻地笑道：“小姐说是便是吧。不过小姐若是被这些狗儿咬伤了，我可真的开不出药方，因为那时候我心情大乱，无心开方，还是送小姐出这狗棚为好。”

“无赖，狗嘴吐不出象牙。”元叶媚佯怒着骂道，语言之中却并无太多责怪之意。

蔡风一喜，厚着脸皮应和道：“让狗嘴吐出象牙，正是我想了好久、试了很多次都未成功的事，还望叶媚小姐今后多指点指点。”

元叶媚一愣，旋即被逗得忍俊不住地掩口笑了起来，风情万种地白了蔡风一眼，却再也不开口，田禄兄弟俩都忍不住放声大笑起来。

蔡风不禁连骨头都酥了，向身旁的四匹大狗一声吆喝，那四匹大狗像是听懂了蔡风的话一般，摇着尾巴全部行在前头，竟为蔡风开路，那些农家的狗竟不声不响，乖乖地让到一旁，为两人让开一条大道。

蔡风得意地回头向元叶媚以自认为最潇洒的姿势笑了笑道：“叶媚小姐以为我这四只战狗如何呢？”

元叶媚不假思索地道：“比你要好一点。”

“啊——”蔡风不禁哑然失笑，又好气又好笑地道，“那我这四只狗儿，一定是比天下除我爹外所有的男人都要好喽？”

元叶媚不禁又被逗得笑了起来，笑骂道：“你别臭美，你那四只狗儿比这里所有的狗儿都差。”

“不会吧？你看，我这狗儿多有霸王之气，当年的项羽也不过如此而已嘛！”蔡风不死心地解释道。

“真是不知道天有多厚！”元叶媚一努嘴，不屑地道。

“那个没关系，没有几个人知道，不过我却知道地有多厚。”蔡风横下一条心，脸皮厚到底地嬉笑道。

元叶媚脚步一停，声音变冷地道：“现在已经出了狗棚，你不必送了。”

蔡风向身后一望，果然在不知不觉之中竟走出了狗棚，不由失望地解释道：“其实，送小姐出狗棚只是我的借口而已，只是想多一点时间看见小姐。我知道，自己一个猎户的儿子，一切只是妄想，不过我能够和叶媚小姐说上这么多话，已是够我今生享受。”旋又一阵苦涩地笑道，“我是个直人，小姐气也罢恼也罢，我只会感激小姐允许我创造了这么短的一个机会。谢谢，再见！”说着转身向狗棚中大步走去，使叶元媚呆傻地留在原地静静地立着，蔡风连给她说上一句话的机会都不留，便走了，竟让她不知该如何想，一种很难解释的情绪把她的心弄得乱乱的。本来她准备讥嘲蔡风两句，可蔡风却大步转身离去的身影却使她没有讥嘲的情节变得不再真实。这道不灭的身影，这种机智幽默的话语，虽然脸皮的确厚得让人受不了，但与蔡风最后那种眼神和果断的表现却形成一种非常鲜明的对比，而成为一种异样的魅力，让人根本无法弄清是该厌恶，还是该喜欢，反正有着不坏的感觉，而且印象特别深。

田禄兄弟望着悻悻而归的蔡风，不禁大为愕然，问道：“你怎么了？”

“叶媚不要我了！”蔡风没好气地道。

田禄和田福禁不住“哈哈……”大笑起来，几乎都快掉下眼泪。蔡风也不禁有些好笑。

“搞没搞错，第一次见面便有这种超一流的标准，还说她不要你了，你说到底要达到什么标准才能够满意呢？”田禄扶着蔡风的肩仍笑不成声地问道。

蔡风也愣了一愣，旋应道：“当然是把她未婚夫一脚踹开为止喽！”

田禄和田福禁不住哑然失笑地骂道：“真是个色急鬼，若不是我俩听到那个叔孙长虹便不顺耳，肯定会在这一刻便叫人给你掌嘴一百，让你连饭也吃不了。”

“你们不会这么绝情吧？”蔡风试探地问道。

“我怎敢呢？”田福急忙分辩道，他早知道蔡风如此问的时候，绝对会有很厉害的后招，弄不好，只会自讨苦吃，只好改口。

蔡风得意地一笑，不再说话，便迅速开了一个药方递给那位乱开口的兽医沉声道：“以后不要这样不识情趣知道吗？那样你会吃亏的，今日本公子心情好，便不找你麻烦了。”

那兽医的手被蔡风这漫不经心地一抓，痛得冷汗直冒，禁不住点头若鸡啄米。

“走吧，我们一直待在狗棚中也不会让狗儿立刻变好起来。”蔡风拂了拂衣袖上的尘土道。

“那倒也是，不若我们三人便到‘春月楼’去看看素芳她们吧，也好向蔡风学学追女孩子的技巧嘛!”田禄拉着田福的手笑道。

“我追女孩子很有技巧吗?”蔡风疑惑地问道。

“当然有喽，比我们还厚的脸皮再加上你那圆通的调调，把我那一向很文雅的表妹逗得笑个不停，这种本领，我们兄弟真是自愧不如。”田福取笑地道。

“这全都拜二位所赐，本公子在一年多前连女人都不敢想，却被你们骗到‘春月楼’鬼混鬼混，才染上这一身不要脸的本领，应该罚你们再请我去一趟‘春月楼’!”蔡风笑骂道。

“真是个钻到钱眼里去的家伙，哪一次不是我兄弟俩请客，还会在乎多这一次吗?真是把朋友看得太低了!”田禄在蔡风的肩上重重地拍了一下笑骂道。

蔡风“嘿嘿”一声干笑道：“现在还是我老爹当家，我不能够多花一个子儿，若让我老爹知道跟着你们去了‘春月楼’，不打断我的腿才怪，那可就不划算了。不过，当兄弟我自己当家做主了，定然请你们大喝特喝，请你去‘春月楼’自然不在话下。”

“你老爹真的很凶吗?”田福有些怕怕地问。

“那当然，比你老爹还凶!”蔡风有些夸张地道。

“是不是副凶神恶煞的样子?”田禄问道。

“那倒不是，很有风度。不过很少见到我爹笑过，没怎么打我，不过想来是我平时表现得好，若是表现一个不好，打起来自然凶得很。”蔡风煞有其事地道。

“你爹定然厉害得不得了，否则怎会有你这种儿子，只是这么厉害怎么却没有到朝中当官呢?”田福有些傻傻地问道。

“这个我就不清楚了，不过当官也的确没有什么好，看你爹，每天忙得屁股落不到板凳，还不是要看那个李崇的脸色行事。而我们却不同了，奶奶个儿子，老子谁都敢跟他对着干，大不了钻到深山老林中去，谁还能抓得了我？那是我们猎人的天地。”蔡风有些傲然地道，似乎那狩猎真的是一件比做任何事都光荣的事一般。

田禄有些不服气地道：“这就不同了，我一家至少可在武安郡中混得开，谁都得给我们几分面子，办事也方便极了，难道这也不算是优越?”

蔡风淡淡地笑道：“事实上也的确如此，可是有些人的生活却并不喜欢豪华，山野之中那种清淡的生活其实很好，让人有一种宁静之感，那种贴近自然之感却不是你们所能够感受到的。”

“你似乎很喜欢那种生活?”田福似有所感地问道。

“那是当然。生我乃山水，养我亦山水，而当今乱世，战火烧得让人心寒，能够有那种安静休憩的生活的确让人满足，当个官儿还时刻提心吊胆，对于我们来说，什么官衔之类的全是狗屁，自然高兴那种生活!”蔡风感慨地道。

“你的想法怎么像是一个老头？你要是没有功名，便算是我表妹喜欢你，她的家人也不会让我表妹嫁给你的。”田禄不服气地道。

蔡风像蔫了的茄子，苦笑道：“她喜欢我的时候再说这种话吧。”

“以你的身手，想做个官儿还不是轻而易举的事情，只要我跟我爹说一下，不仅你，你爹照样可以当官。”田禄打保票道。

“不要，千万不要，我爹那才真的会打裂我的屁股。我也不知道怎的，他最恨我提到官场的事，一再警告我不要与当官的人来往，因此你们两个千万不要害我。”蔡风急忙道。

“真是个怪人，当官有什么不好呢?”田禄嘀咕道。

“公子，要不要为你备马?”门口的两个家丁大献殷勤地道。

“不必!”田福淡淡地应了一声道，说着毫不停留地向城南行去。

三人一路有说有笑地来到街上。

突然，蔡风听到一阵得意的大笑和一阵狗吠之声，之中也夹着几声惨叫和怒吼。

“是李战！”田禄似乎对这笑声十分熟悉道。

“你怎么知道是他？”蔡风不解地问道。

“他那种得意的鬼笑，无论是谁听了，都会腻得几天睡不好觉。”田福夸张地道。

“看来，你对他的狗儿咬伤你的狗儿之事很在意哦？”蔡风淡淡地笑道。

“你没看到那种猖狂的样子，比你更要狂妄上十倍。特别那种鬼笑，用你的话说，他奶奶个儿子，真恨不得去把他的喉管捏碎。”田福气愤地道。

“求求你饶了我的儿子吧，公子爷，求你发发慈悲，是我儿子不好，就请你饶了我儿子这一次吧！”一个苍老的哭腔传入渐渐靠近那狗吠地方的蔡风耳中。

蔡风向田禄兄弟俩望了一眼，都觉得事情有些不大妥，急忙加快脚步向前面的人群赶去。

“哼，我们公子的狗儿要吃你们家的鸡是看得起你，居然还敢打我们公子的狗，不咬死你这不知天高地厚的小子，你们不知道厉害。”一个冷酷无情的声音传了过来，李战的笑声似乎并没有停止。

“几位公子爷，求求你行行好，饶了我儿子一条命吧。我家仅有这一只下蛋的老母鸡，便给你们的狗儿拿去吃了吧，只求你放我儿子一条生路。公子爷……”一个头发花白的老太婆跪伏在一个锦衣金冠的少年面前，那立在旁边的几个大汉一脸冷漠半声不哼，而另一位立于马上的少年蔡风却认识，正是魏兰根的儿子魏钟，但见他面色似有些不忍，却似很畏惧那大笑的公子，不敢作声，那些围观的人，每个人脸上都是愤怒的表情，却敢怒不敢言。场中是一个青年，空着手对着两只比狼还狠的大狗，浑身已经被咬得皮开肉绽，不远处一根木棍被斩成两断，似是被人击落在地的，而那老太婆身边还有一只仍流着血躺着一动不动的母鸡，鸡毛飞了一地。蔡风霎时明白了这其中的事，不由得热血上冲，有些怒不可遏之势，望着那满脸绝望而愤怒的青年，和李战那得意的狂笑，不禁真的明白田福所说的“奶奶个儿子，真恨不得去捏碎他的喉管”。

蔡风回头望了望满眼愤怒的田禄和田福，不由得大步挤开人群，来到最前面，首先来一个“哈哈”大笑，霎时将所有人的目光全部吸引了过来。

那狂笑中的李战立刻停住笑声，把视线全都转移到蔡风的身上。

蔡风不顾那些人异样的目光，甚至连田禄和田福两人在身后拉衣服的动作也不答理，吸了口气，冷冷地道：“这等劣种狗真是没用，是谁家的，真是笑死人了。”

“大胆，竟敢对李公子的神犬无礼！”一声怒喝从一个肥头大耳满面油光的中年人口中传来。

蔡风冷冷地看了那人一眼，淡淡地道：“哪家的李公子？在武安郡倒没听到这号人物？怪不得会养出这种废物般的狗。”

“咄！”那立于马背上的李战目中寒芒暴射，一声低喝，那两只狗立刻放弃攻击那年轻人，对着蔡风怒目相向，似随时都会有攻击的架势，吐着长长的舌头，像寻找机会的野狼。

蔡风毫不畏惧地走到那摇摇欲倒的年轻人身边，伸手扶住他，在众目睽睽下，将他送到一位来扶的汉子怀中。

那人向蔡风感激地望了一眼，却昏了过去，那老太婆一声惨呼扑了过来，流着泪，向蔡风就要跪地称谢，却被蔡风一把扶起，温和地道：“你快去扶这位大哥休息吧！”旋又向田禄打了个眼色道：“大娘，待会儿会有人给你个药方，医好这位大哥的，你放心。”

“公子，你真是个……”

“小心，背后！”几个人一齐惊呼，打断了老太太的谢语。

蔡风淡淡一笑，反身踢出两脚，刚好击在那两只大狗的嘴上，谁也没想到这少年会有如此利落的动作，一只脚竟似乎在刹那之间变成了两只脚，准确无比，也狠辣无比地踢中两只张开的大口。

“汪汪……”两只大狗一阵惨叫，迅速退开，却落下了两颗尖利无比的牙齿。

“大胆狂徒，竟敢伤李公子的神犬，想是活得不耐烦了。”那肥头大耳的汉子怒喝道。

蔡风毫不在意地扫了那几人一眼，冷冷地道：“哪家李公子有这么厉害呢？我倒要看看，武安城中倒还从未听过这号人物！”

“哼，瞎了你的狗眼，连李大尚书令的公子也不认识。”那肥头大耳的人怒叱道。

蔡风装作一惊地向李战望了一眼，道：“你是威震天下、功盖当今、威武无比、义薄云天的尚书令的公子？”

李战见蔡风为他父亲加了这么多高帽，不禁一阵得意，对蔡风也减了两分恨意，傲然地答道：“正是本公子。”

蔡风忙一改口风，装作诚惶诚恐地道：“原来是李尚书令的公子，真是小人有眼不识泰山，该骂之极，公子威名我早就有所耳闻，传说公子家养神犬斗遍天下无敌手，真想向公子请教一下这之中的奥妙，却不想今日在此遇见了公子。真是太好了。”

众人都大为愕然，估不到蔡风会来这么一招，先对李战如此不屑一顾，狂傲无比，可现在听说对方是尚书令之子，便会如此说，竟然拉起家常来，对李战父子及所养的狗儿大加褒扬，使得李战还真不知是该怎么罚这该打的家伙。更绝的是蔡风道歉之时，却只说是该骂，而不说其他。

蔡风见那肥头大耳之人正要开口，立刻抢着道：“李公子，你什么时候到武安郡，若是知道公子来到武安郡，我蔡风定会带上一帮仰慕公子的兄弟去拜见公子，我们都非常喜欢养狗的。不过却总没有什么成绩，要是能蒙公子指点一二，那可真是我们武安郡所有养狗兄弟的福气哦。”

魏钟在李战的耳朵边低语了几句，李战的神情微微变了一下。

蔡风心中暗笑："魏钟这小子还真配合。"

"你就是蔡风！"李战傲气凌人冷冷地问道。

蔡风装作一副恭敬的样子，低声应道："小人正是蔡风。"同时斜眼向那肥头大耳的汉子暗暗地望了一眼。只见那人气得脸色煞白，蔡风不禁大感得意，暗骂道，"老子不让你开口，奶奶个儿子，看你怎么作威作福。"

"听说你养了很多狗儿，在武安郡中斗狗从未曾输过一场对吗？"李战淡淡地问道。

"侥幸之至，不过这之中也有公子的功劳。"蔡风语出惊人地道。

"我的功劳？"李战不禁也被蔡风的话引起了强烈的兴趣，禁不住问道。

"当然啦。公子乃是我们这些养狗人的榜样，励精图治地想提高自己的养狗技术，这些全都是公子给我们的动力，因此，这之中自然便有公子的功劳啦！"蔡风煞有其事地道。

"哦！"李战被蔡风这一路糖衣炮弹的攻势击得有些晕乎乎，大感面子十足，得意万分，连那两只被蔡风踢落两颗门牙的狗儿惨叫声也不大在意了。

"李公子现在想去哪儿呢？不知道可有用得上蔡风的地方？"蔡风一马拍到底地恭敬道。

"不必了，你既然是无心之过，也就饶了你这一次，不知者无罪，下次要小心一些。"李战故作大方地道，似乎他的确成了蔡风口中那种受人仰慕的英雄人物一般。

"李公子真不愧为我们的榜样，我们的偶像，光是这种超人的气量便不是我们这些小民所能够比拟的。公子，你走好哇。"蔡风立刻让开路阿谀地道。

李战大为得意，对蔡风不禁好感大增，对身旁的那肥头大耳的汉子道："难得蔡风这样热爱养狗之术，便赐给他十两银子，让他好好地用在养狗之上吧。”

那肥头大耳之人心有不甘，却不能拗过李战的意思，从怀中掏出一锭银子，冷冷地道：“小子，今日算你走运，遇上了我们的公子，下次长眼睛一些。”

蔡风毫不客气地接过对方手中的银子，背过李战，向那汉子冷冷一笑，低声阴阴地道：“一只肥狗！”

“你！”那汉子暴怒，伸手向蔡风击去。

蔡风装作惊慌的样子，倒退几步，慌恐地道：“你、你怎么打人，公子爷这般大度，你也不应这样呀。”

“怎么回事？”李战问道。

那胖子刚要说话，蔡风却抢在他的前面道：“没事。没事。大概是这位先生因为蔡风在不知情之下而得罪了公子爷的狗儿才会不高兴，不过公子爷的大德，我蔡风定会永生不忘，定会向公子爷学习，养好狗儿。若公子爷没事的话，蔡风便先行离去，不妨碍公子爷的雅兴了。”

李战不疑有他，因为他根本没有听到蔡风那小声的说话，真正听到的只有那胖子和旁边围观的几个人，当然那些人自然不会为那可恶的狗仗人势的家伙说话，那胖子只好哑巴吃黄连，有苦说不出。

“好吧！”李战淡淡地装作很温和的样子道。

蔡风差点没把肚皮给笑破，不过却不敢装出那种得意的样子，毕恭毕敬地退入人群，而那些围观的人却羡慕不已，要知道十两银子来得是多么不容易，一般的人可以做两个月的生活之用，而蔡风只这么轻描淡写的几句话便全部给挣过去了。

“驾——”李战毫无顾忌地驾马行去。

蔡风这时候才放开喉咙大笑起来，田禄却迎了过来，一拍蔡风的肩头，竖起大拇指赞道：“奶奶个儿子，真是服得五体投地了，也只有你这么不记挂脸皮的人才会有这个本事，让李战那小子心爱的狗儿受伤了也无所谓，还送一份可在‘春月楼’混上一天的花销，哈哈……”

蔡风也禁不住大笑起来，笑罢问道：“那位老夫人在哪里呢？我便将李战的这些钱给他儿子治伤吧。”

“便在那小屋子里。”田禄一指那被很多人挤满了的屋子道，同时领着蔡风向小屋行去。

屋里挤的多是一些乡邻，而认识蔡风的人也有一些，刚才见过蔡风义勇救人的，几乎全都是见蔡风来到忙给他让开一条小道。

屋里很暗，被人这般一挤，更显得有些暗淡，不过这并不影响蔡风的视线。

那老夫人仍在炕头自顾流着眼泪，而田福已经将蔡风开的药方开了一份，捏在老夫人颤巍巍的手中，却显得异常单薄。那年轻人仍然静静地躺在床上，伤口虽经人包扎了，仍有血水外渗。

“老夫人！”蔡风轻柔地道，眼中却有一丝颤抖，想到从来未曾见过面的母亲，鼻头不禁有些酸酸的感觉。

“啊！恩公！”那老夫人见进来的是蔡风，连忙回过神来便要重新跪下。

蔡风忙一把扶住老夫人，急切地道：“老夫人，不必如此。我一个后生晚辈实在是受不起，快快请起，我只不过是适逢其会而已。”

“若不是公子，我儿子恐怕真的会葬送在那贼子的狗嘴之中，这个恩德，叫老身母子俩永生永世也难以报答呀！”老夫人激动不已地道，抓着蔡风衣袖的那双干瘦的手有些颤抖。

蔡风心头一阵感动，肃然道：“我们都是父母所生，能为天下的所有父母儿女做一点事，是应该的，老夫人不必太过记挂。对了，哪位兄弟把这只老母鸡拿去炖了，待这位大哥醒来，给他补补身子。”

旋从怀中掏出那锭从胖子身上取来的银子塞到老夫人的手中道：“这些银子，老夫人便拿去为这位大哥买些药，让这位大哥好好养伤，或是去买几只老母鸡也可以。留着用，哦！”

老夫人一呆，望着手中这一锭沉甸甸的银子却不知道说什么感激的话，回过神来的时候，忙又要塞还给蔡风，激动地道：“这银子我母子俩万万不能收下，我们欠公子的恩情已经够多的了，又怎能收下公子的银子呢？还望公子收回。”

蔡风把银子塞到老太太的手心，握紧她干瘦的手，淡淡地笑道：“这银子是我从李尚书令儿子手中要来的，也没花多大力气，就当是他赔你那只死去的老母鸡和这位大哥的药钱好了。那两只狗儿我已经替你们教训了它们，打掉它们的牙齿，让它们今后怕咬人。”说完也不多留，立身而起，不顾众人的挽留拉着田禄和田福挤出小屋。

“蔡风，我兄弟俩真的算是服了你，你的表演真是太精彩了。”田福由衷地道。

“我的表演一向都是非常好的，这个难道你以前没有发现吗?”蔡风立刻恢复了那种狂劲道。

田禄和田福笑道：“今日才叫最精彩。”

“对了，蔡风，你最后对那胖子说了些什么呢?”田禄好奇地问道。

“其实也没什么，只不过是四个字而已。”蔡风故意卖个关子道。

“四个字，四个什么字?”田福奇问道。

“一只肥狗!”蔡风眨了眨眼睛笑答道。

“一只肥狗!”田禄和田福不禁重复了一遍，三个人相视了一眼，全都笑得前俯后仰起来。

第六章　风啸太行

“春月楼”似乎每一天的生意都是这么好，或许是因为在乱世之中，人们更喜欢醉生梦死的感觉，所谓今朝有酒今朝醉，哪管明朝是春夏。

似乎无休止的战乱，早已经使得人们心都变得麻木了，能够做的便是好好地享受今天，不让每一天虚度，不让生命中的空虚和潜在的恐惧感将心腐蚀。

青楼是个温柔乡，是无休止战争中游离的温柔窝，因此，在这种世界里，最受欢迎的自然是酒，是女人的怀抱。

春月楼修建得很典雅，至少从外观上看是这样，斜角微张，小楼显得秀气无比，无论怎样去想，只会让人心中充盈着一种温馨的感觉。那红红的灯笼，无论是在哪一天都能够显出节日的气氛，热情如火的鸨母，趋炎附势的龟奴，妖媚可人的年轻女人，绝对是一种可以让人留连忘返的组合。

蔡风和田禄、田福在此时，来到了“春月楼”的门口，他们三人的组合，其实并不比春月楼之中的组合差，至少让鸨母和龟奴、姑娘们的眼睛发了亮，亮得很厉害。

初次看到这情景，蔡风便不禁想笑。他一向都是比较狂傲的人，当第一次来到这里的时候，那龟奴挡住他的路，以为一个穿着这种粗布衣服的少年怎可进去破坏气氛，结果却被蔡风一个耳光打落两颗门牙。这个世界便是这样，谁强谁便是老子，更何况，那一次蔡风的心情不很好，在入城之前，刚被老爹训了一顿，积了一肚子鬼火，刚好撞上这个倒霉的龟奴。那次是由田禄和田福解决的问题，所以后来，春月楼中的所有人都把当他个活宝一般看待，谁也不敢再小看这粗布衣服的少年了。

鸨母眼睛最尖，但田禄的眼睛也够尖的，鸨母看见了田禄和田福及蔡风三人，而田禄和田福却看见了三匹马。

有两匹是李战和魏钟的，这小子对青楼感兴趣并不怎么奇怪，可是另一匹马儿却让他大为吃惊，甚至想立刻调头就走。

“哟，三位公子爷，好一阵未见过你们了，真把姑娘们都给想死了。”鸨母扭动着水蛇般的腰肢向三人急行了过来，虽然小小的步子，却是极快。

田禄还未来得及拉蔡风的衣摆，一阵香风便扑了过来。

蔡风刚要嬉笑着响应，田福却抢着道：“妈妈好呀，今日我们并不是来光临春月楼的，而是有事经过这里，不必麻烦，我们明天会来。”

“哟，我的公子爷，你们什么时候变成了大忙人呢？过门而不入，姑娘们会恨死你们的哦！”鸨母风情无限地道。

蔡风望了望田禄和田福的脸色，似也明白了什么，不禁笑道：“妈妈代我三个向众位姑娘赔个礼道个歉便是了，今日的确是有事，相信妈妈也不会希望我们耽误正事，对吗？众位姑娘们都是我们的红粉知己，既然是知己，便定能够理解我们的心情和支持我们的行动，对吗？”说着将徐娘半老的鸨母重重地揽了一揽。

鸨母似乎很享受蔡风这有力的相拥和轻柔的话语，禁不住有些陶醉的脸上显出一种娇庸而憨美之色，那种成熟的美感，使得田禄毫不顾忌地在她脸上亲了一口。

“哟，你真坏！”鸨母嗔道，挥动着手帕，轻轻地在田禄手臂上打了一下，旋又回头风情万种地望着比他高上一个头的蔡风一眼，娇柔道，“那明天公子爷可会一起来？”

蔡风一阵苦笑道：“我一找到机会，便会来的，妈妈又何必心急呢？”

说完拍拍鸨母的粉肩，似是安慰，然后向田禄和田福打了一个眼色，在鸨母那抹有淡淡脂粉的俏脸上轻吻了一下，转身不顾鸨母挽留的眼神便走了开去。

三人转过一道横街，田禄感激地道："蔡风，你真够义气。"

"我只是不明白，你们根本就没有必要畏惧李战那小子，又何必躲避呢?"蔡风有些不解地问道。

田福一阵苦笑道："惨就惨在春月楼之中不止李战那小子而已，我们自然不会畏惧李战那小子，讲文的讲武的，他们不靠李崇这个尚书令，便不会是我们的对手。但我爹却在春月楼之中，那可不是好玩的事，虽然我们的糊涂事，我爹并不是不知道，不过眼不见为净，若是当着他的面胡来，那可就变得不可收拾了。何况，我爹更不想让我们两个看到他在这种地方，你说是吗?"

蔡风不禁大感好笑道："你们这种父子关系，倒极有意思的，儿子和父亲都爱得色，却谁也不想谁知道对方有过这么回事，真是有趣极了。要是你娘知道了，真不知怎么想!"

田禄和田福不由得大为愕然，却只得报以一声苦笑，无奈地道："那又有什么办法，现在的男人，都是这样，谁也改变不了。"

"我爹可是痴情得很，这十几年来从来都没有过第二个女人。"说着神色不禁为之黯然。

"你娘很厉害吧！把你爹这般厉害人物都管得这般紧。"田禄好奇地问道。

蔡风黯然地叹了口气，苦涩地笑道："我没娘，从小都未曾见过她的面，只见到她的牌位和骨灰，只在每年九月十六日，和过年过节去上上香拜拜她，其他的我什么都不知道。"

田禄和田福不禁也心神为之大震，却不知道该说些什么。

蔡风仰天吁了一口气，苦苦地笑了一笑道："正因为这样，我爹从来都没有开心过，对我的要求也很严格。在我的眼中，我爹的知识之渊博，没有多少人可以比得上他，也不会有几个人的武功比他好，可他却不愿做官，甚至不让我与任何当官的人交往，可我却总是违背他的意愿。不过，你们似乎比我想象的好一些。”

田禄和田福还是第一次听到蔡风说起家中的事，不由得听得又入神，又伤感。

蔡风淡淡地望了两人一眼，哂然一笑道：“人生便是如此，谁能够解释得清呢？悲亦人生，喜亦人生，人生苍茫，百年易过，何必强求它美满呢？自己活得开心，活得心安，活得自在，又有什么遗憾呢？”

田福良久才回过神来，喃喃地念道：“悲亦人生，喜亦人生，人生苍茫，百年易过……”猛然抬起头来，问道，“这是你爹说的吗？”

蔡风一愣，淡淡地道：“这是我爹的思想，不过也成了我的思想，这便是我为什么会有这般秉性的主要原因。没有人比自己多一些什么，都是母生，我们该狂时亦便狂，该醉时便须醉，长歌亦当哭的感觉虽然还不能够体味，却只需放开一切世俗的束缚，活得自在便是最大的心愿。”旋即吸了口气道，“走吧，没事，我还是回小镇，去多猎几只虎狼为妙。”

“你今日便准备回去？”田福问道。

“嗯!”蔡风轻轻地点了点头，伸出一双手搭在两人的肩膀上笑道，“我们是朋友，什么时候相聚都行。”

天色已近黄昏，原野中似乎显得异常宁静。

的确，这一带原野，除了几家零散而住的猎户之外，便只有野狼、猛兽出入。

其实，这里并不能算是原野，说它是原野，不如说是山岭的成分多一些。

太行山脉延绵数千里，这些山岭自然不是人眼所能看到头的，在这种由山岭组成的原野之上，不说那些树木，人们的视线便不会是很远。再加上那些树木的话，人们的视线便短得可怜了，而在这个时候，耳朵却是能够得到最好的享受，至少蔡风便是这么认为的。

每一次蔡风经过这片山岭的时候，眼睛并不能看得远，可耳朵却使得他的心变得无限空远，那是一种超乎世俗的静。

鸟儿似乎有唱不完的歌，让这连绵不绝的青山更增无尽的幽秘。

蔡风的家便在这安静宁和得似乎不沾人世半点尘火的山岭深处。

那是一个不大的村落，并不能算是小镇，当然住在小镇中似乎也很难寻找到这一份难得的静谧。蔡风不明白为什么父亲如此厌恶尘世，他心底对热闹始终有着一种自心底的向往，不过他不能够改变他父亲的主意，还有那哑叔黄战，在他的生命之中似乎除了学武、读书、打猎之外，什么也没有了一般，他真不明白为什么要这么做，他也不明白，学得这些武功是拿来做什么的，生命的目的显得有些空洞，至少在目前是如此。因此，他才会与田禄兄弟俩一起斗狗、放纵，可是当他一回到这静谧得让人心神远扬之地，便会有一种做错了事的感觉，似是对不起谁一般，那是一种很难说清楚的感觉。

今日的心情似乎与以往有一些不同，蔡风自己很明白，那是一个在脑中时隐时现的美丽的身影，从太守府一出来，这道身影便未曾抛开过，那是元叶媚。

不知道是怎么回事，蔡风在面对着元叶媚和她对话之时，有一种异样的刺激，那好像是一个平民百姓正在摸九五至尊的脑袋般刺激，想到元叶媚，蔡风不禁叹了口气，暗忖：“要是她没有未婚夫该多好，奶奶个儿子，叔孙长虹这小子真有艳福。”想到此处，蔡风不禁有一个荒谬而好笑的想法产生，可只想了一半，又哑然失笑。

“阿风，你听！”长生低低地唤了一声，把蔡风从迷茫之中惊醒了过来。

蔡风有些茫然地望了长生一眼，又望了望那中年汉子和另一少年，耳朵之中也隐隐捕捉到了一阵隐隐的声响。

“是狼嚎！”蔡风肯定地道。

“不错，而且似乎是狼群，数目不少。”那中年人冷静地道。

“马叔，这群狼似乎正在攻击着什么，听其声音，似乎所遇到的也是不差的敌人！”长生向中年人陈述道。

“马叔，我们要不要过去看一下？”那敦实的少年询问道。

“是呀，或许是村里的人。”蔡风神色也变得凝重地道。

“好吧，大家小心一点，这群饿物不是很好惹的。”那中年人提醒众人道。

“我们还会怕这一群野狼？若是那样的话，恐怕我们也不吃打猎这碗饭喽！”长生露出一个猎人的自信道。

“长生哥，小心一点还是好的。”那敦实的少年关切地道。

蔡风哂然一笑，“咄”地一声将身边的四只狗儿喝到当前，向狼嚎之处奔去，同时身下的坐骑也急追而行。

声音传来的地方是一个山谷，对于蔡风这个村里的人来说，这附近的每一个山谷都了若指掌，连五岁的孩子也可以在家里坐着而说出哪里有块突出来的岩石，哪里有几个多大的洞穴。

蔡风自小便在山沟沟之中长大，对这些地方的了解自不在话下，对于狼群的了解，也绝不会像他年龄般年轻，因为他是猎人，绝对优秀的猎人，没有人能够想象得到当他面对猛兽时的镇定和斗志，没有几个人能够达到蔡风的那种举动。当然，在阳邑这小镇上最出色的也最可怕的猎人并不是蔡风，而是蔡风的父亲和一个哑巴，知道这两个人名字的几乎没有几个，但对于这样的人并没有必要知道他们的名字，只要知道他们的事迹便行，每一个人都称他们为师父，这是一种很亲切又很恭敬的话，这是因为，每一个人都十分尊重这两个人，便像是英雄一般尊重他们。正因为有这两个人的存在，在太行山横行的山贼匪寇听说是阳邑镇的猎人，都得退避三分，更不会在心中打阳邑这小镇的主意，对于这种乱世来说，这已经是一种难得的欣慰。

蔡风便是这两个猎户最尊敬之人的亲人，最亲的人，因此，蔡风勇猛是理所当然的，这也是蔡风那种傲气的来源。当然，他并不离谱的傲，这只是一种自尊自信的傲。

山谷不是很大，但这里的树木似乎比别的地方要密上很多，在昏沉的夕阳之下，显得更为昏暗，不过对一个猎人来说，这点昏暗算不了什么。

蔡风嗅到了一股浓浓的血腥味，耳边传来惊怒之声和狼嚎声，使这一块密密的山林中那让人陶醉的静谧完全破坏，而达到一种原始、野性的喧响。

四只大狗在山谷边止步，很乖巧地坐下，吐着舌头，仰望着蔡风，似乎是在听候指示。

蔡风望了随后而来的马叔和长生一眼，从他们的眼中看出了一丝沉思和迷惑之色，不禁有些怀疑地道："这受攻击的人似乎并不是我们镇上的人，这声音很陌生。"

"嗯，我也听不出是哪几位兄弟的声音。"马叔凝重地点头应和道。

"我们也不能见死不救，对吗？既然已经来了，便下去救救他们算了。"长生提议道。

"这个当然！"蔡风毫不犹豫地纵马驰入山谷。

惊怒声是来自一块高起的岩石之上，那并不是一块很大很高的岩石，不过至少可以减少一些狼群的威胁。

那是由四个人组合的小队，不！应该说是八个人，因为地上有四具被啃得没剩下几块肉的尸体。

岩石之上，仍有人受伤，但这是命与命的相搏，每一个人都似乎有着超水准的发挥，但狼也的确太凶悍，虽然已有不少丧命于这一群人的刀下，却依然毫不畏死地猛扑岩石之上。

四个人似乎都是手底下功夫不弱，在短距离之中，他们背上的弓箭根本就起不了作用，野狼是不会让他们有任何异样的动作，野狼似乎太多了一些，使得这四人眼中露出了与野狼眼中完全相反的神色，那便是绝望。

蔡风的马儿很快，却快不过他的箭，甚至也快不过他发箭的速度，没有人能够想象在如此短的时间中，以这种神话般的速度，仍会达到如此准确的程度。

羽箭离弦的声响很轻，完全被林中树枝那轻摇的声音所掩盖，但狼的惨叫却没被掩住。

一箭致命，甚至连挣扎都不曾有半下，谁也想不到这一箭会有这种可怕的杀伤力。

“嗖……”马叔和长生等人的弦也在同时响了起来，但他们的马并不是直接冲入狼群，而是迂回而行。

蔡风一声长啸，在山林之中配合着树叶的叫声，竟似是野狼的呼叫。

狼群并没有因为蔡风的箭而骚乱，反而却因为蔡风的长啸而骚动起来，这让立于岩石上疲于挣命的四人目中射出惊喜之色，脸上的惊惧、绝望转而成为斗志的象征。

他们用的是刀，这个时代的人，最喜用的兵刃是刀，那似是已成为武人的象征。

狼群因为蔡风的呼啸而骚乱，但并没有减退它们应有的凶悍，那是野兽的本能，它们调头向蔡风扑来，而蔡风身后的狗儿竟比野狼更凶悍，更为可怕。

蔡风的箭几乎是没有间歇，动作快得连狼眼都无法看清。

狼一头头地倒下去，似乎全都被蔡风的凶悍而震慑，开始四散而逃，马叔和长生几人追在狼群的屁股之后射杀，谁也不想这些狼群危害到附近村庄里的人，因此，他们想将这些狼群消灭到最少。

蔡风连连发出狼嚎一般的长啸，狼群变得更为混乱，马叔诸人对蔡风的表现并不奇怪。蔡风所说的与狼共舞并不是虚妄之谈，从小食狗乳长大的他，对狗的习性有着很深的了解，对于狗更有一种无比亲切的感觉，甚至可以听懂狗儿的语言，蔡风曾和狼仔一起睡过觉，那也是他小的时候，陪同着狼的长大，蔡风对狼的一些表现也有很深的了解，可以说，他是一个天生的猎人，超乎寻常的猎人。因此，他模拟狼的号叫发出一种让狼群惊乱的声音并不是很奇怪，可是，对于那岩石上的四个人却是感到无比惊骇。

“你们是什么人?”蔡风立于马上，问道，四只猎狗分立两旁，蹲下后腿，吐着舌头，像保镖一般守卫着蔡风，紧紧地盯着四个人，大有蔡风一言便可攻上去之势。

那四人有些惊异地望了望蔡风身边的狗儿，再回目望着傲立于马上的蔡风，一个年长微微显得有些胖的人合手抱拳，感激道：“多谢壮士救命之恩!”

蔡风好笑地打量了自己一眼，奇道：“我是个壮士吗?好像我是绿林好汉一般，真是没意思得紧。”

那四人不禁愕然，那微胖的长者哑然失笑道：“那我们四人感谢公子的救命之恩了。”

“酸溜溜的，看你也不是汉人嘛，怎么学得这么婆婆妈妈的呢?我问你们是什么人?谁要你感激不尽呢!感激不尽到底有多少?到底有多重?到底有多么好?值多少钱?”蔡风不耐烦地道。

四个人从岩石上跳下来，却不禁被蔡风问得哑口无言，不过从眼神中却可以看出，对这奇特的少年很有兴趣。

“小兄弟真是快人快语!”一名壮硕的汉子由衷地欢笑道，那粗犷的脸上似沾满了风尘，虽然那一身的衣服被狼爪撕得不成模样，却依然掩不住剽悍之气，那人顿了一顿，洪声道，“我叫长孙敬武，乃是邯郸元浩大人家中的护院教头。”旋又指着那微胖的长者道，“这是我府上的管家，元权。”

“我乃元胜。”一名年轻人欢快地自我介绍道。

“我是楼风月。”那立在旁边冷得像块铁的汉子有些淡漠地道，但语气之中却并无不敬之意。

“哦，你们是邯郸元家的人?”蔡风惊疑地问道，心中却在乱翻腾，想到那美丽的元叶媚，禁不住有些心跳加快的感觉。

“不错，我们正是从平城返回邯郸，不想却在此处被狼群围了一下午，连马儿也全被咬死，若不是公子相救，恐怕只能葬身狼腹了。”元权由衷感激道。

“那太好了。”蔡风想到一件事情，不禁得意忘形地叫出声来。

那四人一脸惊异地互相望了一眼，却不明白蔡风指的是什么。

蔡风这才知道自己太过于荒唐了，不禁忙解释道：“不好意思，我是说我居然救下了我一向向往的邯郸元家的人，才有些得意的感觉，不自觉地叫了起来。”

“公子也知道邯郸元家吗？”元权听蔡风似对元家特有好感，不禁有些暗自得意欢喜地问道。

那冷若冰铁的楼风月也禁不住为蔡风的直爽和有趣而露出难得的笑容，长孙敬武也觉得蔡风似乎很天真，心中得意却毫不隐瞒地讲出来，的确是有与众不同的感觉。

“那个当然，说不知道邯郸元家，那定要把他屁股打烂，今日这么一来，我倒多了很多吹牛的本钱，谢喽。”蔡风似真似假而诙谐地抱拳笑道，同时从马背上一跃而下，动作利落至极，看得几人大为惊讶。

蔡风心里暗忖：“瞧你们这种模样，还真以为元家了不起呢？若不是看在你们元家那美丽的小姐面子上，连半句话都不愿与你们这些黑心肠的人说！”

“不知公子高姓大名？”元权客气地道。

蔡风装作很直爽地道：“山野小民，哪能算什么高姓大名呢？叫我蔡风或阿风好了，对了，这个山谷里面血腥味太浓，还是出去再说吧。”

“蔡风！”四个人把这个名字念了一遍，并不怎么在意，不过对走出这狼尸遍地的山谷倒是大感兴趣。

蔡风翻身上马，对四只猎狗喝了一声，四只狗儿立刻在蔡风的马前散开成扇形向山谷外缓跑，似是在保护着蔡风一般。元权诸人哪见过如此乖巧的狗儿，刚才见到这四只狗儿的那种狂野和凶悍，连狼也被攻击得毫无还手之力，还没细想，此刻再见对蔡风的命令如此驯服，却不能不为之惊讶！

“这是蔡公子养的狗吗？”长孙敬武大感兴趣地问道。

蔡风扭头对那满面粗犷之色的长孙敬武笑道：“不错，这是我一手驯大的狗儿，若有五匹，连猛虎都会畏它们三分。”

“真的有这么厉害？”元胜有些不敢相信地问道，不过眼中却充满了向往的光芒。

蔡风不屑地道：“我没有必要骗你，猛虎虽巨，虽大，但却是一嘴难敌五口，世人都以为虎很可怕，却不知道狗儿的潜力也不是世人所能够想象的，这样要看是谁训练这些狗儿，怎么训练这些狗儿，怎样选择这些狗儿。”说着吹了个响亮的口哨。

那成扇形奔走的狗儿突然一停，竟神奇地以前两只脚点地，一个倒翻，稳稳地落在地上，依然成扇形前行。

四人不禁同时“啊”地一声惊呼，几乎都不敢相信自己的眼睛。

蔡风得意地回头一笑，又吹了一个口哨，却比刚才要短促而低沉，狗儿立刻无条件地交错穿插着奔跑起来，身形异常利落，绝没有半丝杂乱的感觉。更奇的，是狗儿所走的路线似有一定的阵法，头和尾的摇动都异常规律，每一只狗之间似乎都有一定的距离，绝不会有擦身的动作出现，只把四人看得目瞪口呆不知前行。

“咄！”蔡风一声低喝，四只狗儿立刻停身，那让人眼花缭乱的场面立刻静了下来，四只狗儿停下身来，像狼一样凝视着四人，好似各自选定了目标一般。

四人不禁一惊，一脸戒备之色，显然对狗儿也不敢有半点小看。

蔡风带住马儿，大声笑了起来，得意地道：“怎么样？能够以狗对虎吗？”

“真的让人难以置信，居然世上会有人可以驯出如此可怕的狗儿来。”元胜和长孙敬武吸了口凉气道。

“真是太精彩了，太精彩了。”元权回过神来吹了口热气，摇着头惊叹道。

楼风月依然没有作声，但从他的眼神之中，很清楚地可以看出那种来自内心的惊讶和赞赏。

蔡风傲然地道：“天下间能够驯出这类的狗儿，大概不会有几个，但我便是其中一个。”

“敢问令尊大人高姓大名。”元权动问道。

蔡风斜眉微微一皱，淡漠地道：“家父不大喜欢让外人知道他的名字，也不喜欢与陌生人见面，因此，你们的问题，我实在是难以回答。不过我倒是和你们比较投缘，今晚，便为你们开个方便之门，指点你们一些门径，让你们有个安稳的容身之地，不知道各位是想赶路呢，还是休息等明早赶路?”

“不知道小兄弟可否带我们去购买四匹马儿?”元权有些期盼地道。

“这个吗，容我考虑一下，不过，今天晚上自然无法与你们备好，要是可能的话，我可以去为你们买几匹马来。不过我这人做买卖是很直的哦，一匹马至少要赚你十五两银子，谁都知道元家家财万贯，穷人花上十辈子也花不完，多赚你们一些也没关系，对吗?”蔡风毫不隐瞒地直说道。

四人不由得一愣，却想不到蔡风说的竟会是这样的话，而且毫无顾忌地告诉他们每匹马将要赚他多少钱，真是让人奇怪得紧。

元权愣了一下，爽朗地笑道：“小兄弟真的是与众不同，先把丑话说在前，好！别说十五两，便是每匹赚一百五十两都不会有问题的。单凭小兄弟救我们四人之命，便绝对不会止这六十两银子。”

蔡风淡淡一笑道：“哎，我这所赚的六十两银子，怎么会和救命有关呢？我们这是在明码谈价，和别的毫无关系，你不要错会了我的意思，那救不救命我根本就不当回事。不过我还有一个小的条件，便是你为我在元府安排一个小差，让我也能够成为乡里的瞩目人物，嘿嘿，将来返家的时候，人家至少也会说我在元家住过，那是多么让人得意的一件事情呀！这是我为你买马的第二个条件，不成就拉倒。”

“哈哈……”长孙敬武一阵爽朗的大笑，元胜有些莫明其妙，而元权则会心地笑了起来，道：“太好了，真是太好了，有如此的驯狗高手，我们正求之不得呢！本想请公子到邯郸去为我们指点一二，却不想公子有此一说，真是天之助也，太好了。”

元胜这才明白过来，楼风月却露出一丝淡淡的笑意。

蔡风立刻从马上跳下来抱拳欢喜道：“那我便太感谢总管了，让我有一展所长的机会，不过我还得先和我爹商量一下。”

“要不要老夫去为你说说？”元权有些急不可耐地道。

“那个倒不要，我爹很开明的，我要出门，他不会反对的，还老是嫌我在家里光捣蛋，我去邯郸闯闯，他不高兴得喝上三大碗酒才怪呢！”蔡风拍拍马背上的大酒囊夸张地道，心中却想着那美丽的元叶媚，那惊得合不拢的小檀口和那种娇慵的表情，心一下子便飞到武安城去了。

“阿风，你还没回去，他们是哪里人呀？”长生高声问道，马儿若旋风一般驰到。

“他们是从平城来，邯郸人，打这里经过，我这便把他们带到乌龟洞去住一个晚上，明日才让他们赶路。”蔡风笑应道。

“哦，平城到邯郸，好吧。你带他们去吧，我还得赶快回家向我娘交代呢！”长生说完转身，头也不回地去了。

“他也是你村里的人？”长孙敬武疑问道。

“这个当然。”蔡风不解地答道。

“想不到在这山野之中，竟会有如此多的好手。”长孙敬武骇异地道。

“我们当然都得有几下子喽，不然的话，怎么能算是一个好的猎手呢？别忘了，我们阳邑镇出得最多的便是优秀的猎手喽！”蔡风傲然地道，说完，便策马向西缓行。

几人穿过几片树林，在一个山崖之下，终于找到了蔡风所说的“乌龟洞”，这个洞不是很大，但很干燥。洞中竟早已铺好了树叶干草，却不是很软，洞口不大，倒可以减少对猛兽的忧虑。

“实在不好意思，咱们村里那几户人家很不喜欢陌生人住宿的，这或许是因为我们与野兽打的交道多了，看人的眼光也变啦。嘿嘿，还望见谅！不过这个洞也不错，我们经常在这里住宿的，所以这里的布置也挺不错，只要在洞口燃一堆火，便会很安全和暖和的。”蔡风装作无奈地道，心中暗忖：“你们这些黑心肠的鲜卑人，想在我们村中留宿，不打断你们的腿已经算是不错的喽。奶奶个儿子，要不是为我的小美人，才懒得理你们。”

“蔡公子不必客气，有这个山洞，已经不错了。”元权很世故地道。

蔡风淡淡一笑道：“我出去为你们打几只鸟来，做你们的晚餐吧。”

“不必!”楼风月淡漠地道。

“是呀，不必的。蔡兄弟，不要你费心了，我们带的仍有些羽箭，打一顿晚餐相信不会有问题。你先回家吧，明日带我们去买马匹便行了。”长孙敬武也应道。

“那就不客气了，我回去问一下我爹，明日再告诉你们，是否可以和你们一起去邯郸。”蔡风抱拳豪爽地道。

“我们等着你的回音。”元权也期盼地道。

蔡风与几人道别，策马疾驰，四只猎犬在马后紧追，一路风驰电掣，只片刻就回到了村口。那些在山林之中下完兽夹和安好陷阱的人也全都回来了，都在家门口坐着抽着旱烟，这是山民们放松自己的最好方法，男人们一起谈论着白日的惊险，也有的正在分着猎物，而女人们便忙着做饭，为男人们准备最可口的菜肴，能够成为阳邑的家庭主妇，似是一种荣耀。谁都知道，阳邑的男人们个个似虎一般勇悍，像山鹰一般勇敢，似狼一般精灵，是阳邑的家庭主妇便不会担心有人欺负，便不会担心饿着了肚子，至少这十几年来便是这样，连官府都不敢对阳邑的百姓怎样，甚至连杂税也全都免了。在这个时候，强者便是强者，谁都敬服强者，谁都惧怕强者，谁狠，谁便可以生存，这似乎已经成为一个不移的真理，至少在这种战乱的年代之中，是如此的结果。

阳邑能有今日，谁也知道，绝对不是偶然的，这是最强悍的鲜血才能够浇灌出最强悍的斗志，官府并不是不想对阳邑这个小镇进行盘剥，可事实证明，这只会让官府多耗上一百倍的财力仍无法达到效果，没有人对太行山的了解，有阳邑的人了解的深切，没有哪一地群体猎人的素质比阳邑的猎人更好。至少官兵是这样认为的，太行山一些山头上的大盗流匪是这样认为的，阳邑的猎人也是最团结的一个整体，这一切全都是一个人带来的，这一切的功劳，大部分都归功于这个人，那便是蔡风的父亲——蔡伤。

便是蔡伤，只有蔡伤这种人才有如此的力量，这里的每个人都叫他师父，这并不是偶然，是因为这里每一个人超凡的身手全都是蔡伤的杰作，只有他才能够训练出来如此多优秀的猎人，只有他才能震住太行山的群盗群寇，甚至那些盗寇在逢年过节还得送礼到阳邑小镇上。当然便是给蔡伤，无论哪个寨头都有所闻，蔡伤的一柄刀，曾杀过不知多少太行盗寇，甚至连当时认为最为厉害，且成为各寨龙头的人也只能成为蔡伤刀下的游魂，那时候他才十五岁。不过另一个人的功劳也不可以抹去，那是一位哑巴，蔡伤最好的兄弟黄海，黄海便像是蔡伤的影子，蔡风的守护神。

那是一个很可怕的人，蔡伤的可怕是在于他的威猛和霸道、机敏和雄才大智，更加上绝对没人敢轻视的刀，而黄海却是一个让人无法揣度的人，没有人知道他究竟有多么深邃，没有人知道他的功力究竟有多深。更因为他从来不说话，那种沉稳便酝酿着让人心寒的冷静，就像他的剑一般，沉默得让人以为天空中永远不会出现太阳。不过，阳邑的人都知道他们的心地，所以，所有的人都很尊敬他们。

蔡风大老远就被人发现了，不禁全都欢呼起来，那些紧张了一天、累了一天的猎人们，年轻的、老的，全都十分热情地向蔡风打招呼，像是劫后余生的那种热情，女人们更是在屋内招呼着蔡风，让蔡风去尝一尝她们的手艺。这一切蔡风已经习惯，见得太多，他几乎是在这么多人的宠爱下长大的，所以蔡风在外面都感到很骄傲，更重要的是这种和睦造成了他的乐观和顽皮的性格。

蔡风的确很顽皮的，不过大了要好些，因为懂得了什么是好，什么是坏，更在武安城中混了一年多，知道人世的险恶。在一年多前，以他的性格，连太守的儿子都敢打，还打得趾高气扬的，那种大胆和妄为和现在便真的有差别了。不过蔡风到哪里，哪里的气氛就会很活跃的，无论老少，蔡风都可以玩得很开心，都会像朋友一般开玩笑，因为蔡风的心中那种尊卑感很淡薄，这才使他对着太守夫人和元叶媚说话都会毫无顾忌，这是他性格使然。

“风哥哥……”几声甜甜的、脆脆的声音传了过来，是几个很可爱的小女孩，扎着翘翘的羊角辫向蔡风迎了过来，还有几个小男孩，都显得无比天真可爱。

蔡风从马背上一个筋斗翻落下来，像小孩子一般，顽皮地炫耀一下美妙的身法，站在几个小孩的面前，一手搂一个，而另几个却一把搂住蔡风的脖子和腰，若不是蔡风腰马扎得好，大概会被扳倒。

“大家别急，别急，风哥哥不会让你们白叫的，我已经准备了糖果，只要大家乖，风哥哥便分给你们，好吗?”蔡风身上被围得结结实实地，不由得急忙道。

“我们都很乖……”几个孩子急忙齐声应道，却有几个在蔡风的脸上重重地亲了几口。

“还不放开我，叫我怎么给糖果你们吃呢?”蔡风笑道。

“好的，我们这就放手。”那几个小孩忙全都放开手，围着蔡风，嘻嘻哈哈地一脸欢颜，望着蔡风，眼中掩饰不住地露出仰慕之色。

蔡风忙从怀中掏出一把糖果，一个人发了几颗，才拍拍一个小女孩的小脸蛋笑道：“月儿最老实，说，你在风哥哥脸上亲了几下?”

那小女孩往蔡风怀里一靠，撒娇道：“风哥哥不是这样亲月儿吗？我不告诉你亲了几下。”

“哈哈，是不是风哥哥教你数的数全都忘记了?”蔡风不由得好笑道。

“就没有，就没有，风哥哥不是说月儿聪明吗?聪明怎会忘记了呢?”那小女孩撒娇地道。

“月儿数得比我少，我数得比她多一些。”一个小男孩在一旁开口道。

“平儿你是不是欺负月儿啦?”蔡风扭头向那小男孩道。

那小男孩退了一步，急忙分辩道：“没有，没有，我怎会欺负月儿呢?风哥哥不是教我，男孩子不能欺负女孩吗?”

“你就欺负了我……”

“风儿，你快回屋。”一个威严而沉稳的声音从一座石屋之中传了出来。

蔡风一愣，用手指在那小男孩额头上轻轻一点，笑骂道：“人小鬼大，还不认账。”说着起身，提起马背上的大酒囊向石屋之中走去。

“风哥哥……”几个小孩便要追上来，却被上来为蔡风牵马的人喝止了。

屋子里的光线不是很好，却可以看清三条壮伟的身影，和三张欢喜的面容。

“师叔!”蔡风一声惊呼，惊喜地立在门口好长时间未曾踏入屋中。

“风儿，好长时间没见到你，都长得这么高了。”那面容白皙、身形硕壮的汉子立身而起，行至蔡风的身前，高兴地拍拍蔡风的肩膀笑道。

“师叔，你什么时候来的呢?怎么不先通知我们一声，让我们去接你嘛，弄得我都跑到城里去了，真是的。”蔡风撒娇地埋怨道。

“哈哈!”那汉子粗犷地笑道：“风儿有这份心就足够了，不过看来这几年风儿的嘴巴肯定又多吃了很多糖，变得越来越甜了。”

蔡风望了满面欢容的蔡伤和黄海一眼，也很滑头地开玩笑道：“报告师叔，这两年来很少吃糖果，买的糖果都被外面的那帮小孩给抢去了。”

那汉子不由一愣，旋又欢笑着拍拍蔡风的脑袋慈爱地道：“顽性不改，哪里学的油腔滑调，要不是看你长大了，定打你一顿屁股。不过现在嘛，好好发扬，将来对付女孩会有用的。”

蔡风不好意思地笑了笑，旋即记起手中的大酒囊，笑道：“师叔，我掐指一算得知今日师叔要到，特带美酒二十斤，以供师叔享用。不过，我掐指算的时候已在城中，所以不能相迎，请师叔勿怪哦！”

“哦，风儿什么时候练成了这么好的本领？师叔倒要在什么时候来请教请教。”那汉子一把抓过蔡风手中的酒豪笑道。

“师弟，别听风儿瞎说，吹牛不打草稿。”蔡伤慈爱地笑道。

黄海向蔡风打了个手势示意几个人坐下再谈，蔡风忙挽住中年汉子的手来到桌子边坐下道：“师叔大老远从冀州赶过来一定很累了，坐下来再谈吧。”

中年汉子忙把那大酒囊向桌上一放，安安稳稳地坐下，沉声问道：“风儿在城中可听到了什么特别的消息？”

蔡风一愣，见众人一脸肃然的神色，不明所以地问道：“师叔指的是哪方面？”

“哦，还有好几个方面吗？”那汉子奇问道。

“当然喽，对我来说，可以分为生活和玩乐的方面和大的关系天下百姓的方面，不过我比较不喜欢大的哦。”蔡风似是在申明地道，脸上一副毫不在意的样子。

“这孩子，没一点晚辈的样子。”蔡伤笑骂道。

蔡风不禁吐了吐舌头，扮了个鬼脸。

第七章　虎阁会主

那汉子也淡然一笑道："这样才算是真正的天伦之乐，也只有师兄才能够享受得到。"旋又转头向蔡风问道，"大的又如何小的又如何？"

"小的嘛，便是李崇的儿子李战在武安城中来逞威，我用几句好话骗了这小子十两银子，把他那战无不胜的狗儿打掉了两颗最利的牙齿。"蔡风得意地顿了一顿又继续道，"大的嘛，有柔然那些高车贼子入侵六镇，怀荒镇民杀死武卫将军于景，起兵造反，沃野镇的破六韩拔陵亦聚众起义，杀了镇将，称元真王。其余各镇也纷纷响应，破六韩拔陵引兵南征，派别帅卫可孤包围武川和怀朔两镇，朝廷准备派临淮王元或都督北讨诸军事。"

"柔然攻六镇，破六韩拔陵起义？"蔡伤一惊而起问道。

"不错，这相信不会错。"蔡风肯定地道，同时也有些不明白父亲这从不轻易受惊的人反而也会如此激动。

蔡伤有些不敢相信地望着蔡风，连那中年汉子和黄海都感到无比的惊讶。

"你怎么知道得如此清楚？"那中年汉子奇问道，而蔡伤的目光也很狐疑。

蔡风淡淡一笑道："我在武安城中还是很吃得开的，我这消息是太守的儿子告诉我的，他是我的好朋友，自然不会对我有什么隐瞒，所以我会知道得这么清楚。虽然我对这些并不怎么感兴趣，可是他们似乎很感兴趣，硬要说得这般详细，害得我不记清楚也不行了。”

“哦，原来如此，怪不得。”那中年汉子恍然道，蔡伤和黄海也跟着释然。

蔡伤深深地吸了一口气，道：“天下又将变成尸横遍野、血流如潮的世界了。”

“这一切都只是迟早的问题，朝廷不仁，贪官不义，天下百姓处在水深火热之中！”那中年汉子激动地道。

蔡风不由一愣，却不知道该说些什么好。

蔡伤长长地吸了口气，苦涩地笑道：“这个世界是已经够黑暗的了，是应该让它改变改变，在很早之前，我便知道会有这么一天。”

“那师兄还在犹豫什么呢？以你的武功，你的声望和我的布置，只要登高一呼，立刻便会让天下皆惊，那时候将会使天下烽烟四起，拓跋家的天下早晚会荡然无存。”那中年汉子激动地道。

“爹、师叔，你们也想造反吗？”蔡风疑惑地道，不过神色间却并无什么惊异。

“这不叫造反，这叫还我河山，这叫澄清天下。”那中年汉子驳道。

蔡伤不禁叹了一口气道：“这十几年来，我心已死，早已厌倦了那种尸横遍野的生活，我不想再卷入这种血腥无尽的世界之中。我不反对你起事，在这个世界之中，唯有强者才可以生存，唯有强者才有资格说话，我明白师弟的心思。”

那中年汉子不禁有些泄气地道：“师兄武功盖世，用兵如神，有师兄相助，那样天下才真的可算是囊中之物，师兄为何偏要如此呢？”

蔡伤心神黯伤地道：“我这几年来一直在精研佛道，并不想卷入血腥之中，却知道这个世界唯有以恶制恶才有用。不过我要警告师弟，你一旦起事，所面对的便不止是官兵了，还将有各路义军，谁也不会将到手的权力轻易让给别人，要明白你不杀人，人便杀你，我相信你，唯有一个人真正地统一了天下，那才会有真正的安宁。在这场战争之中可以心狠手辣，但切忌对百姓对战士，破六韩拔陵是一个很厉害的人物，我曾经和他交过手，那是十几年前，仅以一招险胜他，他是因犯罪而充军至沃野镇，这是一个极有雄才大略之人，我想师弟在遇上他时要极为小心。最好是在做好最充分的准备之后才动手，否则定会成为出头之鸟，容易被人攻击。”

那中年汉子静静地听着，神色间却很平静，显然对蔡伤的每一句话都有所悟，不禁感激道：“多谢师兄提醒，葛荣受教了。”

“我只有你这一个师弟，这个世界上，师父只留下我们两个可以相依为命的人，我不关心你又能关心谁呢？若是在十几年前，便是用刀子架在我脖子上，我也不会放弃去相助你的。”蔡伤苦涩地笑了笑道。

“我知道师兄是对我好，我不强求师兄，也明白师兄的心情，无论如何，我都会感激师兄对我的关怀，你永远是我的师父。”葛荣深情而感慨地道。

蔡伤脸上的肌肉抽动了一下，道：“元彧这次注定是要败给卫可孤。元彧胆小如鼠，岂敢轻进，只要卫可孤在元彧赶到之前攻下武川和怀朔两镇，元彧只有败亡之途，而武川和怀朔两镇内的军民早已离心，迁都洛阳本就是对元镇的不公，因此，这两镇并不需太多的兵卒便可以攻下，上兵伐谋，若可以的话，只要有人在城内登高一呼，内外夹击，两城不攻自破。不过破六韩拔陵最怕的应不会是北魏朝廷，而是北部柔然，这一群神出鬼没的攻击力量才是他最大的敌人，破六韩拔陵就因为要两边受打，而又全是最强的兵力，他的命运似乎注定要失败，毕竟北魏朝廷还有比较强的战斗力。但破六韩拔陵这一起事，将会引动无数次起义，那时候朝廷只能疲于奔命，财力、人力将会大幅度下降，而那时也将是你花了足够时间和力气布置好准备工作之时，相形之下，不说自明，还望师弟慎重考虑。”

“师兄分析得确有道理，我差点贸然了。”葛荣出了一身冷汗道。

蔡伤微微露出一些喜色地道：“师弟终于明白了我的意思，那真是再好也不过。”

蔡风听得茫然一片，却不好作声，只像看个怪物一般望着蔡伤。

葛荣重重地拍了拍蔡风的肩膀一下，笑道："愣个什么劲，还不去端碗来，喝美酒！"

蔡风从发愣中回过神来，傻傻地笑了一笑道："最好是把桌上几个已经凉了的菜再热一下，否则凉的会吃坏肚子的。"

"哈哈，你的嘴倒挺腻的哦，连这么好的菜都嫌凉，凉得正够味嘛！"葛荣爽朗地一笑道。

"听马老四说，你在'四季发'之中吃得满嘴油腻对吗？"蔡伤笑问道。

"那种不要钱的菜当然不会放过。"蔡风毫不掩饰地道。"爹，我想明日去邯郸玩一阵子。"蔡风突然转口道。

蔡伤和葛荣及黄海都不禁一愕，惊疑地望着满脸期盼的蔡风一眼。蔡伤不禁温和地问道："去邯郸有什么事吗？"

蔡风干笑一声道："没什么大不了的事，不过却真的很想去玩一趟。"

蔡伤面容一敛，严肃地道："世道这么乱，外面的世界更乱，你去做一件让我们不知道的事，便不怕我们担心吗？"

蔡风立刻收敛玩笑的态度，低低地道："我去邯郸是到元家驯狗，生活之上应该不会有什么问题。而且我今天救了四个人，长生和马叔也知道，那四个人，有一个是元家管家，一个是元家护院教头，因此到邯郸不会有人敢找我麻烦的。"

"你为什么会有这种决定？"蔡伤似乎是在强压着气恼沉声问道。

蔡风无奈地道："今日，我在太守府看到了一个非常漂亮的女孩，她是太守夫人的侄女，也是邯郸元家的千金，我鬼迷心窍地喜欢上这个女孩，又这么巧在这里救的人是元家的管家，才会做这种荒唐的想法。不过真的只是去邯郸玩一玩，那里不好玩了，我便回来就是了。"蔡风摊了摊手以示清白。

葛荣和蔡伤一听，先是一愣，旋即笑骂道："你真是越学越坏，这种无赖的做法，你也可以做得出来。”

蔡风耸耸肩，笑道：“窈窕淑女，君子好逑嘛！人生在世须尽欢，做想做的事情，但求快意何必在乎是正是邪呢！”

“歪理！不过倒很合师叔的口味。”葛荣在蔡风的肩上重重地拍了一下，笑道，黄海也将那只有力的大手盖在蔡风的肩头，咧嘴一笑。

“胸无大志，无可救药。”蔡伤苦笑着摇头道。

“但得山水人情之乐，何怨苍天待我厚薄呢？爹，你说呢？”蔡风风趣地道。

蔡伤哑然失笑道：“你这目无尊长的东西，连爹也敢教训，看来是要好好管教管教了。”

葛荣却“哈哈”大笑起来，拉着蔡伤的手羡慕地道：“这才是真正痛快的父子，这才是真正的天伦之乐。师兄，我真是替你高兴，天下间能使父子关系达到这种和谐地步的，恐怕只有师兄一个人而已，天下恐怕最幸福最快乐的父亲也只有师兄一个人了。”

蔡伤神色间不禁也有一些感慨和欣慰之色，转头向蔡风问道：“那四个人现在在哪里？”

“我把他们安排在乌龟洞，他们没有马匹，明天还要等我带他们去买马呢！”蔡风应声道。

“怎么不带他们回来？”蔡伤疑问道。

蔡风不屑地道：“凭他们也配住进我们的村子？咱们岂会对这些黑心肠的贪官爪牙同住一室，没打断他们的腿还是看了他们小姐好大的面子了。否则别说乌龟洞，便是野狼窝也还要我们送他们去呢。”

“说得好，我们岂能与这些贪官的爪牙同居一室呢？风儿，你做得好，师叔便送你一件东西。”说着从行囊之中取出一柄三尺长的连鞘剑，塞到蔡风的手中笑道，“这柄剑虽不是什么宝剑，但也是百炼金钢而成，绝对是一柄很好的利器，今日师叔便送给你，以作日后防身之用。”

蔡风欢天喜地地接过葛荣手中的剑，重重地在剑鞘上亲了一下，欢喜道："还是师叔最疼我，黄叔叔的剑我从来都没敢用过。"说着向黄海吐了一下舌头，扮了个鬼脸。

黄海一见，也学蔡风的样子一吐舌头，同时伸手在嘴边一切。

蔡伤和葛荣不禁全都笑了起来，笑骂道："你小子再乱说，小心黄叔叔一剑割下你的舌头。"

蔡风也"嘿嘿"一笑，毫不在意地抽出剑身，那青幽的金属光泽使人感到一阵冰凉的寒意。

"好剑！"蔡伤不禁赞道。

"好剑得配好剑法，我不是用剑之人，带着它，并不能发挥太大的作用，而风儿所学的是黄兄弟的剑法，这柄剑刚好派上用场，让风儿初出江湖便威震邯郸。"葛荣倒了一碗酒一口喝下去笑道。

蔡风自信地笑道："威震邯郸，我还不必用刀用剑呢，只凭我驯练出来的狗儿，就可以扫遍天下无敌手，让邯郸人俯首称臣。"

"哎——男子汉，靠的便是自己的一双手，怎么能靠养几只畜牲去打名头呢？"葛荣反对道。

"侄儿受教了。"蔡风恭敬地道。

"明日，可要我为你准备一些什么东西？"蔡伤关心地道。

"也没什么好准备的，弓箭都有，便是带他们去买四匹马儿，我跟他们说清楚了，每一匹马儿，必须收介绍费十五两银子，四匹马便是六十两银子，一个子儿都不能少，因此，银钱自己会准备。"蔡风哂然道。

蔡伤不禁大为愕然，葛荣也感到异常好笑，世间居然会有蔡风这种敲诈形式的。

蔡风老早便爬了起来，他实在兴奋得有些睡不着，去邯郸，当元叶媚见到蔡风突然在她府里出现，那会是怎样一个场面呢？便因为这个想法，使他一夜无法安睡。

蔡伤的确未曾给蔡风准备些什么东西，只不过是一些由黄海叫几位巧手的妇女们赶做的衣服、靴子和糕点。对于一个优秀的猎人来说，哪里有山林，便不会饿死，便可以生存，优秀的猎人的生命力甚至比狼更强，因此，他的确不想为蔡风准备些什么东西。

蔡风很早便带着元权诸人到镇上购买了四匹好马，对于蔡风来说，镇上的人无不对他十分关照，由他带去的客人，无论买什么东西，都会是十分实惠的价格。今日，很例外地，蔡风并未曾将狗带出来，他并不想让狗儿随同他一起去邯郸。

楼风月似是一块永远也化不开的冰，冷得让人有些无法接受。不过元胜和长孙敬武与蔡风却甚为投缘，这一路上并不寂寞，蔡风是一个很活跃的人，至少这至邯郸的路上还是很活跃的，使得这一行人并不寂寞。

邯郸城曾是战国时的名城，赵国之都，其地处滏阳河和渚河交汇之处，两河流经邯郸形成邯郸城的主要水系。

邯郸在北魏之时具有很重要的战略作用，与邺城（在河南安阳北）遥相呼应，孝文帝曾选定两个迁都之地，其中一个便是邺城。邺城是中原最富庶的地区，集中了北方财富，是河北主要的粮食和丝绵产地，从经济意义上讲，邺城还更胜过洛阳一筹，因此，邯郸极自然地成了重要战略要地，同时也有着护守邺城的使命。

元家乃是帝姓，在邯郸城中自然占着极为重要的地位，元家的支系到处都是，也绝非只有一处存在元家的人。邯郸元家，乃是任城王王澄之后元浩，在邯郸城之中并没有担任什么重要的职位，但却可以左右整个邯郸城。

这个天下是鲜卑人的天下，更是元家的天下，因此，元家的富有是不可否认的，是可以肯定的。

元府很大，虽然孝文帝曾颁布均田制，地方官吏按官职高低，授以公田，刺史十五顷，郡丞县令六顷，可是自宣武帝之后，北魏腐败之势已由君至臣形成了一种风气，而胡太后临朝时，奢侈之风更盛，有钱什么都好说。孝文帝所行均田法，这时也全被破坏，原规定不得买卖的公田和露田，都可以买卖，而以元家的财力自然是大面积购买田园，而朝廷对这些早已习以为常。

蔡风到达邯郸，已是三天之后，对于这个陌生的地方，虽然有着一种新奇感，却也有不少异样的欢喜。

他在进城的时候，守城的官兵对他的态度极为恭敬，在城关之际，绝不允许背着大弓长箭行走的，而守城的官兵却并没有让他摘下弓箭，那便是因为把他也当成了元家的人。

在邯郸城中长孙敬武似乎比元权更吃得开，在这种战乱的时代，人们都尊重英雄，尊重武人，而长孙敬武是元府的护院教头，平日在城中露面的次数很多，谁都知道长孙敬武的武功，因此他比元权这个大管家更吃得开。

蔡风等人一进城，便有人来相接，似乎是个什么很了不起的人物一般。虽然蔡风对于他们来说是一个陌生的面孔，可见元权和长孙敬武及元胜这几人对他那样客气，自然也不敢怠慢，谁也不想同时开罪元权和长孙敬武两人，否则他在元家将会没得混了，蔡风几乎有些得意，不过也变得心安理得。

马一直行到元府大门之外，蔡风诸人才下得马来，却被人解了背上的大弓和劲箭，元权和长孙敬武诸人也不例外。在府上的要求似乎很严格，不过无论是护院还是仆人都对几人特别尊敬，都要向几人行礼，而元权和长孙敬武却不响应，径直向南院行去。

院子的确很大，里面的装饰和布置也极为典雅，假山、水池、修竹、树林，小径十八曲，都让蔡风咋舌不已，心下不由暗暗担心，“这么大的院子，能够和叶媚小姐走到一块儿吗?”不过既来之则安之，反正这里的待遇环境也是挺不错的，也不算吃亏，有机会便到那繁华的城中去溜达溜达也不错嘛。

南院是元权和长孙敬武的住处，而元浩及内眷住在东院。

元权对跟在身后的小婢沉声道：“去为蔡公子准备一间套房，务必要舒适一些。”旋即拉着蔡风和长孙敬武走入自己的房间，元胜和楼风月却各自归去。

“蔡兄弟在这里歇息玩耍几天，然后再去办事如何?”元权把蔡风拉在身边缓和地道。

“玩耍几天?”蔡风一愣，反问道。

“不错，你远来是客，咱们便不必客气，你为我们驯好狗儿，都是以后的事，这几天你便熟悉一下城中的环境，这其实也不矛盾，对今后选择狗儿的对手和配种也有很大的帮助，对吗?不过你放心，这些费用全都会由我们出，你只需要好好地玩乐，由元胜陪你去，应该不会有什么问题的。”长孙敬武也附和道。

“那真是太好了，有玩的自然我很高兴，也许我还会到野外去走走，找几个野狼的窝窝也说不定呢!”蔡风欢快而不掩饰地道。

“找野狼的窝窝干吗?”元权不解地问道。

“当然是看看有没有合适的狼可以为狗儿配种喽，那样的狗儿才会具备天生的勇悍。”蔡风笑答道，眼中充满热力和自信。

“与狼配种?”长孙敬武惊讶反问道。

“不错，这便是我驯得出最好的狗儿的原因之一，这是一种难得的经验，但真正知道这些仍不够，这之中配种讲究很多技巧和时机，因此，一匹无敌的战狗并不是随随便便可以找寻到的。”蔡风自信而傲然地道。

元权和长孙敬武若非见过蔡风的那四只狗儿，还真的不会相信蔡风会有如此本领呢。

元权也被引得有些神往地道：“那要怎样才能够让狼与狗交配出一只无敌的战狗呢?”

“这个机会比较难以把握，总之这其中的细节很多，一时也说不定。”蔡风含混其辞地道。

“我是最喜欢斗狗的，可是对养狗驯狗之道却所知有限，今日听蔡兄弟一说，真是心痒难治，还请蔡兄弟明讲。”长孙敬武端起一杯由仆人刚倒满的茶水一饮而尽，急切地问道。

蔡风哂然一笑道："我们何不到府内养狗的场地去看一看，走一走呢，让我看看你们的狗儿是什么品位，再细细讲如何？"

"这个很好，很好！"长孙敬武喜道。

"我看蔡兄弟已赶了三天的路了，让他休息一下午，明日再说吧。"元权提议道。

长孙敬武一看蔡风精神饱满却满面风尘的脸和自己身上脏脏的衣服，不禁摇头笑道："看我都稀里糊涂的了。对，先洗他娘的个热水浴，再好好地睡上一下午，明日再说。"

"带蔡公子去更衣沐浴。"元权对身边立着的婢女沉声道。

"请公子随我来！"那婢女恭敬柔顺地道。

蔡风斜斜地望了那低着头的婢女一眼，转头向长孙敬武笑道："我看明日还是你来唤我好了，我不知道去哪儿找你们。"

长孙敬武笑应道："有事，你就差遣她们好了，不必亲自动手。"

"是呀，公子若有事，便差遣奴婢好了。"那婢女乖巧地福了一福道。

"哇，这么乖，我真舍不得差遣你，不过有事的时候再说吧，先带路。"蔡风爽朗地笑道。

元权和长孙敬武不禁微微一笑，蔡风再也不答理他们，随着婢女径直而去。

这是一间布置很典雅的房间，连书桌都备得很齐全，一切全都有着一种浓重的豪门气息。

蔡风一跨进这间房子，便感到一阵清爽，不禁伸了个懒腰，奇问道："这么大的房间只我一个人住吗？"

那婢女不禁俏脸一红，蚊蚋地道："若是公子吩咐，奴婢可以住在里面。"

"你住在里面？"蔡风大奇问道，一脸不解之色。

"嗯！"那婢女俏脸更红，把头低得不敢看蔡风。

“可是你住在这里面，我住哪儿?”蔡风疑惑地道，对这俏婢的话有些不明所以。

“公子也住里面呀!”那婢女解释道。

“这怎么行？一个男的怎能随便和一个女的住在一起，既然没有别的同伴住这间房子，我还是一个人住好了。”蔡风一副不解风情的样子道。

“公子，奴婢已为你准备好了热水。”内房的门“吱呀”一声被打开，正是刚才被元权叫来整理这间房子的丫头。

“哦!”蔡风不再理那呆立一旁发愣的俏婢，向那房间走去。

这是一个不太大的屋子，正被热气萦绕着，那浓重的水气弥漫了整个房间，每一寸空间之中，似乎都充盈着无限的生机。

“哇!”蔡风不禁一声惊呼，他自小到大，从来都不曾有过如此的享受，自然会惊讶，同时回头向那调水的俏婢温和地道：“去把我的行李拿过来，我的衣服在那里面。”

那俏婢一声娇笑道：“公子还用穿那些衣服吗，我们早已为公子准备好了衣服。”说着一指那架台上光鲜的锦衣。

“那是为我准备的?”蔡风愕然道。

“自然是为公子准备的喽。”那俏婢仍以洁白的玉手扰动着热水笑道。

“嘿嘿，真还有点不适应。”蔡风有些呆呆地笑着自语道。

“公子慢慢便会习惯了。”那俏婢立起身来笑道，那微红的脸蛋和快要流出水来的眼皮，真叫蔡风大为吃不消。

更让蔡风吃不消的却是那薄若轻纱的罗衣，肉光隐显，显出那动人的身材，随她的娇笑而有规律地起伏波动，蔡风咬了咬舌尖，有些尴尬地道：“姑娘请出去吧，我要洗澡了。”

“为公子洗澡是奴婢分内之事，奴婢怎可出去呢?”那俏婢奇道。

“为我洗澡，你弄没弄错?”蔡风眼睛瞪得比苹果还大，一副吃惊无比的样子不禁让那俏婢笑得花枝乱颤。

“自然是为公子洗澡啦，公子不高兴?”那俏婢腻声道。

蔡风大感吃不消，脸红红地道："不用，不用，我自己有手有脚，还是自己洗为好，你先出去，先出去。"

那俏婢一愣，像看个怪物似的望了蔡风一眼，幽幽地道："是奴婢不合公子意?"

"姑娘千万别误会，千万千万！你也知道习惯是要一个过程的，我真的不习惯，不适应，你不要胡思乱想。"蔡风急忙分辩道。

那娇婢见蔡风如此一个窘迫之状，不由得大为好笑，顺从地走了出去。

蔡风似松了一口气，长长地吁了口气，才赶紧去关上房门。

蔡风美美地泡了近半个时辰，一身的疲劳尽去，身体中的每一个细胞似乎都充盈着无尽的活力，真是一个很爽的享受。

当他从浴桶里爬出来的时候，两个俏婢早为他准备好了膳食，似乎一切都是别人为他准备好，什么都不需要他出力，弄得他分不清自己到底是仆人还是主子。

他并不知道元权在元府的地位极高，除府主元浩和夫人之外，甚至连元家的少爷都得敬他三分，因为他的辈分极高，可算是元浩叔父辈人物。而长孙敬武更是在元府内有着极为重要的地位，他们已经算是元府的主人之列，而蔡风却是元叔和长孙敬武的朋友、恩人，自然要受到这种款待。而元浩也不大管府内之事，府内的一些安排都是由元权一手安排，对于斗狗，并不只是一件游戏而已，更是一种赌注和门面的问题。

北魏自拓跋硅立国以来，鲜卑人都未曾丢去祖辈那种游牧为生的习惯，拓跋氏是游牧民族，入塞以前主要从事畜牧业生产。拓跋硅之后，农业才有了长足的发展，游牧民族，离不开牧羊犬，这种犬本是驯其护羊群，看守羊群和防狼群的进袭，而到后期，随着迁都洛阳，农业长足的发展，使得一些拓跋贵族和鲜卑贵族再不敢以游牧为业，而那驯狗的习惯依然未曾丢掉。这种被驯的狗可以狩猎用，不过后来却发展起斗狗这种游戏，这种比以往更刺激的游戏迅速在北魏洛城流传，最后无论是否为鲜卑族的贵族还是汉族的仕人，都喜欢斗狗这种游戏，来打发无聊而空虚的生活，为这战乱年代不知生死何时的空洞添上一些乐趣，而斗狗的发展却更快，有人甚至把这当作一种身份的象征。更有甚者，花上大量的金钱去请来最好的驯狗师来驯练自己的狗儿，让其成为最优秀的战狗，而真正懂得驯狗能驯好狗的人却是太少了，因此，身在驯狗之位的人，无论是在哪个大家族之中都会受到尊敬，而蔡风的驯狗之能早已由元胜报告给了元府的公子，因此，蔡风受到如此待遇，并不足为奇。

翌日一早，长孙敬武便来敲蔡风的房门了。

蔡风第一次睡在如此美妙而舒适的环境之中，真是又香又甜，长孙敬武来叫他之时，仍未曾醒来，不过出于猎人的警觉，他很快便从床上翻身起来，很利索地穿上那两个俏婢为他准备好的衣服。

推开房门，那两个俏婢已将洗漱用的水全都准备妥当，甚至连早膳也全都打点好。

蔡风望着长孙敬武苦笑道："我活了这么大，算是白活了，不过我真担心以后还能不能保持一个合格猎人的标准。"

长孙敬武不禁大为好笑，道："从来都没见过像蔡兄弟这般说话如此有意思的人。不过，我看蔡兄弟已经是最出色的说客了，今后不必去做什么猎人，便做说客算了。"

正在洗脸的蔡风一愣，笑应道："这个主意不错，我就去做狗王身边的说客，那样不仅安全，也很风光呢！"

"狗王身边的说客，也只有蔡兄弟可以想得出来。"长孙敬武大有兴趣地笑道。

旋又记起什么似的，接道："老爷请你去，要考你驯狗之术，特叫我请蔡兄弟用完早膳便去'潜虎阁'坐坐，不知道蔡兄弟可有准备？"

"哦！"蔡风一惊，抬头望了长孙敬武一眼，奇问道，"搞没搞错，我只不过是个养狗的而已，有这么重要吗？还要劳动老爷亲自相考！"

"蔡兄弟有所不知，我府上对养狗师这一职位要求是很严格的，而老爷自己也懂此道，只是并不能够算上是高手，因此，每一位想任我府的驯狗师都必须过老爷那一关。”长孙敬武认真地道。

“这驯狗有这么严重吗?”蔡风犹有些不敢相信地道。

“蔡兄弟这就太小看了这群狗儿。老爷很喜欢斗狗，不仅老爷，我们府上上下下都爱此道，这里与邺城又近，老爷甚至经常带着狗儿去邺城相斗，可是总是败多胜少，这使他已经输掉了很多钱，这还是小事，连他的面子也大受损伤。这斗狗之事，并不像蔡兄弟所想的那么简单。”长孙敬武认真地道。

“哦，原来是这样，那我倒真的要去相中几只狗王出来喽!”蔡风恍然。

“只要蔡兄弟真能驯出狗王来，那时老爷定不会亏待你。”长孙敬武兴奋地道。

“现在这样子便差点让我享受不起，没把我一身嫩骨头睡软已算是命大喽。”蔡风夸张地笑道。

长孙敬武莞尔而笑，便道:“我在门外等你。”

蔡风抓起两大块糕点，向嘴里猛塞，然后又向嘴中灌了几口茶水，含糊道:“不必，我吃得很快的。”

那几个俏婢和长孙敬武见蔡风这种猴急样子，不禁全都大为好笑。

那昨晚要为蔡风沐浴的俏婢很乖巧地为蔡风送上手帕。

蔡风打量了一眼，接过手帕问道:“你叫什么名字?我都忘了问。”

“奴婢兰香。”那俏婢福了一福娇声道。

“好名字，嗯，这干净的手帕岂不是因为我这张嘴而弄脏了，可惜!”蔡风笑道，却仍以手帕擦了擦沾在嘴角的糕点末末，然后还给她，才和长孙敬武一道向大门外走去。

“你又叫什么名字呢?”蔡风停住脚步，凝目问那满含幽怨之色的俏婢道，想到昨日那俏婢说要陪他就寝，不禁心中一阵怜惜。

那俏婢身子一震，料想不到蔡风仍会注意她，禁不住微露出喜色地柔声答道:“奴婢报春。”

“嗯，两个名字都很有韵味，不错。”蔡风赞了句，便和长孙敬武一道向东院行去。

“潜虎阁”所处的位置和建造的方式，让人觉得十分有气势，至少在蔡风的眼里是这般。

四檐飞羽成虎状，阁门口也以两尊大石虎相守，青石台阶，显出一种大自然的古朴和典雅之美。

蔡风随着长孙敬武大步踏上石阶，便见那高挂于门头的三个古篆体大字“潜虎阁”黑漆大门，两个巨大的兽环悬于其上，自然而然给人一种强烈的压迫感。

大门并不是关闭着的，蔡风和长孙敬武一踏上最顶级的台阶，便立刻有人将大门完全敞开，立于两旁的童子很恭敬地向两人敬了个礼。

蔡风并没有在意身旁的人，他看到了一个人，似乎在刹那间，他的眼中只有了这一个人，连身旁的长孙敬武都似乎不再存在。

那人坐在大殿的正中，立在门口就可以看到他，那种自然流露而出的威霸之气显示出了这人不同寻常的身份。

那人似乎也发现了蔡风的存在，甚至对蔡风的存在有些惊讶，那是一种毫不做作的惊讶。他们之间似乎都发现了对方的与众不同，至于与众不同在哪里，他们也说不清楚，但那威猛的中年人却站了起来。

连长孙敬武都感觉到很奇怪，蔡风仍未曾踏入大殿，他的主人便站了起来，这似乎与他以前的作风很不相似，不过主人便是主人，没有人敢问主人为什么，长孙敬武也不敢。

蔡风笑了，笑得很灿烂，笑得有些天真和欢快，正如那中年汉子笑得很真诚、很欣慰、很平和一般，这让长孙敬武更感到不解。

蔡风知道这人定是元家主人元浩，也只有他才会有着这种自然的王者之风。

“果然是与众不同。”元浩很爽朗地开口了。

“也只有大人你深具慧眼。”蔡风居然毫不谦让，反而借赞美对方来肯定自己，这一招似乎连元浩也没料到。

元浩一呆，不禁开怀大笑起来，道："听元胜说你口齿伶俐，天下少有，性异常人，胆识不凡，果然并未有夸词。"

蔡风不禁不好意思地笑道："元胜兄如此夸我，恐怕我会骄傲自满的，大人最好不要对我太过夸奖。"

元浩神色一肃，一手搭在蔡风的肩膀，同时淡淡地道："听说你救了元权和长孙敬武几人的命对吗？"

"适逢其道，也不能算是救他们，驱狼是猎人的本职。"蔡风谦虚地道。

"很好，年纪如此轻便知道谦虚，果然非常人所能相比。不过我听说你能够驯出狗王来，我始终有些不信，你如此年轻，又怎会对狗儿知道得如此深呢？"元浩淡淡地道。

"大人此言差矣，世间若是论年龄而谈经验，那么驯狗之人是否全都是八十老翁呢？"蔡风出言反驳道。

"很好，有胆识！坐！"元浩毫不介意地笑道。

蔡风环视了周围立着的几位武士和婢仆一眼，大大方方地坐在离元浩不远处的椅子上。

元浩正式拉开话题淡淡地问道：

"不知道你对驯狗之道有何看法？"

"大人所问之话实在太广，驯狗之道所包括极为广泛，不同要求的狗，有不同的驯法，而不同种类的狗也有不同的驯法，总之驯狗之道，应在于挖掘其相应的潜力，使之在某一项之上达到最好的效果，比若，用之寻敌的，则要训练狗之鼻，查敌之用驯练狗之耳和眼，而斗狗则又是另一种方式去训练，不知大人想让我谈哪一方面的看法呢？"蔡风不紧不慢地道。

"哦！"元浩一声惊叹，双目之中奇光暴射，身体立刻坐直，认真地道："听你这一番话，让我真的感觉不到你只是一个弱冠少年。"

"人之有别不在其年龄之别，而在其心之别，心之早熟，其表又岂能掩得住应有的光彩。”蔡风深含哲理地道。这些年来，跟着他的父亲，对禅理哲学也所学甚多，因此出口自然成章，且毫不奇怪的，可却让元浩大为惊讶，任他怎么想，也想不到蔡风所说的如此透彻。

元浩端起茶杯很有风度地浅饮了一口，深深地吸了一口气，含笑道：“你并没有让我失望，便算你不是一位很好的驯狗师，也会是一个很好的人才。好，我要问的是有关战狗的驯法，你有什么看法?”

蔡风自信地道：“驯狗，最难驯的便是战狗，战狗的要求极为严格和多样化，战狗最基本的条件便是体力、斗志和牙齿。”

顿了一顿，他接着又道：“牙齿是可以后天培养的，而体力也有一部分是后天的原因，斗志也如此。但体力和斗志受先天的影响更为重要，就若狼和家狗，无论狼怎么瘦，它的体力绝对比普通的狗要强，斗志要强，这是一种先天的因素，而狗之祖先是由狼所引，只是经过无数代相传，而失去了它原始的野性，因此驯狗之先，必先选择最优秀的种狗，才有更多潜在的能力可以开发，不知大人认为如何呢?”

“嗯，似乎有道理，那你怎样去选择种狗呢?”元浩点了点头淡淡地道。

蔡风平静地吸了口气，轻缓而有节奏地道：“种狗的选择在其精壮，我们所要选择的种狗并不要求它达到一个怎样的标准，因为我们选择、训练完全是两回事，我们所选择的种狗只是为了让它生仔，让它配种，而它的后代才是我们真正要培养的对象。”

“训练小狗?”元浩奇问道。

“不错，因为种狗再好，它毕竟有局限性，因此，我们要真正地找到和训练出一匹狗王的话，必须把它们不利于战斗的一切缺点全部去掉，换成全部的攻击性和服从性的优点，这才是我们选择种狗的目的。”蔡风放胆地谈出元浩以前听都未曾听过的见解，连长孙敬武都不禁为蔡风的话引得神往无比。

顿了片刻，元浩问道：“那我们怎样才可得到全攻击性和服从性的狗仔呢?”

“这便是配种之中的学问了，别看这简单的配种问题，之中也包含着太多的变化，并不是每一个驯狗师都可以明白和掌握的，狗与狗配种，将始终不可能唤醒狗儿潜在的斗志和野性。野性很重要，只有充满野性才会真的具备一往直前的气势，变得凶猛无比，而这种野性的激发最好是由狼去做，因为狼与狗最接近，狼的那种天生的凶悍和野性，若是与狗儿配种，那这只种狗所产出的狗仔绝对会带有一丝狼的野性。当然我们不可能异想天开地去用狗和老虎配种对吗?”蔡风含笑向两人问道。

元浩和长孙敬武不禁全都微微点头。

蔡风又道：“若我们选择的是非常优秀的种狗，那样与狼所配出的种子，将会更完美一些，这种集合了狗的服从和狼天生攻击性的狗仔若是我们能够好好地培养，那将会成为真正可怕的战狗。”

“这个与狼配种我也听说过，而在很多人那里都曾有过与狼配种的斗狗，岂不是每个人都有狗王，又怎能够让一家称霸呢?”元浩似乎有些失望地问道。

“大人此言差矣，与狼配种固然不是一般人可以让狗做到的，但那的确也不是一件很了不起的事，而这在狼的选择，在时日的配合及狼本身的状态也有着很大的关系，一般人以为能使狗儿与狼相配种已经是一种很高的标准，却不知道，这与狼相配，狼的选择上也有着极为重要的作用，便若一个壮年之人与一个老年之人或一个少年之人之中的区别一般，更有着生理上的区别，一匹狼在最亢奋的时候和最劳累的时候配种绝对会有两种不同的效果，虽然这个表现不是很明显，可当狗儿长大之后，便可以很清楚地有个比较，因此，这配种不仅要求种狗的自身条件，也要要求狼的自身条件，更要掌握好时机和天气，在阴雨绵绵时与万里无云之时，又会有些微的差异，真正要驯出一匹狗王，绝不会是一件容易的事，一个不细心的人便是知道方法，一生也难以达到目的。不知道大人又有何疑问?”蔡风傲然地道。

元浩这才回过神来，不禁拍了几下掌赞道：

“精彩，精彩，我听过谈狗的阔论绝对不少，可是你的这一席话说的那是最为生动而有说服力，更有着根本的道理，叫人无从驳起。不过这种狼又如何能够选得到，而又如何可以适时地让狼与种狗交配呢?”元浩眼中不由得射出一丝疑惑之色。

“我的驯狗之法中有这样八个字，‘与狼共舞，与狗同眠’。这八个字说易行难，非有异常坚定的恒心和胆识之人，难行其事，而我便曾驯出了几只至少可称得上一流标准的战狗，这一点大人应该可以相信我可以做到这八个字。至于这其中的过程是怎样，我不便直说，请大人原谅。”蔡风淡淡地道。

元浩和长孙敬武一愕，元浩却喃喃地念道：“与狼共舞，与狗同眠……”不禁爆发出一阵欢笑，拍案叫绝道：“好，好，果然是位驯狗的高手，我相信你一定可以驯出一只或是一群狗王出来，我从来没有听说有你这么年轻便能够有如此深的驯狗技巧之人。在以前想都未曾想过，却不想今日能得如此贤才，真是太好了！来人，备酒菜，请管家和元胜及风月来，若不是他们，我如何可以得此贤才，定要庆贺一番。”

第八章　深藏不露

蔡风一愣，却想不到元浩如此高兴和爽快，不禁愕然问道：“大人难道就凭一个‘配种’便可断定我能驯狗吗？”

“能得出先天的最佳潜质的狗儿，以后的驯练工作还不好办吗？不瞒你说，我以前所驯的狗儿，虽然已驯到尽可能好，却终因先天的缺陷而败阵，那正如你所说，潜质太差，因此，我所要寻的便是最有潜质的战狗狗种。”元浩毫不隐讳地道。

“哦，原来如此！”蔡风恍然。

“启禀大人，郡丞穆大人到！”一名家丁从容地步入大殿躬身抱拳道。

“哦，有请！”元浩一愣，轻轻一挥衣袖道。

“大人，我等需不需回避一下？”蔡风知趣地问道。

元浩爽朗地笑了笑道：“不必，我们现在都是自己人，不必顾虑。”

蔡风不禁暗赞元浩会拢络人心，不过却在心里暗笑：“老子怎会和你是自己人？老子愿意给你讲经授课，是因为老子在打你女儿的主意，有朝一日，把女儿嫁给老子，再说是一家人也不迟呀……”

“穆大人如此早便光临敝府，可是有那大盗的消息？”元浩并不起身，只是淡然道。

“下官正是为这大盗而来，昨夜尉家又被盗走珍宝金银近十万两。”那走进来的郡丞还来不及坐下便急忙回报道。

蔡风吓了一跳，十万两金银对于他来说几乎是个天文数目，那个盗贼却只一晚上便可以偷到，不由得仔细打量了眼下这人一眼。

一张紫膛色的脸，浓浓的眉毛之下盖着一双刀子般锋利的眼睛，高耸的鼻子搭配着一张阔嘴却有一种出自骨子里的威武。

“尉家又被盗?”元浩的脸色极为难看地道。

“不错，下官仍未能查出那大盗的来历，实在是惭愧!”那郡丞并不敢坐下，立在元浩的身边有些拘谨地道。

“你们府衙里的人是用来干什么的？若是再这么下去，这邯郸城中还有安宁吗?”元浩怒气冲冲地训道。

“下官知罪。可那大盗的确太厉害，而且不止一人，我府衙中的两位好手，全都被击伤，而无力再追查他们。”那姓穆的郡丞诚惶诚恐地道。

元浩吸了口气，冷冷地道：“可看清他们的面目?”

“他们行事之时，全都是蒙着面，叫人无法得知他们的面目。”郡丞低低地道。

“那你来我府是为了什么?”元浩淡淡地道。

那郡丞欲说又止地望了长孙敬武一眼，好长时间未出声。

“穆大人，不知道这盗贼是从何时才真正地在本城中露面呢?”长孙敬武哪有不明白他的意思，不禁立身而起含笑问道。

“这一批大盗在邯郸城中已经有过五起作案记载，是从十天之前开始，共盗走了金银近四十万两，还有许多珍宝古玩并不算在内。”郡丞忙答道。

“哦，这定是一群很有组织的大盗，难道你们没有发现可疑之人和可疑之物出城?”长孙敬武淡淡地问道。

“因邯郸进出的客商异常多，又与邺城有粮运关系，这之中绝不可能完全地检查清楚，这可能为那些人提供了许多机会。”郡丞应道。

“饭桶，废物!”元浩骂道。

“那你可有发现可疑人物出城?”长孙敬武沉声问道。

“没有，今日已全面封城，进行全城大搜捕，所以下官想请长孙教头帮助我们去对付大盗。”郡丞期望地道。

长孙敬武不禁向元浩望了一眼，似乎是征求他的同意。

元浩沉吟了一下淡淡地道：“好，便让敬武协助你去查城，一定要把这批人给我揪出来，否则你不要来见我。”语意中有种说不出的冷漠。

“是，下官明白！”郡丞应道。

“来，先喝几杯酒再去，这里我应为你介绍一个新来我府上的驯狗师。”说着一指蔡风淡淡地道，“他叫蔡风，以后在城中的活动，可以对他多加放松。”顿了一顿，元浩又指着郡丞平静地道，“这位便是本城的郡丞穆立武，你们两个要好好亲近亲近。”

蔡风忙立身而起，抱拳道：“蔡风见过郡丞大人。”说着端起刚摆上案的酒，客气地道，“蔡风敬大人一杯，愿大人擒贼马到功成，好为城中百姓除害。”

穆立武见蔡风如此受元浩的宠，又如此客气，忙不迭端起酒杯，还礼道：“蔡公子客气了，也多谢公子美言！”

“先干为敬！”蔡风毫不犹豫地一饮而尽，好奇地问道，“那大盗用的是怎样的兵刃呢？”

穆立武刚喝完酒，不禁一震，向蔡风望了一眼，不明所以地答道：“那些大盗用的是刀和枪，蔡公子有什么看法吗？”

蔡风哑然一笑道：“这个是你公门之中的事，我哪来什么看法，只是一时好奇而已。”

“大人叫小人来可有什么事？”元胜和元权及楼风月踏进大殿恭敬地道。

“哦，只是为了庆贺我们得到了一个很好的驯狗师，特叫你们来喝几杯酒而已。”元浩又恢复了平日的笑容淡然道。

元权望了穆立武一眼，也不禁微笑道：“想不到穆大人也在此，真是巧。”

“风月，你来喝上几杯酒，我们一起去有事。”长孙敬武洪声道。

元浩望了长孙敬武那坚毅的脸一眼，淡淡地道：“好吧，元胜吃完了酒便带蔡风去城中四处玩玩，过几天才开始正式为我们找狗王。”

蔡风满面欢喜地向元浩连连称谢。

邯郸城上上下下都变得很紧张，谁都知道，昨夜邯郸大户尉家被盗，而且数目极为惊人，来人似乎对五铢钱并不太感兴趣，而对金银和宝物的兴趣却是很浓厚，杯弓蛇影，使每位大户都把心弦绷得很紧，谁也不知道这群神秘而可怕的大盗会在什么时候光临自己的院子。因为在邯郸城中已有五家大户被盗，狗儿似乎完全失去了应有的效用，自然是人人自危，甚至连官府都对他们束手无策。

尉家已死去四人，全是护院，谁也想不到盗贼会如此凶悍，不仅偷盗，还杀人，这四人是尉家的护院，且并不是庸手，可却是死在人的布带之下，连对方潜到身边都未曾警觉，可见这一群盗贼有多么可怕。

穆立武的手下曾和这一批人交过手，却是败亡之局，甚至连最得力的手下也被对方击成重伤，这种可怕的程度，已经远远地超出了所有人的想象，这才不得不到元府去请来最负盛名的两位高手长孙敬武和楼风月。若不是得知昨晚他们返回的消息，还真的不知道该怎么办才好。

城门全都关闭，进行大搜捕，城中到处都是差役和兵士，挨家挨户地搜，除非对方可以插上翅膀，否则大概不要想溜出城外。

蔡风和元胜却赶上这般热闹，在蔡风的眼中，并没什么感到扫兴，反而觉得这似乎更有意思。

“驾、驾……”一辆马车迅速从蔡风的身边滑过，扬起一地的尘土行去，路中的人迅速让开一条道。

蔡风不禁眉头一皱，他想不到有人会比他更狂，而元胜脱口低呼道：“小姐，是小姐回来了。”

“哦，是叶媚小姐回府了！”蔡风心头一热，禁不住脱口叫了起来。

“咦，你怎么会知道我们小姐的名字呢？”元胜不胜惊讶地问道。

蔡风自然不会告诉他，不由得错开话题笑道：“你们小姐艳名盖天下，我自然知道，有什么奇怪。走，我们到前面去看一下，听说穆大人已经搜到前面去了，看看可有什么结果。”心中却暗忖：“我倒想看看元叶媚见我在邯郸城也这么风光的样子。”

元胜不疑有他，不禁笑着有些得意地道：“我们小姐可真是美若仙子，我敢肯定，天下比她更美的女孩应该没几个。”

蔡风懒得反驳，并不搭话，便顺着马车行去的方向急追。

“干吗走得这么快呢?”元胜低声怨道。

蔡风毫不客气地道：“你呀你，也许那边正在上演好戏呢！你不想看看那几个大盗是怎么杀人的?”蔡风头也不回地继续快行，始终与马车若即若离地跟着，街上的行人见元胜若护卫一般追在他的身后，谁还敢说他闲话，元胜没办法，也只好依着他的性子急行。

蔡风心头大为得意，追了一阵子，却发现路上行人越来越少，偌大的一条街上几乎没有人行走，而官兵也越来越多，都如临大敌般地小心戒备着，马车也在不远处停了下来。

“站住，不允许人前行。”一名官兵伸出长枪拦住蔡风沉声道。

“我们是元府的人。”元胜从腰间摘下一块翠玉令牌冷冷地道。

那官兵脸色一变，忙收起长枪，恭敬地道：“因为疑犯可能就在前方的城隍庙中，前面路段之中很容易受到攻击，因此请两位最好不要前去。”

“哦，这条道是通向我府第道路，若是贼人始终不去，那我岂不是要绕上很远才能够回府喽?”元胜道。

“穆大人和长孙教头等人都在接近那些盗贼，相信会很快便能驱除的。”那名官兵淡然道。

“为什么不以火攻?”蔡风奇问道。

那官兵似乎对蔡风并不怎么看在眼里，反而有些鄙夷地望了蔡风一眼，冷漠地道：“若是大火引起这附近的居民房子都燃了起来又如何?更何况里面是否仍有宝物存在也说不清，难道也要将宝物给烧了?”

蔡风不禁心里暗气，心骂道：“奶奶个儿子，老子管你娘的烧谁的房子，又不是我的。”不过却并没有说出口，只冷哼了一声，大步向禁区范围内行去，自然不会有人再阻拦，元胜亦步亦趋地跟在蔡风的身边。

马车便停在不远，驾车的是个老头，不过此刻却把车停在城隍庙外三十步外的路线，护车的两个大汉全都移向长孙敬武行去，他们是元浩派去接女儿的人，而田府的人只将元叶媚送到邯郸城外便已返回。不过，却有几名官兵围上马车，为马车作守护，围成一大圈，似是全是为了提防城隍庙内的攻击。

马车之中很平静，就像那老头子的脸，平静得有些像已枯败了的朽木。

蔡风想到又一次会见到那美丽可人的美女，不禁心跳大大地加速，不过却没有脸红的感觉，想到自己的荒唐，居然为了一个女子而来当她家的养狗人，他父亲居然还同意了他的做法，不由得大感好笑。不过想起蔡伤那句：人生在世便要做想做的事，只要紧抓住一个不变的原则，败亦乐，成亦乐，尽兴而活，尽意而生，才不枉此生。心头不禁生出无限的感激。

的确，在他的眼里，蔡伤始终是最懂得循循善诱且深明人性和生活的圣人，也是天下间最开明、最好的父亲，也只有这样的父亲才可以让蔡风成为乐天派，游戏人间，无所顾虑。

那几个官兵瞪了蔡风一眼，见到前面的人并未对二人作任何阻拦，也没说什么。

蔡风渐渐靠近马车，可在心底却隐隐地感到大为不妥，一种出自猎人的天性使他感觉那隐隐潜藏的似有一种浓浓的杀机。

他不禁缓了一步，心神全都绷得很紧，这是一个优秀的猎人应有的反应，他的心神绷得很紧，但灵台却异常清明，像是一池无风吹过的春水。

静一静，是他现在的最深切感受，越是有危险，他便越清醒，甚至连元叶媚的影子也完全驱出了体外。

真的是有敌人藏在这城隍庙之中，蔡风可以肯定，绝对可以肯定。

“蔡风，你怎么了?”元胜感受到蔡风似乎在刹那间变成了另外一个人，那是一种感觉，很清晰，又很可怕，他似乎变得森林一般深沉，像高山大海一般莫测。

元胜有些不敢相信眼前这变得无比迷惘的人便是蔡风，可是眼前这个人的确是蔡风。

“城隍庙之中的确有敌人，而且这些敌人都是绝对的高手。”蔡风的声音似乎平静得没有半点波动，可是元胜却感觉到一阵心寒。

“你怎么知道?”元胜有些惊异和讶然地问道。

“一个猎人的直觉，没有任何危险可以瞒得过我的心。”蔡风自信而傲然地道，步子依然没有停的意思，但却让人觉得他随时都有可能变成一只可怕的魔豹，元胜从来都没有今日这般荒诞的感觉，对着蔡风，便像是做了个好笑的梦一般。

蔡风的眼角似乎有道暗影跳动了一下。

那是一支箭，无声无息的箭，不是射向蔡风和元胜，也不是射向官兵和长孙敬武，而是射向那驾车的老头。

对方选中的目标竟是一个驾车的老头，一个老得已可以嗅到黄土味的老头，让人真的有些不解。

蔡风心中却有些不屑，在他的眼下，那个老头甚至比长孙敬武更可怕，那也是一种出于猎人的直觉，没有什么东西可以逃过他的直觉，那种近乎野兽的直觉。

果然老头并没有让他失望，却让许多人吃了一惊，这老头并没有跃开躲避这支箭，那并不是一件好事，那样将会让箭射入车棚，这自然不是他所希望的，所以他没有避，像一截朽木一般没有避，连手臂也未曾动一下，动了一下的是手腕和手指，几只手指灵活得像蛇，像空中飞舞的蛇，其实那也并不叫蛇，空中飞舞的只是一根鞭子。

马鞭，是老头子的马鞭，不知道是从哪里蹦出来，在驾车之时，老头子似乎并不喜欢用鞭子，也没用过鞭子，那是因为他的鞭子只是用来杀人的。

马鞭，是用来杀人而不是驱马，倒是有些稀奇，不过事实似是如此。

马鞭在虚空之中不断地狂扫，不断地缠绕，似乎在他身前的每一寸空间之中都布上了一幕墙。

箭，来得无声无息，来得无首无形，却也去得无尾无形，也没有半丝声响，这是空中的那无形旋涡的气劲。

“轰——”这一声巨响却是来自地面上，平地而起，不是别的地方，却是在离马车不过四步的地方。

这已是在官兵的防护线之内，官兵对于城隍所做的防守，已经不再有效，却几乎是一种多余，对于马车的防守来说，应该是多余。

元胜也不禁发出一声惊呼，他的确应该发出惊呼，因为这地面上巨响之后，飞起来的竟是一个盘旋激起的圆盖。

是一个木盖，木盖之上是土，与地面上几乎相同颜色的土，还在不断随着木盖的盘旋之势，做四射的运动，在虚空交织成一层可怕的尘土攻击网。

谁也料不到，在这人来人往的街道之上，居然会有一条地道，一条在最紧要的关头，让人心惊肉跳的地道。

连在暗处的长孙敬武都不免发出一声惊呼，他们也同样料不到这大街之上会有这么一条地道，而且还直接威胁到他家小姐安危的地道。

那木盖所带起的飓风般的威力全都是为那老者准备的，除那些飞散的泥土是攻向众官兵之外，那最大的杀伤力仍是对付老头，似乎老头便与他们有解不开的深仇大恨一般。

更可怕的是在这时候，虚空中不知道从哪儿又多出了几支要命的箭，全部是对准那干瘦的老头，真难以让人理解，对方为什么这么恨这驾车的老头，这只不过是一个可怜的高手而已，就是不杀他，也不会有几年好活。

不过蔡风却不是这么想，在这一刹那，他知道了敌人的意图，同时他也明白，这老头这一次绝对不可能再那般从容。面对如此可怕的攻击，的确没有人可以从容得起来，除非他想死。当然，这老头绝对不想死，便是再活上一千岁，这老头也不会嫌它太长。

所以老头只能选择避开，他的身子是在刹那间闪至马的胯下，没有人会想到这么干瘦的老头会有这么利落的动作，利落得像灵猿，不，比灵猿似乎更利落十倍，更利落的却是他的鞭子。其实，那也不能算是利落，那只是一团幻景，一团淡淡的幻影，可是奇迹般地把那几支斜飞的劲箭全部击了下来。

那木盖像是一把巨大的开山斧，掠起一阵锐啸，从马背上掠过，射向马另一头的官兵。

蔡风对老头的动作也极为欣赏，但他却没有心情欣赏这精彩的动作，他必须去做一件事情，一件长孙敬武和所有人都在着急的事情。

那便是保护好车中的元叶媚小姐，若是元叶媚为人所害，那便是有千万颗脑袋也只有掉在地上的份，杀了所有的盗贼都不起作用。其实蔡风也异常着急这娇滴滴的美人儿，他自然不想有任何人伤害到他的梦中情人，因此，他必须做这一件事，那便是拦住从地道中飞射而出的身影。

是两道身影，利落得像鹰，其实比鹰更利落，两道人影几乎是与那木盖同时冲出地面，在众人惊愕之中，像大鸟一般向马车扑去，可是他们没有算到一个人。

那便是蔡风，这并不是他们的失误，他们已经够精确的了，他们的眼力也够准的了，看准那个老头绝对不是一个好惹的角色，甚至看出那老头是一个顶级高手，就凭这一点，已经够赞他们几句了。

蔡风的出现只是一个意外，一个天意，使他们原本劫持元叶媚做人质的计划完全砸碎，砸碎他们计划的只是一柄剑而已。

蔡风的剑，葛荣送的剑，在蔡风的手中，剑几乎已经不能算是剑，而是可怕的电芒。

在虚空暴闪，亮丽得像挂在天空中的太阳，让所有的人都有一种不可思议的感觉。

最先感到不可思议的是元胜，再便是长胜敬武，然后才是那仍身悬马腹之下的老头。那是因为他觉得天空突然变得更加明亮，然后才见到一道微暗的影子在虚空划过亮丽的弧线，最后感到不可思议的是从马车中探出的那颗有着美丽绝伦脸蛋的少女，那便是元叶媚，她睁大一双秀目仍无法看清这团强光下到底是谁的影子，甚至无法知道这是由什么发出的强光，而那在虚空中的两道大鸟般的身影并不吃惊，虽然有些讶然和意外，反而更使他们灵台清明，他们的第一个反应便是两道身影分开。

他们的确是高手，居然在空中借四掌互击而绕开一个弧度，企图绕过蔡风的拦截，而去控制住元叶媚。可是他们遇到的人却不应该是蔡风，真的不应该遇到蔡风，或者说，他们不该选择元叶媚为对象，不过他们别无选择，因此，他们命中注定要遇上蔡风。

“小姐，小心！”元胜一声惊呼，抽刀便扑了上来，但他的速度与这些人相差的确不止一个级别，甚至连长孙敬武都不敢肯定能否胜得了这两个人，不过可以肯定地知道，他并无能力阻止这两个人如此的攻势。

蔡风却在此时发出一声似龙吟的低啸，在虚空中激荡不休，而手中的剑却形成了一条更长的光芒，像彗星。

“当当……”一连串的脆响，并没有人知道到底有多少下撞击，但这种声响的确够让人魄动心惊，至少在场的所有人都已魄动心惊，包括蔡风。他没想到对方竟会是这般可怕的高手，可怕得有些超出他的想象，不过总算是将空中的两人截了下来。

这是两个戴着鬼脸的人，蔡风完全可以看得出他们眼中的惊惧，那是一种难以掩饰，也掩饰不住的震骇，便是因为蔡风和蔡风的剑。

蔡风笑了笑，笑得很灿烂，像天空中正在散发着热力的太阳，他的剑再也不是那种耀眼的光芒，而是闪烁着青幽的金属色泽。

天空中轻悠地飘下两片衣角和一副衣袖，那种舒缓轻柔的动态美，似正在告诉人，这并不是一场梦，不是梦，是一个不像梦那般美的现实。现实是很残酷的，所以蔡风的笑容有些苦涩，因为他知道这两个人只有死路一条，甚至包括城隍庙中的人，可是这只是现实，就像刚才若不是他的动作利落一些，失去的便不是一副衣袖，而是整条命。

“你不该找叶媚小姐做人质，否则的话，我也不愿出手。”蔡风的话有些酸涩，可是却把呆立在一旁的人全都从刚才那种似梦般的沉睡中拖到现实。

最先发出狂吼的是那老头子，谁也想不到这干得像腌了十天的茄子般的老头居然会有如此震慑性的狂吼，第二个大吼的是元胜，他自然没有那老头子那般激烈和有气势，但却也有一种不灭的威风，四周的官兵也迅速攻了上来，而蔡风却没有动，他的确有些不想动，觉得群起而攻之并没有多大意思，因此，他只是静静地立着。

“蔡风，你是蔡风！”元叶媚似乎想起了什么似的低念道。

蔡风心头一喜，不禁转过头来，露出一个有些苦涩却很潇洒的笑容，这大概是他做得最成功的一次笑，因为正是这种苦涩而矛盾的感觉使他的笑变得更有生命力，正如只有苦难才能够使生命的光辉更耀眼一般。

元叶媚惊得小嘴张得圆圆的，就像那一双美丽的眼睛一般，美丽得有些让人心动。

蔡风把手中的剑缓缓地插入鞘中，转过身来，不禁摇头笑了笑，走到马车之下向惊讶得似在梦中未曾回过神来的元叶媚面前，柔声道："惊讶吗？我知道你是元家的大小姐，所以我也到邯郸来玩一玩，真不巧又遇上小姐啦，这是叫缘分吗？"说着手轻轻一用力，身子便若纸片一般，飘然于车辕之上。

元叶媚不禁俏脸一红，嗔骂道："你是个小无赖。"眼神中却并没有丝毫责怪蔡风的意思。

蔡风心头不禁一荡，低声对元叶媚耳语道："我是个小流氓！"嘴对着元叶媚那似玉雕的耳朵轻轻地吹了口气，眼神中显出一丝顽皮而狡黠之色。

"你这个人，真拿你没办法！"元叶媚似是撒娇似的低骂道，却禁不住笑出声来，不过，也迅速地把头缩进车厢里去了。

蔡风摇了摇头，觉得的确是有些荒唐得可笑，不禁仰望着天空深深地吸了口气。

"留下一个活口。"长孙敬武沉声道。

那两人一声冷哼，对围攻他们的攻势几乎是不放在心上，每一招都是以拼命的打法击出，加上他们本身功力高绝，虽然围攻他们的人中也有高手，却一时仍不能奈何他。

长孙敬武望着那以劲弩强弓对准的地道一眼，背脊似有一种凉飕飕的感觉，不禁转头对蔡风由衷地道："真是要谢谢蔡兄弟了，若没有你出手，今日只怕会是一败涂地，连人头都会不保了！想不到蔡兄弟居然两次救了我的性命，叫敬武不知何以为报？"

"长孙大哥何必如此说，今日咱们都是自己人，又何必说这种话呢？

保护好叶媚小姐的安全，这是我蔡风便是抛下脑袋也要干的事，并不是因为你才出手的，因此，你没必要谢我。”蔡风爽朗地笑道。

元叶媚突然从马车中伸出脑袋惊异地问道：“你们两个早就认识?”

长孙敬武也奇问道：“难道小姐也认识蔡兄弟?”说着惊疑不定地望着蔡风。

蔡风很自然地笑道：“我当然认识叶媚小姐，我们还是朋友关系呢!”

“你们……你……”长孙敬武不由得惊得说不清楚话来，像看个怪物般地望着元叶媚。

元叶媚见长孙敬武这种模样，不禁又好气又好笑地笑骂道：“你是个糊涂蛋，这种小滑头的话怎么会是真的呢!”

长孙敬武长长地吁了口气，却像个呆瓜般地望着车辕上的两个人，像是在做梦。

蔡风不禁“哈哈”大笑起来，在车辕上差点给翻了下来。

“哎哟——”蔡风一声惨叫，却是给元叶媚在耳朵上重重地掐了一把。

长孙敬武这才似从梦中醒来一般，诚惶地道：“我什么也没听见，也没看到。”

蔡风不禁从荒唐中清醒过来，知道因为身份的差别，更因为元叶媚早已订亲的原因，他又能如此狂妄无遮，不由得向元叶媚那缩入车厢的身影望了一望，吸了口气，淡淡地道：“长孙大哥准备怎样去对付这些贼人呢?”

长孙敬武回头望了望已负伤累累仍然顽不可灭的两名蒙面人，有些骇然地道：“我真想不通这些人究竟是什么组织，每个人的武功似乎都厉害得让人心惊，我才真的明白，为什么穆大人的武功和衙门里的好手仍会被他们所伤了。”

“真的很可怕，我也想不通这两人的功力比我想象的还要厉害，他们绝对不会是普通的盗贼，以他们的身手绝对不应该成为盗匪，就算是盗匪也应该是龙头之流，却不应该亲自出马来盗这些金银。”蔡风也不禁骇然道。

“因此，我也不知道该怎样处置他们!”长孙敬武吸了口气道。

“这城隍庙你熟悉吗?”蔡风突然转换话题道，同时目光四处搜索。

“你是说……”长孙敬武似有所悟地道，同时脸色大变，向一旁官兵喝道，“迅速查封各路口，不要让任何人出入，并搜索是否有别的地道出口。”

那些正在对城隍庙作出戒备的官兵立刻明白是怎么回事，迅速分头行动。

“呜——呜——”西边的封锁线便在这时传出一阵响亮的号角。

长孙敬武脸色大变，喝道：“敌人从西边逃走，一二分队，迅速追!其他人，和我一起攻进城隍庙。”

蔡风心头一紧，目光如电般地扫了那两名正在拼命的敌人，手一紧，搭在腰间的剑把之上，一声长啸，整个身子由半空之中向那两人猛扑，长剑竟似刀一般划破虚空斩落下来。

长孙敬武大步向城隍庙逼去，所有的人都异常小心，全都沿着街边的小屋潜行，因为刚才那种无声无息的箭的确有些让人心寒。

蔡风想到的却是这些人不死，他定不会有好日子过，当他出手的时候，并未以假面目出现，而自己破坏了他们的计划，让他们失去了这样两名高手，岂有不报复之理。蔡风宁可去对付一群狼，一群虎，也不想面对这些可怕的大盗，因为谁也没有足够把握应付这许多高手的攻击，和无所不用其极的手段。

所有的人都有一种很深重的压迫感，那是一种来自心底的压迫，就是因为蔡风的剑。

这以刀的姿势击出的剑，比任何刀更可怕，至少在场的人都这么认为，包括那干瘦的老头。

谁也想不到，这样的一招竟会是由这么一个弱冠少年使出来，谁也想不到世界上居然还会有如此威霸的招式，其实，只是因为这些人从来都未曾见过真正可怕的高手，才缺乏这种可怕的想象力。然而在这种气势下，可怕的不是想象力而是招式，杀人的招式。

蔡风自幼便身受“刀、剑”两界宗师的教导，从小更与太行山群兽为伍，因此，他的武功已经完全不是普通人可以想象的，也绝不是普通思维可以理解的，只不过因蔡风与高手相斗的锐利不够，才会让许多更可怕的招式发挥不出最惊人的威力而已。不过这样的招式已经够宰掉这两个人中的任何一个，因为，这两个人早已经伤痕累累，更接近精疲力竭之时。

蔡风这一剑其实应该算是他父亲刀法中的一招，蔡伤的刀最重的便是气势，一种内在和外在相结合的气势，蔡伤是个奇才，他师父更是一个怪才，因此才有可能将这种刀法演化到这种程度。蔡风虽然未能全部领会蔡伤刀法中的精义，却也已经足够让世人心惊，蔡风本身便是一个鬼才，更有着别人不能够相比的悟性，那或许是蔡伤教导的成功之处。

地上！那激涌的旋风冲击着每个人的肌肤，使他们从内心之中，找到一种生命的冲击，可怕得喘不过气来的压力。

终于，蔡风这一剑在他啸声尾音消失的一刹那挤入了被他剑气所制造的裂口之处。

那正是一柄露出的刀，是一名戴着鬼脸的大盗手中的刀。

“当！”声音响得让人有些难以接受，之后便是一声让人心寒的惨叫。

刀，重重地落在地上，在那结实的地面直挺挺地躺着，是那柄与蔡风剑相击的刀。

那个人并没有躺下，而是立着，立成一种怪异的像枯木一般的风景。

细心的人，可以看到他额角的那一道细小的红线，那是一串极微小的血珠所组成，他的眼睛之中充满了难以置信的神情，似乎是在一场噩梦之中仍未曾醒来一般，不过他的生命已随着那一串极为细小的血珠渗了出来，立着的，只不过是一具没有生命的躯壳。

蔡风一声长长地叹息，缓缓地退了出来，退出战圈，而另一名大盗已经被元胜和那老头在同时间里制服，他们只以一种不敢相信的目光凝视着蔡风，便像是在看一座永恒的丰碑。

蔡风依然是苦涩地一笑，将那柄仍未沾血迹的剑缓缓地插入鞘中，目光中多的却是无奈，这是他第一次杀人，杀一个和自己一样的人，这并不是一种快乐，绝不是，而是一种痛苦，一种无奈心酸的痛苦，谁也无法改变这种命运。因为人的本性便注定有侵略和野性，蔡风也有，只不过他能够在未曾麻木的心中感到那种杀人的无奈和酸楚。

“蔡风，你，你没事吧?”元胜望了那双目呆滞的蔡风一眼急切地问道。

“他可能是第一次杀人，让他静一静。”那老者似乎很理解蔡风此时的心情。不过在他那并不昏花的眸子中可以看出那种来自心底的惊讶和尊敬，更多的却是感激和欣赏。

元胜似是对老者极为驯服，但对蔡风却有一种打心底的感激和尊敬，更因为蔡风是他的朋友，不禁疑惑地问道：“可我第一次杀人也不会像这样啊!”

那老者冷冷地望了元胜一眼，只让他心寒不已，老者冷冷地道：“你还不够资格!”

元胜不由得一阵愕然，不服气地道：“难道这发痴发呆的还要看人吗?”

“你知道什么?像他这般年龄能有这种可怕的功力和武功，并不是像你那般死练，那只是最没用的人才会如此，他的武功定是最先由心修起，由心外修，这才能够使自己真正地达到别人所不能达到的可怕之境。而这修心之人并非每个人都可以，那必须是真正具有慧根之人才可以达到最理想的水平，而这种以心为重的人，必修正气，聚天地之浩然正气，这种自然山川之正气聚凝于心，才会使练功者事半功倍。而这种修得正气的心在杀生之时，自然而然会产生反思，那是正气的必然反应，你有吗?”那老者反唇相讥地道，眼神中充满了向往和敬服。

元胜不禁呆了，愣愣地道：“三爷你也是由心修起吗?”

那老者不禁叹了口气道：“我也没有那种福气。”

元胜不免有些惋惜，却也有些怀疑地道：“那你怎会知道这般清楚?”

“这是我师父对我讲过最让我向往的话。”那老者一脸怀念的神情，幽幽地道。

蔡风缓过神来，有些不好意思地笑了笑，道：“我想老伯大概是误会了，我哪儿会是你说的那般呢，只不过是心有所感，在想一个问题而已。”

那老者一愣，咧嘴一笑道："虽然我老眼昏花，但看人却是不会错的，世间的是是非非各人心中自有定论，无须承认也无须否认，该来则来，该去则去，公子又何用解释。"

蔡风不禁惊讶地望了那老者一眼，笑道："老伯每一句话都发人深思，我真是受教了。"

"你醒了就好，这位是我府上的首席客卿仲吹烟仲三爷。"元胜欢喜地介绍道。

蔡风肃然起敬道："刚才目睹三爷的鞭走游龙的雄风，叫蔡风好生敬仰。"

"客气了，年轻人！"仲吹烟淡淡地一笑道，脸上的皱纹爬动了一下，以显示他心底的愉快。

"三爷，这位蔡公子却是府上新招回的驯狗师，同时也是老管家、长孙教头和楼风月及我的救命恩人。"元胜满怀着敬意地道。

"哦，那真是小老头失敬了，可谓英雄自古出少年，看来真的半点也不错。"仲吹烟也肃然道，不禁也多打量了蔡风几眼。

蔡风笑了笑道："我哪里算是什么英雄，有人还说我是小无赖呢！我自己却觉得比无赖更要差上三级，三爷不必如此说我。"顿了一顿，望了那被捆绑得结结实实的大盗一眼，淡淡地问道，"三爷是否知道他们武功的来历？"

仲吹烟沉思了片刻，脸色微微有些变道："这两人的刀法很像是南朝的刀法。"

"南朝的刀法？"蔡风不禁大奇问道。

"不错，这两人的刀法与我十几年前所见过的一位南朝高手的刀法相似。"说着反手一抓，撕下这大盗戴在脸上的鬼脸，露出一张苍白而充满杀气的脸，居然也是个年轻人。

"你师父可是彭连虎，抑或是冉长江？"仲吹烟冷厉地问道。

"哼！"那年轻人一扭头，不屑地哼了一声，并不作答。

"呜——"这年轻人一声惨嚎，竟被元胜在小腹之上重重地击了一膝盖，只痛得他弯下腰来，像大虾一般。

“说不说？”元胜怒喝道，同时，将刀轻抵在那年轻人的脖子上，随时准备下手一般。

那年轻人铁青着脸，挺起身子，向元胜冷冷地望了一眼，却不作任何表示，便像元胜刀所架的位置并不是他的脖子一般。

“好一条硬汉。”蔡风轻轻地拍了几下掌赞道。

“我也不想看着硬汉受苦，也并不需要你回答我的话，你的眼睛早已告诉了我，至少彭连虎会是你的师长之类的，只是我不明白彭连虎训练你们出来难道只是为了偷抢一些金银吗？”仲吹烟漠然地道。

蔡风心中震了一震，向仲吹烟奇问道：“难道三爷你认识彭连虎？”

第九章　不醉秘诀

仲吹烟脸上的肌肉抽动了一下子，有些凄然地笑道："彭连虎乃是南朝久负盛名的高手，不知道他名字的人的确很少，更何况我本身是南朝的，自然知道彭连虎。"旋又吸了口气道，"我曾经在他手下败过，对他的刀法便有了很深的印象，才会认出这两人的刀法。"

"哦!"蔡风不禁恍然，却又有些惊疑地问道，"看这两个人的武功，而三爷也曾败在这彭连虎的手中，这人岂不是天下无敌了?"

仲吹烟漠然一笑道："这倒不见得，我的武功怎能与天下英雄相比呢?彭连虎虽厉害，比他更厉害的人也一定有，彭连虎便曾败在北魏第一刀蔡伤的手下。虽然我未见过蔡伤这个人，却知道这个人的武功绝对不是彭连虎所能比的，这个消息也是彭连虎自己说的，想来并不假。而在当今之世与蔡伤齐名的还有尔朱家族的第一高手尔朱荣，传说尔朱荣武功不在蔡伤之下，因此，天下至少有这两个人比彭连虎厉害，而其他的一些隐迹山林的高手也不知有多少，彭连虎并不能算是绝世高手，不过他是一个不可否认的高手。"

蔡风第一次听到这些，不禁心血为之激涌，那是因为从别人口中传出他父亲竟是人称北魏第一刀的不世高手，怎会不叫他热血沸腾呢?而这一切，蔡伤从来都未曾向蔡风提过。

"那个北魏第一刀现在住在哪里呢?"蔡风不禁试探地问道。

仲吹烟拍了拍蔡风的肩膀笑道："年轻人便是好奇，不过我劝你不要想去找蔡伤比剑，你的剑术虽好，却不会是蔡伤的对手。"

蔡风心头一阵好笑，暗忖道："我怎会去找自己的父亲比武呢?"不过却急于想知道自己父亲的过去，不由得拖着仲吹烟的手，有些乞求地道："求三爷开开恩，当讲故事一般讲给我听听，不就行了吗!"

仲吹烟大感好笑，道："有时候觉得你像是一位可怕得不敢接近的高手，有时候你却像个长不大的孩子。"

蔡风不以为耻地嬉皮笑脸道："那三爷便是答应给我讲北魏第一刀的故事喽?"

元胜不禁愕然，不过他知道蔡风的性格，通过四天的接触，蔡风那种怪异的作风他是见怪不怪了。

"好吧，我知道的也不太多，不过还可以讲一点点，我们上车辕，等他们把道路清理完了，再一起回府。"仲吹烟笑道。

蔡风欢喜地跃上车辕，不由得回头望了未见半点动静的车厢一眼，想到美人儿便在自己的身后，不禁有些心猿意马起来，不过却并不敢太过猖狂和无礼。

仲吹烟不疑有他，反而感激地道："若不是你及时出手，恐怕今日的局面会成另一种一面倒的局势了，这也等于救了我仲吹烟一命。"

蔡风自然会客气一阵子，道："三爷何必如此讲，小姐受惊，我蔡风也绝不会愿意，我出手只是出于本心，并不是为了谁，三爷也不必谢我，要说的，只有小姐洪福齐天而已。对了，还是讲一讲这个北魏第一刀的故事吧。"

仲吹烟扫了周围的人一眼，仰天深深地吸了一口气，静静地道："我对这个蔡伤所知也不是很多，在蔡伤退隐之前，我身处梁朝，只从前线的将士口中听到一些关于这个人的事迹。这人无论是冲锋陷阵，还是格杀擒敌，几乎是猛不可当，一柄沥血刀更是神出鬼没，梁朝许多名将便是折在这柄刀下，武帝萧衍也曾派出许多不世的高手去刺杀这个人，可是能够归返的，几乎没有，或是归返的全都是尸体，每个人的尸体致命伤都是在胸口或眉心或咽喉，行家一看，便知道，这些人都是死在一个人的刀下，那便是蔡伤的刀。他几乎成了每一个武人的假想敌，每个人都以蔡伤为目标苦修武功。可是后来萧衍再也不派出高手去刺杀蔡伤，或许是因为他知道，那只是一种浪费，几乎是不可能有人可以杀得了蔡伤。”顿了一顿，又道，“不过，可惜的是蔡伤只是一个汉人，若是他是一个鲜卑人的话，一定可以封王进爵，但他不是，功高便会受到鲜卑人的排挤。再加上蔡伤为人极为清傲，在十几年前，由萧宏领兵北伐之时，蔡伤孤军作战，得不到救援的情况下，他终于败了。那次他本可以不败的，只要北魏朝廷派兵来援，当然这些我并不清楚，这只是梁朝名将昌义之事后说的，与蔡伤对阵的正是昌义之，他谈到那一战之惊险时，脸色都变了。他是一个天塌下来都不会变色的人，因此可以看出那一战是多么艰苦和可怕，他从来不轻易赞人，但这一次对那蔡伤的陈述却极多，他的背上也留下了一道长长的伤疤，那是蔡伤的杰作。而他身边的几位护卫高手死得一个也不剩，可惜当时他也惊慌得不知该怎么办，否则那一次蔡伤便死定了。不过蔡伤那次能够活下来也是个奇迹。因为昌义之看到蔡伤受伤倒地，而且胸口也被一把刀刺得很深，几乎是不可能活的，因此，他战马受惊加之受重伤之后，战场太过混乱，最后竟找不到蔡伤的尸体。后来，被认为是梁朝年轻第一高手的彭连虎遇到了蔡伤，却被蔡伤击败了，至于内情，他坚决不吐，连萧衍也不能够拿他怎样，他师父郑伯禽乃梁朝第一勇士，所以并无人敢惹他，不过那一次蔡伤却击杀了一位金牌信使，南朝大震，而萧宏也因蔡伤重新领兵，才会在洛口未遇敌而先吓得逃窜，以致北伐失败。”

“那么，那蔡伤后来是否还带兵呢？”蔡风忍不住问道。

仲吹烟再次环扫了四周的人一眼，见那些人全都赶去城隍庙，有几个人正全神贯注地注视着那地道口，而元胜却在马车后戒备，便低低地叹了口气道：“没有，后来蔡伤却成了北朝通缉犯，因为他战败，朝中一些人加油添醋，使宣帝大怒，把蔡伤的将军府给抄了，蔡伤伤好后返回家，见发生了这回事，一怒之下，竟将正阳关城守给杀了，更把城守吴含一家一百多口全部毒死，包括那些护院武师，而吴含正是抄他家之人。更可怕的，竟是他将吴含的脑袋割走后击得稀巴烂，连城守令牌也给拿走，朝中大震，可却因要应付南朝，又无真正敢与蔡伤交手的高手，此事只能不了了之。不过在正阳关的人却大感痛快，后来便再也没有人听说过蔡伤的事了，有人说他去了南朝，也有人说他去了海外，还有人说他出了家，不过谁也不知道这个可怕的高手去了哪里，或许有人知道，却不愿说而已。”

蔡风不由得心中有些难受，只觉得心头异常沉重，这时候他才明白为什么他父亲这般厌恶战争，而又这般崇尚无憾人生了，不禁有些发呆，心神似乎飞越到十几年前父亲的身边，目睹他那种让人倾倒和敬畏的风姿。

“他娘的，比鬼还狡猾。”长孙敬武的骂声惊醒了蔡风和仲吹烟，他们都从回忆中恢复过来。

蔡风急忙开口问道：“怎么了长孙大哥，是不是全都从地道口溜了出去？”

“正是，他娘的，谁想到这劳什子城隍庙竟有这许多条地道。”长孙敬武骂骂咧咧地道。

“穆大人那边怎么样？”蔡风声音有些发冷地问道，心里隐隐涌起一种不舒服的感觉。

“那边也只擒下一人，其他的全都跑了，连金银珠宝也是半点不见，真是奇怪。”长孙敬武气不打一处来道。

“你敢确定这批人便是那些窃宝的贼吗？”蔡风若有所思地道。

长孙敬武不禁一愣，以手抓了抓头皮，有些结巴地道：“我、我也不清楚，穆大人说这可能便是那群大盗，否则怎会有如此可怕的武功。”

蔡风不禁叹了口气道：“我真不明白你们是怎么办事的，这点事情越弄越复杂。”

仲吹烟也不由得摇了摇头，不过却淡淡地笑道：“只要审他们一审便知道是怎么回事了。”

“别在这里待着喽，我们还是送小姐先回府上吧，这里可不是个好地方。”蔡风提议道。

仲吹烟向长孙敬武笑了笑，道：“头大的是你，我们不陪你啦。”

长孙敬武不禁向蔡风苦笑道：“蔡兄武功这么好，你帮帮我怎么样？”

蔡风一耸肩，摊摊手做出无奈的样子笑道：“我这人你也知道，一向都很自私，我看你是找错了主。不过有一个很好的办法，那便是把这些全都推给穆立武，那样你便轻松了，大不了那些大盗再来抢一次或盗一家，让大人把穆立武的屁股打肿好了。”说着向四周望了望。

长孙敬武也骇然四顾，见并无人听见才笑骂道：“口没遮拦，当心你的屁股先肿。不过你说的也是一个很不错的方法。”

仲吹烟见蔡风与长孙敬武这几个人如此毫无顾忌的对话，不由得大惑讶然，他弄不明白蔡风与长孙敬武的关系到底有多深。

蔡风向车后的元胜望了一眼，呼道：“元胜打道回府了。”接着向仲吹烟眨了眨眼。

仲吹烟立刻会意，“驾”的一声，马车便奔行起来。

蔡风伸手一拉追上来的元胜，再回头对长孙敬武笑道：“今天我可是没什么作为哦。”

长孙敬武一望蔡风的眼神，立刻会意，却只好应道：“到时候再说吧。”

“蔡风，你什么时候到的我府上？”车中的元叶媚惊讶无比地问道。

蔡风望了在马上驾车的仲吹烟一眼，低笑道：“自然是在田府治好狗伤之后喽。”

“咦，蔡风和小姐以前见过面吗？”元胜惊讶地道。

蔡风没好气地道：“这个很奇怪吗？我能救你们，就是因为我正从武安回来，否则哪能那么巧地听到你的惨叫声。”

元胜不禁大为尴尬，而车内的元叶媚却不禁娇笑道：“阿胜，你怎么会是这个小无赖的对手呢？还是别说话为好。”

蔡风半点不快都没有，反而轻轻地拍了一下元胜的肩膀，苦笑道：“你是不是经常被小姐欺负了？”

元胜不禁一呆，估不到蔡风这般直露大胆地当着元叶媚的面问这种话，不由得大为尴尬。虽然他知道蔡风一向是很大胆妄为，天不怕地不怕，也不拘小节，可面对着小姐说这种没有身份的话，还是第一次听到，只好报以苦笑。

车内的元叶媚，似乎早就知道蔡风天不怕、地不怕的作风，在田府早就领教过，经过这几天的平静，只觉得蔡风那种无拘而放任的话反而更显得亲切一些。她自小便生活在大家之中，每一个人都只能像星星和月亮一般捧着她，呵护着她，错了也是对，对了也是对，这种感觉对她这种逐渐长大的女孩来说，只能是一种无法填平的空虚。而蔡风这种充满野性和狂妄的性格，直露而幽默乐天的话语，的确能使她寂寞的感觉冲淡，甚至更觉知心，自然便不会怪他。更想到蔡风这般神通广大地才只几天时间又与元府的主要人物打得火热，从武安大老远到元家做一个养狗师，似乎便是为了她一般，怎么会不让她心底震撼和感动呢？只不过她却知道只能将蔡风当作一个朋友，这是一种深深的痛苦，也是这个时代的悲哀。

蔡风自然不知道元叶媚在想什么，只是他却是一个做想做的事情之人，并不在乎外界的一切压力，那些对于他来说，竟似是多余的。这是一种谁也无法比拟的狂妄，也是蔡风的特别之处，只要想达到目的，会藐视一切困难，至少要去试一次才不算有虚此生。

蔡风和仲吹烟一道回府，让许多人感觉到奇怪，不过没有几个人敢问，就说一个仲吹烟这首席客卿身份超然，没人可以管，而蔡风可以说已成了元家的新宠，单不说元浩的宠，便是长孙敬武和元权也没人敢惹。

进了元府，蔡风自然不敢口花花，不过眼花花自然是免不了的，而元叶媚也只向他深深地望了一望，便不再看他。在蔡风的心里自然大感不满足，但对元叶媚来说已是最高限度。

蔡风无可奈何，只好对元胜道：“明日带我去附近看看，找几处狼窝。”

元叶媚一震，却并没有停步，便被一群婢仆众星捧月地拥走。

元胜不明蔡风之意，应道：“这个没问题，这城外的几处狼窝我都知道。”

蔡风见元叶媚并没出声，不禁大感泄气，便对着仲吹烟道：“三爷，我看还是我们一起去喝酒好了。”

仲吹烟意味深长地一笑，道：“这有何不可！”

蔡风心神一动，脱口吟道：“酒入喉，愁不愁，冲霄汉，一腔豪气，剑胆琴心英雄血，不待酒醉时，自化春水流。笑世人，痴心、痴狂、痴迷、痴醉，才省悟，尽在酒杯中。”

“好、好！”仲吹烟拍掌赞道，也豪笑着应和高声吟道，“酸也罢、苦也好，喝下去，世情自在心间留，凡俗如尘，世事如云，风吹即过，雨洒则变，唯有酒好，唯有酒好！”

蔡风不禁豪性大发，也同时高声会心地笑了起来。元胜也并不是傻子，见两人一应一和却都似有深意，不过其中也多有感慨。

元叶媚听罢，不由得停下脚步，扭过俏脸，深深地望了蔡风一眼，幽幽地唤道：“蔡风。”

蔡风像是有弹簧安在体内一般，飞也似的转过身来，掩饰不住喜色地问道：“小姐有何吩咐？”

元叶媚幽怨地望了蔡风一眼，淡然道：“谢谢你今日救了我一命。”

蔡风不禁有些丧气，蔫了一半似的，有气无力地道：“就是这些吗？”

元叶媚见蔡风那种死了一半的可怜巴巴的样子，不由得“扑哧”一笑，便若百花齐绽的春天在刹那间全都凝于这一笑之间，差点没让蔡风给晕倒。

元叶媚收敛笑容，柔声道：“驯狗师明日可有时间？我想向你请教一下驯狗的高招，行吗？”

蔡风简直有些不敢相信自己的耳朵，不由得伸手摸了摸头皮，兴奋得眼睛都眯成了一条缝，连声道：“当然有空，我这几天都有空，便是没空，只要是小姐的吩咐，也便会成了有空。”

元叶媚甜甜一笑，一阵香风似的走了，唯留下傻痴痴的蔡风，在驻足凝望。而元胜也像是在看一只怪物般打量着傻痴痴的蔡风，而仲吹烟也不由得摇头叹息了一声。

“哎，哎——老待着干吗！”元胜拍了蔡风肩头一下，长声叫道。

蔡风吓了一大跳，气恼地骂道：“你找死呀，干吗这么大声，差点魂都吓跑了，真不够朋友！”

元胜不由得又好气又好笑地道：“如果我不把你唤醒，你站在这饿死了恐怕也不知道动一下吧！”

蔡风哭笑不得地笑骂道："别这么夸张好不好，我蔡风岂是站着等死的人。走，咱们去喝酒去。"

蔡风这一顿喝得差点没将自己醉死，倒在床上几乎是不省人事，不过幸亏兰香和报春服务异常细心，醒酒汤连喝了几大碗，才好一些。不过，也是睡了一个下午才醒，头还是有些晕乎乎的，感觉异常不舒服。

"公子，你醒来了!"报春在床边守候了一个下午，终于见到蔡风醒转，不由得欢喜地道。

蔡风伸了伸手臂，抬眼望了望报春，问道："现在是什么时候了?"

"现在已经是快用晚膳的时候了。"报春温驯地道。

"啊——"蔡风忙掀开盖在身上的被子，惊呼着坐了起来，却有些茫然不知道该做什么。

报春不禁掩口一笑，乖巧地道："奴婢去为公子端洗漱的水来。"说完转身行了出去。

蔡风摸摸后脑勺，喃喃地道："真是稀里糊涂地，怎么喝得这么多呢?要是老爹知道了，定会打烂屁股的，一点猎人气都没有……"

"公子，长孙教头在外等了你近半个时辰呢!"兰香带起一阵香风踏进门来福了一福。

"哦，怎么不早点叫醒我?"蔡风忙穿上鞋责备道。

"你要是叫得醒，我自然便不用罚站了。"长孙敬武好笑道。

"啊，我睡得那么死吗?"蔡风不禁讶然道。

"真不知道你是怎么喝酒的，看你武功这么好，这两杯黄汤也对付不了。"长孙敬武笑道。

"怎么，我可是喝了二十多杯呀！这还不算多?"蔡风起疑地问道。

"练武之人有千杯不醉的秘诀你不知道吗?"长孙敬武拍拍蔡风的肩膀好笑道。

"自然听说，但那岂不是让这些好酒大大的浪费？多可怕，喝了等于白喝，有何痛快可言?"蔡风不屑地反驳道。

"蔡兄弟，你真是太迂了，怎么在这一点上看不开呢？喝的又不是你的酒，浪费又不用你出钱，何况，天下的美酒你喝得尽吗？痛快并不用喝醉，走，我今晚准备教你千杯不醉法，怎么样？”长孙敬武豪放地笑道。

报春端过水来，蔡风接过来漱了个口疑问道：“去哪里？”

“去郡丞府！”长孙敬武很自然地道。

“咕咕——噗——”蔡风吐出口中的水，吓了一跳，问道，“你又带我去喝酒？”

长孙敬武好笑道：“自然喽，要不我教你千杯不醉法干什么。当然是对付郡丞府中的那些酒鬼啦，怎么样，你可能放胆地浪费？”

蔡风用冷水抹了一把脸，皱眉道：“你有没搞错，我可是已经醉得一塌糊涂，现在脑子里还是稀里糊涂，再去喝酒不醉死才怪呢。”

“有我在这里，你当然不会醉啦。”长孙敬武一拍胸脯自信地道。

蔡风苦着脸道：“你饶了我这一次算了吧，我有点怕闻到酒的味道，要喝，你一个人喝好了，我的确是不行了。”

长孙敬武摊了摊手，苦笑道：“要是我一个人喝行的话，我怎会等你大半个时辰呢？今日的主客是你这大剑客，谁叫你那两剑用得那般神，害得那些官兵都把你当神仙了。”

“我的天啊，我的命怎么这么苦呀，就这两剑也害得我又要去喝酒。”蔡风双手捂着脸夸张地道，转瞬又移开手，目中射出一丝侥幸地道，“可不可以为我推掉，便说那两剑是胡乱耍的。”

长孙敬武被弄得有些哭笑不得地道：“你又不是上断头台，用得着这么做作吗？人家郡丞特地请你，你却不去，我可是帮不了你的忙，要推你去推好了。”

蔡风咬了咬牙，无奈地道：“真是遇到鬼了，我豁出去了。快，教我万杯不醉大法，他奶奶个儿子，不给他浪费个两百斤酒不罢休。”

长孙敬武吓了一跳，苦笑道：“没这么严重吧。”

蔡风笑骂道：“我不去也不行，我浪费多了也不行，你到底教不教我千杯不醉小法？”

“算是我说错了，算是我说错了，这就为你讲其中的奥妙……”长孙敬武对蔡风这古怪的性格倒有些怕了，不禁连忙答应。

蔡风不禁心中暗自有些得意，一边听着长孙敬武讲运气逼酒线路，一边试着运气，不片刻果然觉得脑中逐渐清明，不由得想起父亲所教的玄门气功，心中一改长孙敬武的运功线路，按照玄门气功的路线运气，体内的酒气逸散得更快，心头不由得一阵欢喜，便根本不依照长孙敬武的所说去做，而以玄门气功的路线运功，将体内的酒气尽数逼尽，才睁开眼，望着依然在不停念行功路线的长孙敬武笑了笑。

“怎么样，有效吧？”长孙敬武有些得意地问道。

“自然是有效，要不然怎么叫千杯不醉小法呢？不过本人却领悟了另一种万杯不醉大法，比你这千杯不醉的小法更有效。”蔡风得意而有些自豪地道。

“万杯不醉大法？”长孙敬武不由得笑道。

“自然，这个并没什么奇怪的。”蔡风以不可一世的姿态笑道，顿了一顿又问道，“那两名大盗怎么处置？”

长孙敬武“嘿嘿”一笑道：“我并没有仔细盘问，那两人都是硬骨头，只好按你的办法，交给穆立武去头痛喽。”

蔡风不由得会心一笑。

郡丞府内设置异常豪华，看得蔡风心里有些不舒服。谁都知道这种表于外在的豪华只是用民脂民膏垒筑而成的，不过蔡风心中多的只是无奈，深切的无奈，因为这些并不是某一个人可以解决的问题，这只是这个时代、这个世界造成的最可悲的惨剧。

蔡风竟想起了师叔葛荣，他若是起义成功了，天下会不会依然是这种样子呢？是不是便可以改变这个世界深深的不公平呢？蔡风有些默然，此刻他才真正的理解了为什么他父亲会拒绝葛荣重出江湖的提议，或许那是他父亲真正的具有深远的见地。

“长孙教头，蔡公子，欢迎欢迎。”穆立武满面堆欢地迎上来笑道。

蔡风只感到一阵深深的厌恶，那是因为穆立武那双眼睛，在那像刀一般锋锐的阳光之中，蔡风只能感到一种阴险而冷酷的感情。或许，这人正是这个社会的产物，不过蔡风却不能够失礼，耐着性子扯开脸笑道："穆大人何必客气，不过穆大人今晚若不再大醉一场，那可不好玩。"

"蔡公子说笑了，我看蔡公子现在满身都充满着精神，若说刚醉过的人能有这种表现，实在叫人难以相信。"穆立武精明地笑道。

蔡风不由得暗赞这家伙的眼力，不过仍然含笑道："大人有所不知，此乃长孙大哥那刚刚才授的秘诀在起作用，用不了几下子便会露馅的，要不是因为穆大人的关爱和长孙大哥的传技之恩，我恐怕今晚连床都爬不起来了，又怎能赴宴呢？"

"哦！"穆立武重重地拍了一旁干笑的长孙敬武一下，笑道，"好哇，你居然教蔡公子弄奸作假，该当何罪？"

长孙敬武苦笑道："谁叫你一定要让他来呢，害得我在他房外站了近半个时辰才用冷水把他惊醒，你猜他醉得有多可怕，我若不教他两招，岂不真的还未上酒桌便已趴下了吗？"

穆立武面容一肃，望着蔡风笑道："没如此严重吧？"

蔡风好笑道："你最好把元胜和仲三爷抓来审问一下，这两位把我灌醉的，他们很知内情，我只是受害者。"

穆立武和长孙敬武见蔡风煞有其事的样子，不禁全都开怀地笑了起来，穆立武亲切地扶着蔡风的肩膀笑道："蔡公子真的够朋友，我穆立武交定你了。"

蔡风心头不由暗骂："奶奶个儿子，老子才不愿与你这黑心肠的狗官交朋友呢。"不过表面上仍装出一副感激的样子笑道，"能得穆大人看得起，真是蔡风之福呀。"旋又转口问道，"不知今日，大人府内所请的是哪几路的客人呢？"

穆立武笑道："今日主要为了庆贺这几名大盗被擒，而蔡公子更是我们的大功臣，因此今夜是以蔡公子为主，而其他兄弟们为辅，这其中有尉家与和家的几位家主。"

"哦，那我一个后生小辈岂敢与前辈们相提并论呢？"蔡风装作一副诚惶诚恐地道。

“长孙教头好，哦，这位想来便是一剑击杀大盗的蔡风蔡公子吧？”一个苍迈而有气魄的声音带着笑传了过来。

蔡风不自觉地移过头去望了那人一眼，只见他满面红光，身子高大得便像是一座小山，堆着笑容的脸上挤得差点冒出油水。不过那分列在那高耸鼻梁两边的两只眼睛里，却可以发掘出一种狡猾而贪婪的内涵。

“这位便是尉家的家主尉盖山。”穆立武忙抢着介绍道。

蔡风强打着笑脸，抱拳道：“蔡风今日能够见到这么多知名人物，真是三生有幸，尉员外，蔡风这厢有礼了。”

尉盖山一愣，忙还应道：“蔡公子真是客气了，人说英雄出少年，今日能与少年英雄共饮是尉某的荣幸呀。”

蔡风不由得不佩服这人会做戏，昨夜才被盗十数万两金银，今日却能如此放得开。

“尉老二，你在与谁说话说得这么欢呢？”一个苍迈的声音传了过来。

众人的目光不由得又移了过去，却是一位须发灰白的老者，其步履依然气势不凡，并无半点老态，脸上微起的皱纹浅得像细碎的鱼尾纹，可见是个保养得极好之人。

“和老大来得正好，这位便是今日大展神威，让大盗一剑毙命的蔡风蔡公子，也是元大人府上的新驯狗师。”穆立武抢着为那老者介绍道。

“哦，真是英雄出少年呀，比我想象的还要年轻，想不到便有如此成就，可是本国之福呀。”那老者欢笑道。

蔡风有些不好意思地笑道：“老人家客气了，我只不过是侥幸而胜罢了，真正有功劳的还是仲吹烟仲三爷。”

“哎呀——现在的年轻人能够居功不傲，虚怀若谷的真是太少太少了，蔡公子果然与众不同，将来的前程定是无可限量。”尉盖山阿谀道。

蔡风听得大感肉麻，不由得干笑一声，却不知道说什么好。

“好，我们这就入席吧，别让菜放凉了。”穆立武笑着解开这之中的尴尬道。

“不错，不错，早点在酒桌上见真章吧！”长孙敬武豪爽地笑道。

“长孙教头今日似乎特别高兴哦？”那老者笑问道。

“和老所说正是，今日让那一群神出鬼没的大盗有个尾巴露出来，我自然高兴，难道和老会不高兴？”长孙敬武反问道。

“不错，今日的确应该是大大的高兴。”尉盖山打了个“哈哈”插上一句道。

“吩咐下去，开席！”穆立武对身边的一名壮汉淡淡地道，旋把蔡风拉到上席。

蔡风不由得笑道：“穆大人客气了。不过今日这个局却排错了，论年龄，我最小，论辈分，我也最小，论德望，我更不及所有人，若说就一剑而论上席，实在也说不过去，因此这上席我是万万坐不得的。这个位子我看还是由和老来坐为好。”说着忙站起来，拉着身边的老者，便按到座位上。

穆立武不禁一呆，而那老者却干笑道：“这怎么行？今日你是主客，也是你功劳最大，这个位子便应该是你坐的了，我如何可以坐？”

“哎——和老此话便不是如此说法了，今日之所以出剑，是因为救我家小姐，若是我家小姐要设这次庆功宴的话，坐这上位我自然不会推辞，但今晚设宴的是穆大人，虽然是设庆功之宴，可这功劳算起来却不应是我坐第一位了，因为我是适逢其会，并未真心专程为擒贼而至，更是出于护主心切才出手，这个不能算是功劳，只可算是本职，而长孙大哥和穆大人却是专为这事而操心，功劳要分也只能分到两位头上，若说给我功劳，也应该在给完那些一心为擒贼而出过力的兄弟之后才能轮到我，不知道大家是否以为如此呢？”蔡风不紧不慢地道。

穆立武等人不禁对蔡风霎时改变了看法，就这一番话中的那道理，的确要让这些人另眼相看，再不能把蔡风当一个很容易欺骗的小孩去安排。

穆立武被蔡风那熠熠的目光望得老脸一热，不禁干笑道：“既然蔡公子执意不坐上位，那大家便随便坐吧，只要今夜能开开心心便让穆某心满意足了。”

蔡风淡淡地一笑道："穆大人此话甚是，管他是坐哪里，只要尽兴而归便不负此宴之目的，今晚是庆功之宴，要的便是欢快，要的便是高兴，我们可以放开一些不必要的礼节，这样才能够更加和睦更有气氛对吗？"

"不错，不错，蔡公子此话的确有理，我们应该抛去一些尘俗的礼节，这样才是欢畅之道。"尉盖山附和道。

"来，便为我们今日抛去一些尘俗礼节而干了这一杯。"长孙敬武便立着身子端起酒杯洪声道。

"好！"穆立武端起酒杯向周围的几桌招了招手，洪声道，"今日我们可以放开俗礼喝个痛快，来，大家一起来干杯！"

"好！"厅内立刻一片欢腾，所有的人全都立了起来，仰头将杯中的酒倒入喉中，蔡风也毫不例外。

蔡风轻松地坐到长孙敬武的旁边，潇洒地环扫了周围众人一眼，举起筷子便夹了一块鲜鱼。

长孙敬武也夹起一块鲜鱼笑道："蔡兄弟，你真有眼光，这鲜鱼乃是我们邯郸城中第一名厨的手艺，也是味道最好的了。"

蔡风刚准备吃，听到这么一说，不由得环视穆立武几人也夹的是这种鲜鱼，不禁反问道："是吗？"说着凑到鼻子上装作一个古怪的样子嗅了嗅，不禁脸色大变。

鱼片重重地落在桌子上，那是蔡风夹的，鱼片的味道的确有一些特别，但绝对不是因为好吃才让蔡风的脸色大变，更不可能让他甩掉手中鱼片。

蔡风的鱼片甩出去，是因为他要换出一只手来，这只手是在长孙敬武嘴中抓下那块鱼片，同时大喝道："不能吃。"

"啪！"长孙敬武的脸上被重重地印了一掌，同时"哇"地一声，将口中的鱼片吐了出来。

穆立武和尉盖山吓了一跳，也忙把鱼片吐了出来，唯有和氏老者给吞了下去，因为蔡风的呼唤已经迟了一步，他的脸色变得异常难看，充满了惊恐和不安。

长孙敬武被蔡风打了一巴掌，弄得有些不明所以，有些气恼地道："这是为什么？难道这鱼片有毒吗？"

蔡风淡淡地道："这鱼片不仅有毒，而且毒性极烈，不信可找一条小狗来试试。"旋又对和氏老者道，"和老迅速以水清胃，把它吐出来。"

"这鱼片怎么会有毒呢？"穆立武对着几人怀疑的目光不由得色变道。

蔡风哂然一笑道："我说的有毒便绝不会有错，因为我是猎人，这是野兽的直觉……"

"啊……啊……这，这菜……有……有毒……"有人掐着喉管痛苦地呻吟着。

"哗——"桌上的菜被打翻在地，而一些人已经滑到桌子底下去了，呻吟和惨叫声立刻充满了整个大厅，这一次可真轮到穆立武和长孙敬武诸人色变了，变得最厉害的还是和氏老者。不过他的动作也最为利落，立刻盘膝而坐，运功将那鱼片给顶住，想将之一路逼出体外。

"快去找厨子。"穆立武向身边倒酒的人怒吼道，同时也迅速向厨房赶去。

长孙敬武感激地向蔡风望了一眼，夹起生鱼片嗅了嗅，却嗅不出个所以然来。

蔡风不禁有些好笑道："若是每个人都可以嗅出来，那岂不是每个人都可以成为最优秀的猎人啦，这是一种直觉和对危险的一种感应。"

尉盖山脸色铁青地对身边的人吩咐道："去找一条狗来。"

蔡风心中暗怒，不过也并不作任何表示，以筷子在每个盘子中夹了一箸菜，嗅了嗅，笑道："恐怕一条狗儿还不够用。"

尉盖山一阵干笑道："我只不过是想证实一下是什么毒性而已，并不是不相信蔡公子的话。"

长孙敬武也大感不悦，冷笑道："那应该叫一个大夫来鉴定一下，才为上策呀。"

蔡风打个圆场笑道："我们目前没必要为这点小事去做无益的争执，要做的是如何查出谁是下毒凶手。"说着环扫了大厅之中那些正作垂死挣扎的人一眼，不禁大为心寒。

长孙敬武对那些未倒下去的人喝道："还不快去四周查查，有什么可疑人物。"

那些人这才省悟，忙抓起兵刃向外跑去。

蔡风不由得吸了口气道："如果我猜得不错的话，已经查不出任何结果了。"

"我们也到厨房去看一下。"尉盖山提议道。

蔡风不禁扭头望了和氏老者一眼，见他脸上微有痛苦之色，叹了口气道："我们还是先来助和老一臂之力吧，看能否将毒给逼出来。"

尉盖山老脸一红，忙应和道："对对，先为和老驱完毒再说。"说着伸出一只大手盖在和氏老者的后背天柱穴上。

蔡风向长孙敬武打了个眼色，淡淡地道："长孙大哥便在和老命门穴上出出力吧。"

"命门穴？"长孙敬武骇然道。

"没关系，只要你以柔劲，缓缓透入，当遇到他自身功力相阻之时，便保持原状，防止那毒素不要逸入脑中便行，不会对他身体有什么大碍。"蔡风知道长孙敬武是因为怕伤了和氏老者，不由笑着解释道。

长孙敬武这才释然，来到和氏老者的身边，伸出大手盖在那正在冒着热气的命门穴之上，缓缓地催动着真气。

蔡风却感到有些无奈，提过一只酒壶，独自喝着闷酒。

良久，和氏老者才吐出了一口闷气，一块几乎化了一半的鱼片和一些残渣全都吐了出来。

尉盖山和长孙敬武这才松了一口气，收回手掌，深深地做了几个呼吸，使气息逐渐平静下来。

蔡风苦涩地笑了笑，将杯中的酒一饮而尽，再将杯子重重地砸在地上，淡淡地道："和老感觉可好一些？"

和氏老者缓缓地睁开眼，感激地道："谢谢！"

"不必谢我，要谢便谢尉员外和长孙教头，不过和老这几天要多加休息，勤加练功，否则，恐怕剩余未尽的毒素会反噬而回，那定不是件好事。”蔡风很平静地道，可是在他的眼中却可以找到愤慨之色。

“我们到膳房去看一看。”长孙敬武提议道，双手抓得极紧，显然他也大为愤怒。

“这不能怪穆大人，相信他也是受人所害，或许此刻膳房之中的情况也不大好吧！”蔡风哂然地笑了笑道。

“蔡公子猜得很对，膳房之中唯有烧火的几人之外，其他人都中毒而死。”穆立武铁青着脸走进来，沉重地道。

蔡风也不禁脸色大变，沉声问道：“那些人死去的特征可否与这些人的脸色一样？”

穆立武望了望地上那脸呈淡绿色的尸体，心底不由得寒气直冒，颤声道：“不错，正是这种状态。”

“那火头是怎么说？”蔡风急切地问道。

“他们说这些厨子是因为先尝了尝菜才会死去，而几个拌料的也是因为厨子死去，也尝了一下菜，因此也死了。”穆立武沉声应道。

蔡风摇摇头，望了脸色很难看的众人一眼，肯定地道：“毒应该是下在水里，不是水缸便是水井，大家快去查一下水源。”

“快，快去查看一下水源。”穆立武沉声吩咐道，却有些气急败坏的样子。

“蔡公子为什么这么肯定是在水源中下的毒呢？”尉盖山疑问道。

蔡风鄙夷地望了他一眼，不屑地道：“我只是估计而已，只要用一点脑子进去，便知道这毒是和水有关，否则此刻只怕大家没有一个人可以说话了，他们下毒为什么不下到酒里呢？那是因为他们不能够深入府内。”

第十章　归途受伏

长孙敬武本也是满腔气恼，而尉盖山又如此问法，明显是怀疑蔡风，不禁讥嘲道："莫不是尉员外以为贼人是在别的地方下了毒，长孙敬武有些不明白，还得请你指点指点。"

和氏老者和穆立武同时打圆场道："很快便会有结果，二位还是等一下。"

穆立武不禁有些无可奈何的样子苦涩地道："今日之事全怪我太粗心大意，害得诸位弄到这种田地，真是惭愧之至，我定会查出凶手，给各位一个交代。"

蔡风哂然一笑道："那倒不必，我只希望大家能够平平安安就好!"

"蔡公子此话甚是，有机会，还请蔡公子到我府上坐一坐。"和氏老者满怀感激地道。

"若有机会的话，这种事情很好说，只要和老不怕打扰，蔡风绝不会吝啬走路，对吗?"蔡风耸了耸肩笑道。

"禀报大人，贼子果然是在水井之中下的毒。"一名亲兵惶恐地行了过来道。

穆立武神色大变，颤声道："快去看看家眷是否也饮用过井水，并将所有水都撤换。"

"报告大人，只有膳房大院里的井水被下过毒，其他几口井并未有毒的痕迹。"那亲兵补充地道。

穆立武这才松了一口气，道：“还是去看看，让他们检查一下所有的东西，确定无毒之后，才可以使用。”

蔡风和长孙敬武不禁面面相觑，尉盖山一阵干笑道：“看来贼子只是专门为了对付我们这些人而下的毒，而且下毒的时间并不长，应该是在酒宴之前所下的毒。”

“穆大人这次酒宴很早便把消息传了出去吗?”蔡风疑问道。

“这个自然知道的人便多了，因为这是为了与今日参加行动的兄弟们一起庆祝一下，至少所有的府衙中的人都知道，贼子要从他们口中探出消息本是件极为容易的事情，因此并不能从这方面得出贼子的身份。”穆立武无奈地道。

“会不会是今日那些逸走的贼子所干的事？以他们的武功，要是潜入府内下毒并不是一件很难的事。”长孙敬武突然出声道。

蔡风脑中灵光一闪，急忙问道：“穆大人，你将那两名疑犯关在哪里?”

穆立武似也想起了什么似的，暗叫不妙，不禁有些慌急地道：“他们被关在府衙的大牢之中，该不会有问题吧?”

蔡风不禁叹了口气，道：“大概这两个人已经不再存在，已被人救走了。”

“什么？走，我们赶快到大牢中去看看!”尉盖山气急败坏地道，想到那十万两金银和珠宝，明明找到了一点线索，却又被断掉，不由得失去了应有的冷静。

蔡风不禁大为鄙视，淡淡地道：“穆大人，我脑中酒精又在作怪，看来我不能奉陪各位大人了，只好先行一步喽。”

“蔡兄弟，我们一起回府吧，这样也有个伴，现在城中说不准便有那一批大盗潜伏，实不宜独自行动。”长孙敬武也借机告辞道。

穆立武不由得一呆，却也无可奈何，只好深表歉意地道：“让二位白走一趟，实在不好意思，下次有机会，当清除了所有的贼子之后，再请二位过来小叙，到时还请二位赏光。”

“到时候便是穆大人不请，我也自会到来，不为别的，便为能使邯郸百姓增添一份平安，也要痛饮三百杯。”蔡风毫不在意地道。

“到时候也不要漏了老朽一份。”和氏老者突也应和道。

“那自然少不了和老。”蔡风不待穆立武说话便答道。

长孙敬武向三人一抱拳道：“那我们便先告辞了，有机会再叙未了之缘。”

“好，我送二位一程！”穆立武强作欢颜地道。

“穆大人事多便不用客气，反正今后的日子还长，抬头不见低头见，就不必劳烦穆大人亲送了。更何况我们也不是弱者。”蔡风自信地道，同时露出一个淡淡的笑容，转身拉着长孙敬武的手向大门外大步行去。

突然，眼前人影一闪，吓了蔡风一大跳，急忙闪身让过，不由微怒地转头望了望那没头没脑扑进来的人，不禁微微一愣。

这人已浑身沾满了血，一跑入大厅便“咕咚”一声跪伏在地，在穆立武脸色灰白的当儿，以颤抖且上气不接下气的声音道：“禀报……大人，大……大牢……被……被劫，那……那两个……疑犯被……救走了。兄弟们……死的死，伤的伤，请大人快……快去。”

穆立武不由气得浑身打战，怒喝道：“饭桶，一群饭桶，给我滚出去！”

“大人不必太过动怒，必须迅速去善后，不要引起城内百姓的骚乱。”蔡风忍不住回头平静地提醒道。

穆立武毕竟还是见过大场面的人，不由得深深地吸了口气，强压住怒火，对身边的一位亲兵道：“长天，你立刻给我在府里善后，每个人的亲属抚恤十两银子。”又向左边的那汉子道，“刘华，带二十名兄弟和我一起立刻赶往衙门。传中，你去通知各城门，严防任何可疑之人，绝不能让贼子跑了，并带人搜城，便是掘地三尺也要把他们找出来。”

“是……”几人立刻领命而去。

蔡风摇头一阵叹息，转身便向外行去，再也不管大厅内的喧哗。

街上似乎很静，连半条人影也没有，或是因为白天的影响，才会使街道完全没有生气。

郡丞府中倒是很热闹，那只是一种凄惨的热闹，穆立武带着一群人马急匆匆地赶向府衙，而蔡风和长孙敬武只是静静地行着，两人的马儿倒显得很悠闲，前面那两个提着灯笼的仆人也很轻松。

蔡风望了望头顶那遥遥而深邃无伦的星空，若有所思地问道："长孙大哥，元府是不是在这邯郸城中真的很超然？"

长孙敬武不由一愣，不解地问道："蔡兄弟这话怎么讲？"

蔡风不由傻傻地一笑道："我有些糊涂了，这些人似乎对我倒是挺巴结的，难道不就是因为我是元府的一个驯狗师吗？我真不明白，这驯狗师很重要吗？"

长孙敬武这才恍然，不由得笑道："蔡兄弟有所不知了，能得大人看上的驯狗师几乎很少，而你便是很少之中的一个，他们当然便对你这驯狗师另眼相看了，更希望你这个驯狗师在驯出狗王之时，也为他们提点一下，好让他们所驯的狗儿也能够打出一片天。这样的话，他们所得的利益绝不小，更何况，你这驯狗师的职位是比较重要的，能够与你关系弄好，对他们来说，只是有百利而无一害，自然对你巴结的成分要多一些喽。"

蔡风心头一阵好笑，这一群达官显贵全都是玩物丧志之辈，也难怪民不聊生，战乱四起了，这一切归根究底又是谁的错呢？

"蔡兄弟和小姐关系很好吗？"长孙敬武突然问道，神色间有着一丝惊疑和无奈。

蔡风扭头望着长孙敬武那有些肃然的神情，有些回避地应道："这很重要吗？"

"当然很重要，因为我已经把你当成朋友，我眼里并没汉人和鲜卑人的差别，因为你是我的救命恩人，我不希望将来你受到不必要的伤害，因此，我希望你能坦诚地说。"长孙敬武平静得有些近乎严厉的语调不禁让蔡风心底一阵不舒服，不过却知道长孙敬武一片好心，不由得苦笑道："叶媚小姐那么美，我能够不动心吗？不过，我和她交情并不是很深，只在田中光府上见过一次面，其他的便只是在邯郸城中才见上面的，天知道这是不是缘分。”

“哦，那小姐怎会和你这般亲热?”长孙敬武不由得奇问道。

蔡风心中不舒服，淡漠地道：“这个就不是我的事了，应该去问叶媚小姐才是。”

长孙敬武知道自己的问话有些过分了，不由得傻傻地一笑道：“我问得是有些过分了，不好意思，不过我却要告诉蔡兄弟一件事。”

“什么事?”蔡风故作不解地问道，在心中却隐隐猜到了是怎么一回事。

“小姐她早已与叔孙家族指腹为婚，她的未婚夫乃是叔孙家族中的三公子，叔孙长虹。我希望蔡兄弟应该明白，你和小姐间是不可能有结局的，或许是一个很可悲的结局，谁也无法帮你!”长孙敬武似乎有些叹息地道。

蔡风故作一惊，问道：“小姐已经指腹为婚?”

“不错，而且叔孙长虹这个年轻人也极工心计，在叔孙家族之中很得器重，因此，我劝蔡兄弟不要胡思乱想。”长孙敬武似看穿了蔡风的心思一般淡淡地道。

蔡风故作潇洒地伸了伸臂，笑了笑道：“我还不至于不知自己有多少斤两，你不必担心，我蔡风什么都不好，但提得起放得下这一点还不算怎么坏。”

长孙敬武欣慰地笑了笑，便不再说话。

蔡风吁了口气，将夜空中的凉气再吞入肚子中，不由得又舒适地望了远处黑糊糊的街道一眼，心中只觉得有种荒唐而好笑的感觉，不禁高声吟唱道：“魂凝月魄，神成晶胆，灵台明镜仍昏暗，世情难断，恩怨不明，修得十世不成佛，红尘浅薄，爱恨交缠，风雨同塑定三界，佛心空洞，道心太虚，我心悠悠入凡胎，我心悠悠入凡胎，入凡胎!”

长孙敬武不禁惊异地望了蔡风一眼，却不明白蔡风在诉说何意，只好闷不做声，那两面提灯的下人自然也不敢管两人的事情。

夜依然很静，至少从感觉上是如此。静本身就是人的一种感觉而已，谁也不知道超乎人感官之外的东西，那对人类来说便叫作抽象，人所能对这个夜作的形容，便只有静，静得可怕，像是每一步都是在逼近怪兽的咽喉。

蔡风便有这种感觉，很不舒服的感觉，不知道是由于夜的静，还是来自一种心底的意念，反正他便是觉得不舒服，因此，脸色微微变了一下。

长孙敬武偶尔一扭头，在昏黄的灯光下，很清楚地看出了蔡风微小的变化，奇问道："怎么了？"

蔡风苦涩一笑，低应道："我不知道……"突然似想起什么似的，扭头向四周打量了一眼，脸色变得更为凝重。

长孙敬武对蔡风那奇怪的动作和表情大感惊异，正要开口问的时候，却听得蔡风低喝"小心"，同时，蔡风的身子便若一段枯木一般，迅捷无比地一沉，整个人一下子滑到马腹之下，动作之利落和迅捷都不得不让人大为观止。

长孙敬武吓了一跳，完全似是条件反射地也学蔡风一般身子一沉，这时，他才看到两排劲箭向他四人蜂虫般地罩来，无声无息，似是从地狱深处溜出的阴魂。

"呀——呀——"两声惨叫，和一阵马儿绝命的惨嘶伴着灯光一明一暗，蔡风和长孙敬武只觉得身子一沉，马匹已软软地倒了下去。

蔡风和长孙敬武的反应似乎很出神秘的人意料，而这里有神秘人的埋伏，更出蔡风和长孙敬武的意料。但却瞒不过蔡风野兽般的灵觉，因为他是一个最优秀的猎人，每时每刻在野兽的威胁下生存，以至培养出了这种超出常人理解的灵觉。

蔡风和长孙敬武都不是庸手，绝对不是，只在身子着地的前一刻，两人便若是一团灰暗的肉球，以快得难以形容的速度滚到街道两边的屋檐之下，借着黑暗，躲过神秘敌人第二轮疯狂的攻击。

"啪——"蔡风甩手将一块石头扔了出去。

“嗖……”又一轮劲箭射在石头落地的地方，准狠得让人心寒，很容易让蔡风和长孙敬武想到的，便是今日在城隍庙中潜伏的敌人。

这是一个很让人沮丧的想法和判断，任谁也不想与这样可怕的神秘人对阵，蔡风不想，长孙敬武当然也不想，因此，两人唯一可以做的便是沉默，等待，等待官兵搜城之时，那便可算是胜利了。现在唯一的凭借便是夜色，幸亏那两盏灯并不是气死风灯，一着地一闪烁，居然把灯笼烧着了，反而灭了，那是因为那两个提灯的人倒下去的尸体扑灭了这两盏灯。

蔡风心中直念阿弥陀佛，若不是那两具尸体，只怕，两人不用一刻便会变成刺猬了，更可恨的是连还手也还不了，不过现在又是另一种局面了。

蔡风和长孙敬武都知道神秘人藏身之处，却找不到他们的身影，那是两个突出的屋檐，像是魔鬼的两根指头，又像是两条巨大的舌头，在舔着夜幕的深沉。

蔡风和长孙敬武的身子都缩得很紧，紧紧地贴着那粗糙的墙，将身子陷入了一个凸出的椽子之后，他们敢肯定，对方并没能发现他们的藏身之处，因为他们身子滚行并没有声音，便是有声也被马倒地的声音所掩。更何况，他们是借马的躯体作掩护才得以藏身，所以，他们敢肯定对方并没有发现他们藏身之处。

夜，很静，静得有些离谱，那两声惨叫和马的惨嘶，似在很空远的虚空中仍不断地颤动，使得街上像鬼域般阴森。

蔡风甚至连呼吸都快停止了，手搭在剑柄之上，似乎所有的能量全都汇聚在手掌之上。

手有些重，绝对不止剑的重量，倒似这一柄剑所挑起的是整个夜，剑鞘中似乎有一团紧张而狂热的气焰在膨胀，那是蔡风收敛的杀气和气势，他所等的便只是一个机会，像一只静候猎物的魔豹，可是蔡风却深切地感受到手心渗出的汗水，那是一种压力。

一种无形的压力，不是整个夜都是如此，而是在这一段街道上，就因为那神秘的敌人。

长孙敬武也嗅到了那股强烈的杀气，可怕得让人想战栗，他感到惊异莫名，他想不出，为什么会有如此多可怕的高手汇聚在一块儿，而且似乎算准了他们会从此路通过，的确让人有些不寒而栗，他握刀的手也渗出了汗水。

蔡风的目光从那眯成几乎只有一条缝的眼睛中射出来，在黑暗之中，逐渐适应了夜的苍茫，而此时却显得更为敏锐。

那是因为四道暗影若幽灵一般窜落于街面上，看不清面目，是因为夜色。

那种步步惊魂的感觉很浓，来自四道暗影的脚下，虽然轻盈得似要随时都作飘起来的打算，可是仍然不能掩饰激荡于夜空之中潜在的杀机，似无形而有质的杀机。

有风吹过，掀动了一片叶子，翻飞的叶子，街道上并不是一尘不染的，因此，风吹起的还有尘土，或者还有血腥味，淡淡的血腥味，死者的血，死马的血，反正这个沉寂的夜，已被这风给扰动了，扰动的还有那暗影的衣服，只有一个衣角而已。可蔡风却清楚地捕捉到了这一点点变化，其实，蔡风已清楚地感应到附近的生命存在和分布。

的确，蔡风的心已够平静了，平静得有些像井中的水，没有半点波动，或许是有波动，那便是对方那轻缓得怕沾尘的脚步。

剑柄握得很紧很紧，像是一不小心，可在上面烙下五个手指的痕迹，这绝不是紧张，这也绝不是做作，谁都知道，这一剑出鞘，将会是惊天动地的。蔡风此刻握住的似乎不是剑，而是生命，不知道是谁的生命，而在此时他似乎又感觉到了一些什么。

那应该是长孙敬武的杀机，对于他来说，杀机是无法隐藏的，否则他也不会未卜先知地躲开那神出鬼没的箭。

四个人的脚步越逼越近，蔡风知道，在屋顶上仍然有可怕的敌人在潜伏，不过，他并不怕，只想要一个机会，就只一个机会。

蔡风仍然未曾看清四人的面目，因为他们戴着的是一张让人心寒的鬼脸，四张鬼脸。不过，蔡风并不想看他们的眼睛，目光和目光相交，若是高手，绝对会产生感应，这四个人绝对是好手，至少在蔡风的眼中，他们是一群好手，因此蔡风回避的就是他们的眼睛，而注意的，却是对方的脚步。

那种很整齐，错落有致而轻盈的步法，只从这一点，便可看出这一群人都是训练有素的好手，可是这些人似乎太大胆，也太狂妄了。

这些人的确很狂妄，几乎是视邯郸城如无物，劫狱，下毒，又狙杀，这是长孙敬武见过的最狂妄的杀手。蔡风是第一次和这种人打交道，不过却知道这些人的确很可怕，他有些后悔，不该杀死那个鬼脸人，否则也不会引出这么多的麻烦，而官兵也不知道什么时候可以赶到，真是可悲。

不过，蔡风并没有想官兵及时赶到，因为那会丧失斗志，这是一个猎人深明的事情，对着猛兽时，不能后悔当初没下陷阱，而要比猛兽更凶，更猛。

风依然是那般轻柔，夏末的夜，有这样的风，的确很舒服，凉爽宜人，若是在平日，这种感觉一定很爽，其实，蔡风很喜欢吹风的，不过今日这种情况似乎有变，这种风并不怎么讨人喜欢，不仅是因为风中的血腥味，更因为风中的杀机。

的确，杀机很浓很浓，只是在这一刹那间变得无比的浓，像是流动的液体，充斥着每一寸空间，那是蔡风的一声轻啸。

蔡风只一声轻啸，整个天地似乎全都改观了，因为不仅仅为夜空增添了热闹，还为了夜空增添了一柄剑。

一柄充满无限杀机的剑，像狂澜一般奔涌不息的杀意，完完全全地超脱了剑的范围。

夜空，似乎在这一刹那间被劈成两个部分，完完全全地裂开，而界限便是剑，蔡风的剑，无声无息，却有绝对摧毁的力量，至少那四个人都这么认为。

他们都是好手，他们所经的对手很多，可是他们从来都未曾遇到如此可怕的一剑，从地狱之中突然窜出来一般，半点征兆也没有，却又能够实实在在地感受到，那来自剑上的杀意和劲气，是那么强烈，那么霸道。

四个人的脚步在变，在作很有秩序的变动，他们手中的兵刃更在作非常精妙的配合。

这时候，虚空之中多了一柄刀，那是长孙敬武的刀，在蔡风的轻啸之时他的身形便动了，只是他没有蔡风快，也没有蔡风的剑绝，可是这一刀和蔡风的目光一般狂热和狠厉。

蔡风的目光的确很狂热，便是在这空幕之中，仍能看清那像两点寒星般的眸子。

“呵——”在长孙敬武的刀挤入虚空之中那涌动的气劲之中时，他才吼出胸中积压了很久的闷气，刀势也因为这一吼，变得更加狂野。

所有的人都开始惊呼，从蔡风的剑划破夜空之时便开始了惊呼，可是在此刻才传出了声音，而这声音，却被蔡风那无与伦比的剑气绞得四散飞逸，不成基调。

没有人知道，是风在旋转，还是剑在旋转，抑或只是那被拉扯得支离破碎的夜在旋转。

风，很猛很猛，衣衫之中似有寒针般气劲在徘徊。

长孙敬武也估不到蔡风会有如此可怕的剑法，但他却明白，也只有这样的剑法才可以让对方的暗箭失去作用，谁也不想自己的箭伤着自己人。

“轰——”夜空中的这一声暴响传出很远，但并不能惊醒街道旁的人家，谁也不敢来多管这种闲事，这正是这时代最大的特色。

蔡风的身影突现，却是已经完全打乱了四人的阵脚，他们那种无间的配合，被蔡风这一剑给撕得不成章法，现在所能凭的就是真实的功夫。

四个人的动作都不慢，可是蔡风的动作更快，再加上，剑比刀更加轻灵，他的杀伤力是无与伦比的。

“当——”长孙敬武毫无花巧地与对方硬拼了一刀，但并没有占到太大的好处，不过却没有让长孙敬武停下，长孙敬武也不能停下，半刻也不能，那样将成为那神秘而可怕箭手的活靶，那并不是件很有意义的事。

蔡风一声闷哼，左腿被对方扫中，身形一个踉跄，长孙敬武一声惊呼，但却被那被击退之人重新拦住，无法挽救。

那三人眼中射出一种冷酷得近乎没有人性的笑意，他们的刀绝没有半刻停留，或许只有当蔡风的头滚落在地上之时，才会是他们停手之时，但是，他的眼中的神色在刹那间变得很奇怪，很奇怪，像是做了一场噩梦。

的确是一场噩梦，对于他们来说，这的确不能算是一个好梦，对于蔡风来说，却是另外一回事，绝对的另一回事。

蔡风右手的剑，奇迹般地换入了左手，而以比右手更灵活十倍的动作和速度，将剑尽数塞入他身前那名最凶狠之人的心脏，那受伤的左脚一下子跪在地上，而右手更灵活地夺下他身前那位只有死路一条的杀手手中的厚背刀。

蔡风夺下了刀，没有人可以想象那会带来一种怎样的变化，出乎所有人的意料之外，连蔡风也没想到，他会对刀如此敏感。

当刀握在手中的时候，他几乎完完全全地变成了另外一个人，这时候，他才明白他父亲的那句话——刀便是生命，刀便是一切。

蔡风的刀划了出去，连他左手的剑都忘记了，他的眼中，他的心中，他的手中，只有刀，只有杀意和狠厉。

他和他父亲一样，天生是个刀客，天生是个最善解刀的人。

他的刀一出，所有的刀法都失去了应有的光彩，所有的刀招都如同儿戏一般可笑，这是一种没法形容的惨厉和猛烈，天地之间，不再有夜，也不再有时间，完完全全地被这一刀占据了，这是蔡风第一次用刀来杀人。

“轰——”只有一声长长的暴响，连惨呼也全给掩盖住了。

“卟卟!”两声闷响，那两个从背后斩向蔡风的杀手，只在片刻全都被远远地抛了出去，重重地坠在地上。

“呀——”蔡风一声怒吼，肩头被一支劲箭射入，深深地贯入右肩，刀“哐啷”一声，重重地掉在地上。

“蔡兄弟！”长孙敬武将一切都看在眼里，虽然心中惊骇无比，可是对蔡风的关心却是一片至诚，因此，不由得惊呼起来。

蔡风并没有倒下，一咬牙，左手从身前那已失去生命的尸体中抽出长剑，身形一阵乱旋，又躲开几支劲箭，顾不了长孙敬武，只好紧紧地贴在街边的墙壁上。

“嗖、嗖！”几支劲箭从蔡风的鼻子前擦过，深深地钉入墙中。

“轰——”蔡风撞碎一扇木窗冲入屋内，他不得不借这最后一种方法保命。

长孙敬武见蔡风举手投足间，便将三名高手，败于刀剑之下，又安然而退，不禁也学蔡风重重地击出一刀，身形暴退，撞开一家大门，冲入屋内。

屋里更黑，而家主只是一声惊呼之后，便全都吓得不敢吱声，在这种黑暗之中，只会对蔡风和长孙敬武大大的有利，因此，两人才得以喘了喘气。

蔡风此刻才感觉到左腿和右肩上火辣辣的疼痛，不由得咧咧嘴，却不敢出声。

屋外传来一阵细碎轻盈的声音，不过却并没有敢冲入屋中，或许是因为蔡风的武功太可怕了，才让他们打消了念头。

蔡风不敢呻吟，但却听到屋外的呻吟，蔡风不禁暗暗一叹，看来是并没能将那两人杀死，只是击成重伤而已。

远处传来了一阵杂乱的脚步声和狗吠及吆喝声，显然是城中搜捕的官兵听到了这边的声响赶了过来。

蔡风不禁长长地吁了口气，满面痛苦地闭上眼睛，缓缓地靠墙蹲下。

“汪汪……”狗的叫声片刻便到了窗外，对着窗子狂吠，而另几只狗却望着天狂吠。

“里面是什么人，迅速出来！”一声紧张的吆喝传了过来，显然对方心中有些寒意。

蔡风不由得大为好笑，抓贼人抓不住，却来找他的麻烦，不由得淡淡地道：“不要紧张，我是元府的人。”

“一群饭桶，还不去追查那群贼子的行踪。”长孙敬武气恼地从对面的屋子中走出来，喝道，同时一路分开众人来到蔡风的窗前，急切地问道：“蔡兄弟，你怎么样？”

“啊——是长孙教头，还不快去追敌。”一声惊叫加上一声讨好的怒吼。

蔡风，缓缓地站起身，用左手捂着肩膀，有些不太方便地爬过窗子苦笑道：“我还死不了，他奶奶个儿子，真狠，差点没射入老子心脏。”

“蔡公子，你受伤了？快为蔡公子牵匹马来，送回元府。”

蔡风不由得扭头向说话的人望了一眼，见是穆立武的亲信传中，不由得心中微微有些好感，虽然知道对方是在巴结自己，于是咧咧嘴苦笑道：“那便麻烦你们了，传大哥，谢谢了。”

传中有些受宠若惊的感觉，忙应道：“应该的，应该的，为蔡公子出力，是我的光荣。”

蔡风只觉得好笑，见长孙敬武两道关切的目光，不由得心头一热，再回头望望地上的三具尸体一眼，沉声道：“贼子有两人受了重伤，相信走不远，不过你们要小心便是了，他们的武功很厉害，正是城隍庙里的贼人。”

“啊——又是他们。”传中一惊道。

“嘚，嘚……”一阵急促的马蹄之声传了过来，瞬间便来到这里。

火把光辉的映照下，穆立武铁青着脸赶了过来，却见蔡风这一副惨样，不由得吓了一大跳，迅速从马背上弹落，惊问道：“蔡公子怎么了？”同时来到蔡风的身边，扶住蔡风的右臂。

蔡风淡淡应道：“只是被小贼暗算了。不过，用一条命换这点伤，我还没吃亏，穆大人不要为我可惜，大牢那边的情况怎么样？”

“嘿——”穆立武一挥拳深深地叹了口气，气恼无比地道，“这些贼子也太猖狂了，不仅劫牢还杀死我十几名兄弟，想不到却又来伏击蔡公子，我真是失职之极。”

“大人不必如此说，贼子武功的确很好，而且又神出鬼没，不能怪大人，不过现在他们有两人受了重伤，相信行动方面会有些不便，大人若乘机追，说不定会有一些收获。”蔡风安慰道，脸色却有些发白。

“蔡兄弟，先回府再说。”长孙敬武扶蔡风道，转头又对穆立武道，“我希望明日请大人给我一个好消息，若有用得上长孙敬武的话，我定会尽力，怎也要为蔡兄弟出一口气，这里，我们便先告辞了。”

“我们告辞了，大人忙去吧！”蔡风苦笑道，左手抓马鞍，长孙敬武将他一扶，这才翻上马鞍，却痛得咬紧了牙关。

“蔡公子，你的左脚。”那牵马的官兵惊道。

蔡风这才低头看看自己那火辣辣痛得厉害的左脚，不由一惊，却见满脚都是血，似是被一排钉子所划一般，血肉模糊。

“好狠的贼子，幸亏没有用毒，否则，这条腿便完了。”长孙敬武咬牙道。

蔡风不禁苦涩一笑道：“我真希望永远也不和这些人打照面，就万事大吉了。”

穆立武不禁脸色微变，对身边的人怒吼道：“还愣着干吗，还不去追踪贼人！”

元府似乎也很静，或许是因为院子很深，因此，才显得静得可怕。

可怕，或许只是一个人的感觉，也的确，对于夜，似乎一切都是未知，所有一切本很真实的东西，当夜降临之后，全都变得有些虚幻起来，像是梦，昏暗朦胧的梦，因此，产生这种可怕的感觉并不是一种偶然。

夜，是每个人都必须经过的，但今夜似乎有些不同。

不同之处在于，这个夜比往昔的夜更多了一些什么，是血腥味。

淡淡的血腥味，叫人难以想象，元府之中似乎染有血腥味，这几乎是不可能的。

长孙敬武怀疑他所嗅到的是蔡风身上的血腥味，便离开蔡风一段路，缓缓地向南院的大门靠近，他的脸色变得越来越难看，便是因为血腥味越来越浓。

蔡风很敏感地觉察到出了事，这是他超乎常人能力的表现，因为他是一个猎人。

南院的大门居然只是虚掩着，在平时，这自然是不可能，但今日却绝对和往日的夜不同，不同，便在于今夜那浓浓的血腥味。

血腥味是在门后，长孙敬武很清楚地嗅出了血腥味的来源。

蔡风被牵马的官兵扶下了马背，靠在这官兵的肩膀上，深深地吸了几口凉气，使身上的疼痛稍稍减轻，但左手已经轻轻地搭在腰间的剑柄上，能够用的只有这只左手。

没有谁敢小看蔡风的左手，若是见过蔡风以左手杀死那名杀手的话，很难让人想象，一个人的左手比右手更可怕，而且这个人的右手已足够让人心寒的了，更何况这个人如此年轻。

蔡风的确很年轻，才不过十六岁而已，不过比起他父亲蔡伤当年成名之时，已经不算小了，或许，也只有蔡伤这种可怕的高手才可以培养出蔡风这种年轻而高深莫测的高手。

长孙敬武重重地推开院门，迎面而来的，却是一道凌厉的杀气，是一杆如毒龙般的枪。

是一杆枪，长孙敬武一惊，在元府之中能够将枪用得这么好的人，只有一个，那便是元浩，但那不可能，元浩绝对不会守在南门口偷袭，更何况偷袭的对象又是长孙敬武。

“呼——”长孙敬武的身子迅速后仰，手中的刀由面门反冲而出，倒拄在地，撑着身子，而那柄枪刚好也从面门疾射而过，险险地被长孙敬武给避开了。

两人都大吃了一惊，对方似想不到长孙敬武有如此快的反应和身手，不过对长孙敬武的这种避枪方法却嗤之以鼻。

“呼——”“轰——”长孙敬武先发制人地一脚踢在下沉的枪杆之上，发出一声沉闷的暴响，身子一扭，若游鱼一般，侧身滑过枪杆的压迫范围，刀斜冲而上。

那偷袭者大惊，枪身一震的同时，他只感觉到，枪杆下压之势一空，长孙敬武居然从枪杆底下滑了开，而因对抗长孙敬武的力道，而使枪势用尽，无力横扫，可此时长孙敬武的刀又似追魂夺命之势斩来。

“小心——”蔡风不由得一声惊呼，因为不知道是从哪个角落里又冒出了一杆枪，像是冥界逃出的阴犬，带着一阵阴潮的风，向蔡风的腋下猛射而至。

长孙敬武只有两个选择，要么重创第一个偷袭者，而自己死去；要么逃命，让两个偷袭者联合。

“嘶——”空气似被撕裂了一般，发出一阵低啸，是蔡风的剑。

蔡风的剑再加上蔡风的身子，便变成了无与伦比的杀机组合。

蔡风用的是左手，左手剑法比蔡风右手所使的剑法更可怕，更灵活，更狠辣，更快捷，这才是黄海真正的绝学。

“黄门左手剑……”那两个使枪的人一声低低的惊呼，在长孙敬武飞退的同时，他们的两杆枪居然在虚空中交错成一轮巨大的八卦，那种粉碎空气的破空声响得所有人都有些心乱，至少长孙敬武便有这种感觉。

蔡风没有，因为他此刻已经不是一个人，而是一柄剑，纯粹的剑，连生命和意志也全都属于这柄剑，天大地大，唯剑最大，这是黄海教给他的精义，那八个大字早已深深地刻在蔡风的心底。

蔡风使出左手剑，今日还是第一天，以前，几乎是没有人可以逼迫他使出左手剑，因此，从来没有几个人知道他的深浅，但今日不同，今日他的右手已经不能够用力，他必须出左手。

“叮叮……”蔡风也记不清到底交击了多少剑，他也没必要去数到底交击了多少剑。

两个使枪的一声闷哼，捂着肩膀暴退，而蔡风也一踉跄，他毕竟是腿受伤甚重。

那两人的眼中射出惊惧之色，鲜血，从他们的肩胛，从他们的指缝之中渗了出来。

“砰！”一道烟花在那两个使枪的蒙面人一甩手之后，冲天而起，并在低空之中爆起一团亮丽的光彩。

蔡风这才听到院里也有呼杀之声传出，不由得惊骇地与长孙敬武对望了一眼，各自都看出了对方眼中的震惊。

长孙敬武一声暴吼，流星赶月一般飞扑过去，整个身子在空中缩成一团，而刀便成了避开一切的可怕的先锋。

那两个使枪的蒙面人一声轻啸，两杆枪又疾射而出，在空中吞吐成两条要命的毒蛇，虽然他们的手臂都受了伤，却仍不减那种震撼性的威猛和狠厉。

那两名牵马的官兵和提灯的官兵，也举着长戟护在蔡风的身边守着南院的大门。

第十一章　黄门左剑

蔡风的眼角闪过几道人影，是从庭院深处奔出来的，可是蔡风却知道，那绝不是元府的人，元府的人绝对不会蒙着面在自己的庭院中奔跑，那么这些人定是两个偷袭者的伙伴。

蔡风心中有些凉凉的，他真的有些不明白为什么这么多可怕的人全都聚在邯郸城里来了，更让人不解的，却是这些人都如此狂妄大胆。

“截住他们!”是元权的声音，蔡风眼里出现了元权、楼风月的身影，还有近十个他不认识的元府人，但这已经让他心里好受一些。

“啪——”夹着两声惨哼，长孙敬武的背，被枪杆扫中了一下，但他也扫着了对方一脚，三个人的身影立刻分开。

那拿枪之人并没有再追击长孙敬武，而是斜斜一蹿，拉着受伤的枪手，纵上院墙迅速逸去，连蔡风想追都不可能了。

“砰!”大门立刻被拴上，那两匹马儿也被牵到院中，长孙敬武也爬了起来，但嘴已溢出血丝，形象大为惨厉。

蔡风一瘸一拐地从四名官兵保护圈中缓缓地走了出来，他看中了一个奔行得最快、看起来很厉害的人，长孙敬武也看中了一个人。

蔡风一瘸一拐地停在大门不远的地方，他的目光之中只有一个人，那便是那看起来很厉害、很魁梧高大的人，不知道对方的面目，却可以清楚地感应到对方眼中的狠厉和沉着。

“朋友，为何这样来去匆匆呢？留下来陪我喝几杯酒不是更好吗?”蔡风似笑非笑地望着那人淡然道。

那人与蔡风相隔两丈远，然后停了下来，他不想停，但他必须停，其实在停下来前一刻，他还想大笑，他想笑一个瘸子想挡住他的去路，简直是让人笑掉大牙，更何况对方的肩头仍插着一支箭，只剩下一只可以握东西的左手，和好一些的右脚。可是当蔡风一开口之后，他的感觉立刻全都改变了，的的确确全部都改变了，只因为对方那种自信和冷静，更可怕的却是对方身上所涌出的那种强烈无比的带着压迫性的斗志和气势。

在他的眼中闪过一丝讶然，相隔两丈远的蔡风自然也捕捉到了这丝讶然，但他的笑容依然很淡，很轻松，甚至有点优雅的感觉。

“你先走，这瘸子让我来对付。”一使剑的蒙面人沉声道，同时，就要向蔡风冲去。

“你带着兄弟们先走，你不是他的对手。”那高大的蒙面人一把拉住那冲动的蒙面人冷静地道，同时向蔡风大踏几步，拉近两人的距离。

那被拉住的蒙面人一呆，沉声道：“我们一起先杀了这瘸子，再一起冲出去。”

“不行，听我的命令，快走!”那高大的蒙面人回头望了正追来的元权诸人一眼有些焦虑地吼道，同时向蔡风冲去。

“你不走，我也不走，要死大家一起死。”那汉子也跟在后面扑了过来。

“轰——当——”长孙敬武已与那边的人对上了数招，全都是以硬碰硬，长孙敬武因背部受了一重击，这时显得稍稍吃亏。

蔡风眼角逸出一丝敬佩之色，心头也不由得一阵感动。不过，他必须出剑，否则他唯有死路一条，他很清楚地知道目前的形势。

蔡风的剑淡淡地击出，只是淡淡的，像一阵很轻柔的风，真的很轻。

这是一种不能够理解的形式，剑怎么会如此轻呢？几乎已经失去了它本身应有的重量，可是蔡风却击出了这样的一剑，这样虚无缥缈的一剑，似乎剑可以在任何角度，在任何可能出现的地方出现。

蔡风的目光好亮好亮，像是一轮升入中空的明月，亮得有些空洞，亮得有些虚幻，似乎是在遥远异域之中，真的很难让人相信，这一双眼睛那么近，可目光又那般幽远。

那高大威猛的蒙面人和那冲动的蒙面人，躯体不禁同时震了一下，惊呼道："黄门左手剑!"但他们并没有退缩，谁也不能退缩，谁退缩都只会是死路一条，就因为这轻飘飘的一剑。

这一剑看起来的确很轻，轻得有些离谱，但那两个蒙面人却绝不是这种感觉，在虚空之中，似乎涌动着一股暗流，一股强大得让他们有力难施的暗流。

蔡风的身子并没有移动半分，移动的只有左臂和左手中的剑，身前，那完完全全是剑组织起来的云彩，密集得几乎是不透气的。

谁也没想到一个瘸子会使出如此可怕的剑法，不过这两个蒙面人并不惊异，就因为这是"黄门左手剑"。能练成"黄门左手剑法"的人击出比这更离谱的剑法也不会让人感到奇怪。

在二十年前，知道和认识"黄门左手剑"的人很多，那是一个叫黄海的哑巴，转战大江南北都未曾遇到过敌手，而在更早，便有"黄门左手剑"的传说，但没有多少人相信，可是二十年前的哑巴黄海证实了"黄门左手剑"的存在，更证实了"黄门左手剑"的可怕，于是人们便给了他一个称号，叫"哑剑"。"哑剑"黄海的名字，在二十年前与北魏第一刀和北魏第一剑相齐名，可是后来，"哑剑"突然消失了，有人传说是被北魏第一刀蔡伤杀了，只有知情的人才知道，"哑剑"黄海成了北魏第一刀蔡伤的家将门客，也是蔡伤的兄弟，蔡伤击败了这不可一世可怕的剑手。

"哑剑"黄海在江湖中不再存在，但谁也没有忘记那个曾被证实的典故——黄门左手剑，至少二十年来并没有多少人忘记这可怕的剑法。

人们都知道北魏第一剑尔朱荣的剑法已达超凡入圣之境，但毕竟还只是传说的多一些，绝对没有"哑剑"黄海给人留下的印象深刻，而蔡风此刻所使的正是"黄门左手剑"。

"嘶!"空气便在那两个蒙面人的兵刃挤入蔡风剑法之时若烙铁入水一般发出可怕的声响，劲气四散飞逸，翻腾，涌动，变得无比狂暴。

"叮叮……"蔡风的剑终于与对方的兵刃相击，那种很有乐感却紧促得没有间隙的震荡，将周围宁静的夜在一刹那间变得狂野。

那两个蒙面人的脸色是看不见的，但他们的眼神却可以看得很清楚，一点都没有遗漏地收聚在蔡风那空洞得似乎在另一层世界中的目光中，那是惊惧、骇然与绝望。

蔡风的剑给他们的感觉，完全不是他们所想象的那么狂烈和狠厉，但是完全比他们所想象的更为可怕和阴险。

蔡风的剑上似抹了一层黏液和润滑剂，那种润滑不着力的感觉，让他们有一种想吐的冲动，但蔡风剑上的反击力道却是大得可怕，似乎像是无数道无形的蛇从对方的剑上钻到他们的体内，震得他们经脉有一种麻乱的感觉。

蔡风的神色间很平静，像夜幕中的月亮旁边的那一幕淡黄色的天空，无比的恬静，他很成功地将对方的力道还给对方，而自己却似是在玩一种很有意义的游戏。不过他想到的却是另外一批将他击伤的人，他有一种直觉，这一批人与那一批人并不是一道的，或许可以说这些人才是真正的大盗，不过当他想到这些人所窃的全都是那些为富不仁的家伙时，心头不禁又有着一丝快慰。

两个蒙面人眼中显出一丝讶然、惊疑和不解之色，因为蔡风的剑法突然似失去了章法似的乱了起来，两人的压力大减，这几乎是不可能的，更加来得太突然了，使他们以为蔡风降伏不了极为厉害的杀招，而不敢贸然进攻。可是他看到了一个让他们不敢相信的东西。

那是蔡风的眼神，眼神之中多的是一片真诚，还有些许淡淡的笑意。

这是蔡风故意为他们留下的退路，他们似乎懂了，却不明白蔡风为什么要这般做，但这时已经顾不了，只能走，哪怕是假的，有机会也不可以错过。

“哎哟——”蔡风一声惨叫，踉跄着向旁一退，似是腿伤复发，更因为他的肩上的箭杆被两位蒙面人斩断，牵动了伤口。

但唯有这两位蒙面人知道，蔡风肩上的箭杆是他自己故意撞在刀上的，否则便是再怎么努力也不可能斩断蔡风肩头的箭杆。而蔡风这一退，更为他们让开了离去之路，甚至不可能留有后招，这一下，他们再不会有什么怀疑，毫不停留地一错身，纵上院墙，逃了出去。

蔡风一声惨叫将长孙敬武也惊了一跳，也被那人一刀劈退，让敌人逸走，等到元权追过来之时，贼人尽数离去，半个也没剩。

蔡风捂着右肩，被那官兵扶着，禁不住发出一阵痛苦的呻吟，刚才那一刀，虽然并没用多大力气，可却让那箭头在肉里扭动了一下，怎会不痛呢？而这痛苦绝不是假装出来的。

“蔡兄弟，你怎么了？”元权见蔡风满手和满脚是血，不由得骇然惊呼道。

“蔡兄弟和我在回府的途中被贼子伏击了，他中了一箭，赶快叫大夫来看一下。”长孙敬武望着满面痛苦的蔡风不由得急道，旋又对蔡风问道，“蔡兄弟，你不要紧吧？”

蔡风龇了龇牙，苦笑道：“倒没什么大事，只是那两个狗贼别的地方不打，偏要打我伤口，真是祸不单行，肩上的草标被他们给斩下了。”说着扭头望了望那半截羽箭箭杆。

“快，去请大夫过来。”元权向身边的人喝道，同时隔开官兵，来亲扶蔡风。

“大人来了！”有人传话道。

长孙敬武和元权不由得扭头向东边望了一眼，只见元浩手握长枪，大步赶来，元胜正跟在后面。

“敬武、蔡风，你们回来了。”元浩声音稍稍温和了一点沉声道。

“大人，让贼人给跑了。”元权无可奈何地道。

元浩脸色微微一变，但瞬即见到蔡风和长孙敬武一副惨样，不由得骇然道：“你们怎么受伤的？”

长孙敬武不好意思地道：“敬武和蔡兄弟从郡丞府回来之时，被贼人伏击了。蔡兄弟在杀死他们一人和击伤二人之时，被贼子以暗箭射伤，刚才又被牵动伤口，才弄成这个样子。”

“哦！”元浩有些怀疑地望了蔡风一眼，忙道：“叫了大夫没有？怎么还在这里待着，快扶他回房休息。”

蔡风感激地道：“多谢大人关心，不过我看这选种狗和种狼的事情恐怕要拖后几天了。”

“没关系，这个迟些再说也不要紧，你先安心养伤。”元浩拍拍蔡风的左肩笑道，旋又回头向蔡风身后的四名官兵喝道，“你回去告诉你们大人，叫他明日来见我。”

那官兵哪里敢说半个不字，连连称诺。

“穆大人正在外搜捕贼子，贼子把今日白天所抓获的两人给劫走了，更在穆大人的水井之中下了剧毒。”长孙敬武淡淡地道。

元浩脸色大变，手很自然地握紧，指节“啪啪”一阵乱响。“好狂的贼子！”元浩狠狠地道。

“大人，望春、刘楠他们被害了。”元胜气愤地赶来报告。

“给我收殓好，加以厚葬，给每人家眷十两金子。”元浩强压住心头的怒火道。

“大人，贼子绝对不是一般的贼人，相信他们背后还有主使之人，否则，他们也不敢如此猖狂。”蔡风提醒道。

“嗯！”元浩轻轻点了点头，淡淡地道，“你和敬武先去休息吧，不必在此，小心伤势加重。”

长孙敬武和蔡风对望了一眼，吁了口气，在几人的扶助下，向自己的房舍行去。

蔡风伤口痛得的确厉害，早有人为他端来一张软榻，蔡风静静地躺着。

“大家严加防范，小心一些，其余之人可以各自休息。”元浩沉声道，同时转身便向东院行去，留下话道：“元叔，你安排一下，我不想再发生什么不快的事。”

“是，大人！”元权恭敬地应道。

蔡风的房间里仍亮着灯，蔡风知道兰香和报春并未曾睡去。

“公子，你受伤了！”听到吵闹声的兰香和报春从屋子里钻出来，望着躺在床上的蔡风一脸骇异道。

"快去烧一些热水来。"元胜对二婢吩咐道，同时拉过一名老者，有些欢欣道，"大夫来了，蔡兄弟你觉得怎么样?"

蔡风苦笑道："又痛又累，不过大夫既然来了，肯定就死不了。"说着众人又抬着蔡风走入了客厅，将软榻放在地上。

那老者拨开人群，望了脸色有些苍白的蔡风一眼，似是吁了一口气道："蔡公子并无大碍，只是失血过多而已，只要补一补，休养些日子，便无大碍。"说着接过二婢端来早已烧好的热水，细心地为蔡风洗去脚上的血水，洒上些止血的药粉。

蔡风不由得一阵痛苦的呻吟，低骂道："狗娘养的，真狠，鞋上也带刀子。"

"蔡兄弟可看清了他们武功的路数?"仲吹烟排开众人也来到蔡风的身边疑问道。

蔡风不由扭头望了仲吹烟一眼，苦笑道："正是今日在城隍庙里的那一群人，没法知道他们是从哪里来的，简直比我还大胆。"

仲吹烟一惊，疑道："又是那一批人?"

"我也不知道是否正是那批人，反正他们至少与那群人脱不了干系，全都是鬼脸，而且特别喜欢用暗箭伤人。"蔡风无可奈何地道。

"公子忍着点，我要拔箭了。"那大夫警告道，同时伸手握住蔡风的臂。

蔡风咬了咬牙，只感到一阵撕心裂肺的剧痛，从肩头涌入四肢百骸，不由自主地发出一声惨叫。

蔡风十分不舒服地睡了一夜，由于肩头的疼痛，使得睡眠极为不好，不过也的确太累了，迷迷糊糊睡醒之时也是日上三竿。

阳光从窗子透过来，暖洋洋的，没有中午的阳光那般炙热和狂烈。

"公子，你醒了。"兰香很乖巧地柔声道。

蔡风见她双眼微微有了一些血丝，不由怜惜道："你昨夜没睡?"

“公子受伤，奴婢不敢睡，便和报春姐轮流守候公子。”兰香吐气如兰地道。

蔡风心头一阵感动，淡淡地一笑道：“去给我弄些吃的来吧，昨晚那鬼宴，不仅没让我吃好，还让我如此受磨难，真是可恶之极。”

“啊——”兰香不由得一惊，忙起身道，“公子你等一会儿，奴婢这就去为你做。”说完转身便行了出去。

片刻，报春端着一盆微热的水行了过来，向蔡风问了个好，以温热的毛巾，为蔡风擦了擦脸，使蔡风的精神好了不少。

“喳、喳……”一阵大大咧咧的脚步声传入蔡风的耳朵后，房门口便出现了元权和元胜的面孔。

“蔡兄弟，感觉好些了没有？”元权和元胜望着眼睛骨碌碌转的蔡风欢欣地道。

“感觉有些像外面的天气，不出意外的话，大概不会变。”蔡风笑了笑道。

“那便好了，我们都担心死了。不过你还真能熬，受了这种伤居然还能够与这群恶贼交手那么久，真是不可思议。”元权赞道。

“不可思议的事情多着呢，对于我来说，邯郸城的贼真是可怕得不可思议，若每个地方的贼都像邯郸城中的贼这般厉害，我看我还是待在深山老林中与老虎野狼打交道的好。”蔡风笑道。

元权和元胜不由得一阵愕然，元胜却傻傻地道：“我也不知道为什么邯郸城里的贼，会在一年之中变得这么厉害，我记得去年不是这样的。”

蔡风和元权不由一愣，然后爆出一阵大笑，蔡风因牵动伤口，不禁一咧嘴，笑骂道：“死元胜，在我这里学的几招幽默，迟不用早不用，硬要对付受伤的我，岂不是和我过不去吗？”

元胜也不禁一呆，苦笑道：“天大的冤枉，我这可不是故意要整你哦，谁知道幽默会有这么大的威力，连不怕虎狼的蔡风都受不了。”

蔡风无可奈何地狠瞪了元胜一眼，却不再说什么，倒是元权低骂道：“收敛一些，别影响了蔡兄弟的休息，否则伤口再裂开，大人不把你的嘴撕成八瓣，看他饶不饶你。”

元胜吓了一跳，对元权的话却不敢不听，只得扮了个鬼脸退到一旁。

“蔡兄弟可知道黄海这个人?”元权不经意地问道，双目凝视着蔡风。

蔡风心头一颤，但脸色如恒，反而装作惊异地反问道：“难道昨晚这些神秘贼人是这个什么黄海派来的?”

元权不禁有些失望，只是淡淡地笑道：“不，我们还不能肯定这批人是与谁有关系，不过很快便会有结果，只是我见蔡兄弟左手的剑法使得这么好，不禁让我想起了一个人而已。”

“便是那个叫作黄海的?”蔡风不动声色地反问道，同时双目一副狐疑地望着元权。

“正是，这个黄海最精擅使左手剑法，一手黄门左手剑，当年打遍天下几无敌手，可是后来却销声匿迹了，几乎有十八九年未曾听到这人的消息。昨晚见蔡兄弟那一手出神入化的左手剑，不由得让我想起这个人。”元权吸了口气，淡漠地微笑道，望了蔡风一眼，旋又道，“既然蔡兄弟不认识这个人，便没事了。”

蔡风心中隐隐感觉到哪里有些不对，可是又说不出来，不由得装作沉默了一会儿，突然，一拍左手道：“我明白了。”

这突如其来的动作吓了床边的元权、元胜和报春一大跳，不由惊疑地问道：“你明白了什么?”

蔡风装作不好意思地笑了笑道：“其实也没什么，我只是想起了我师父那句话是什么意思而已，真不好意思。不过你们不能怪我哦，谁叫你们提起这个黄海的‘黄门左手剑’呢!”

“哦，蔡兄弟想起了黄海这个人?”元权惊喜而又表情复杂地道。

“那个倒没有，我连黄海这个人的名字都还是第一次听说过，哪里还知道他是谁?你不知道除了武安城之外，这邯郸是我第一次出远门吗?”蔡风双目眨也不眨地望着元权的眼睛，那逼人的目光让元权不由得扭过头去。

蔡风心中暗骂：“他妈的，老子差点被你们害死了，还对老子心怀鬼胎，殊不知，老子是此道中高手，看看咱俩谁比谁更鬼。”

“那你师父给你说了一句什么话呢？”元胜出于真心好奇地问道。

蔡风哂然一笑道：“我师父说，叫我出去之后要千万小心三个人，若遇上这三个人，凭我这点微末之技，只有死路一条。本来我对其他两个人都很清楚，可是对第三个人却始终不知道，而此刻却知道了这第三个人是谁了。”

“小心三个人，这三个人是谁呢？”元胜禁不住又好奇地问道。

“这三个人你一定都听说过，这第一个人便是本朝第一剑尔朱家族的尔朱荣。”蔡风平静地道，同时双目凝视着两人。

元权神色间有一丝不屑，不过却微微地点了点头，元胜却笑道：“你自然不是他的对手，这是肯定的了，那第二个人又是谁呢？”

“当时我师父这样对我说，我却不相信。我师父的武功你们没见过，那可真是太厉害了，这几年又在研究左手剑法，说是一定要破掉一个人的剑法才肯出山，我便在想，我师父不一定会比尔朱荣差。”蔡风装作自信地道。

“你师父这几年在研究左手剑法？要破掉一个人的剑法？”元权惊疑地问道。

“自然是不假，我这左手剑法便是我师父亲手教给我，他是怕他这几年若是仙去，便由我去破掉这个人的剑法，现在我想，大概要破的便是这个什么‘黄门左手剑’吧。只有以左手对左手才会更好地对付敌人。”蔡风不假思索地道，脸上似是一片真诚。

元权不由得不信，不禁问道：“你师父高姓大名呢？是个什么模样的人呢？”

蔡风心头暗怒，不过却不得不装出一副随便的样子，但仍迟疑地望了元权和元胜一眼，似乎毫无心机地谈道：“我师父本来不允许我将他的任何事情告诉别人，不过，看在我们交情的份上，也便告诉你们，但你们却不可以对别人讲哦！”

元权和元胜见蔡风那认真的样子，不由得都点了点头，应道：“既然蔡兄弟不要我们讲，我们自然不会讲出去。”

蔡风心中冷笑，暗忖：“信你才是白痴。”不过却装作开颜地道：“是这样的，我师父早年被一个人击败，失去了两个手指，因此引以为平生大耻，便立誓要在破解这个人的剑法之后才再以真名示天下。而这个人当年便是以左手剑战胜我师父，正好我师父右手指失去两指，便苦心创左手剑法，一意要与这敌人决个胜负，不想让世人知道他的存在。”

“原来是这样，以我看，那截断你师父两指之人，定是这‘哑剑’黄海，除了他的左手剑之外，恐怕没有人左手剑法能够比你的右手剑法好。”元权恍然而肯定地道。

“想来也是，现在我可以肯定，这个败我师父的人便是这个会使黄门左手剑的哑剑黄海。”蔡风肯定地道。

“哦，你师父叫你小心的第三个人便一定是这个‘哑剑’黄海喽?”元胜像是想起了什么似的道，并以询问的眼光望着蔡风。

蔡风轻松地笑道：“你不笨了，那这第二个人大概便不用我说了吧。”

“这第二个人自然便是十几年前北魏第一刀蔡伤，对吗?”元权替元胜问道。

“十几年前的北魏第一刀，难道现在不是吗?”蔡风故作天真和无知地问道。

元权和元胜不禁好笑，元权解释道：“现在你应该怕的人只有一个尔朱家族的尔朱荣，蔡伤和黄海早在你没出生之前便在江湖中销声匿迹了，看来你师父真是在山中不知岁月为几何，恐怕你师父永远也无法破去黄门左手剑了。”

蔡风故作惊异地道：“哦，那我便可以放心地行走江湖啦!”心中暗自好笑，老子岂有不知道北魏第一刀和哑剑归隐，要是老子说出他们一个是我爹一个是我师父兼叔叔，肯定要把你们吓得趴下。

元权见蔡风兴奋成这个样子，不由好笑。

“哦，炖好了吗?我肚子都饿扁了，你们先等一等，我实在是要先吃一点了，昨晚穆府的菜差点没把我毒死，害得我空了一夜的肚子，实在不能奉陪。”蔡风看到兰香施施然走进来，不由眼睛一亮向元权告罪道。

“那我不打扰蔡兄弟了，穆大人可能待会儿来看你。”元权温和道，旋又记起道，“他叫我代他向你谢罪。”

“谁有闲情去与他计较，我还要用早膳呢！”蔡风一副饿鬼的样子道，逗得兰香和报春忍不住笑。而元胜也不由得笑道：“你别太心急，小心烫着。”

蔡风望着热气腾腾的汤，不由得吞着口水笑道：“烫死鬼比饿死鬼要好。”

“兰香妹妹，你先去休息一会儿吧，公子便由我服侍了。”报春温和地道。

“就让我服侍公子喝完这汤再去吧！”兰香有些不依地道，同时幽幽地望了蔡风一眼。

蔡风心中大为感动，不由得怜惜道：“兰香姐的好意我心领了，但千万别累坏了自己，便由报春姐留下好了。”

元权和元胜全都退了出去。兰香见蔡风眼中尽是真诚，只好将汤碗交给报春，缓缓地退了出去。

蔡风不由得在心中叹了口气，但这也无法，生在这个时代他根本就无法去改变这些女人的命运。虽然他是个怜香惜玉之人，又能如何？说来他自己也只是寄人篱下。

“公子，就由奴婢喂你吧。”报春来到蔡风的床头边，用一个高枕，把蔡风的上身垫起，才端过碗，一手拿着汤匙，缓缓地搅动着碗中的热汤。

蔡风不由得一阵苦笑，想不到现在连吃饭都要人喂，真是怎么也想不到，不过汤中的莲子的清香的确诱得他吞了两口口水，不由得问道：“这是什么汤，怎么这么香？”

报春见蔡风那吞口水的样子，不由得忍着笑道：“这叫鲜莲宝参汤！”

“哦，这么好的名字！怎么做的？”蔡风好奇地问道。

“这是用上等老山人参四钱，二钱新鲜莲子，新鲜莲叶一块，再加半斤猪肉，陈皮一小块，这些东西都要炖很长时间的。”报春含笑道。

“哦，你怎么不说做法呢?”蔡风好奇地道。

报春用汤勺轻轻地舀了一勺，温柔地吹了吹再送入蔡风的口中，轻柔地道：“先将参切成小片，与莲叶分别洗净，再将鲜莲子去掉莲子心，再清水浸透，陈皮浸软，刮瓤，洗净，又将猪肉放入滚水中煮半盏茶时间，取出来，洗干净，再用适量清水烧滚，全部都放进去，用不大不小的火闷炖一个半时辰，再放些盐便可以吃了。”

“啊!”蔡风一惊，疑问道，“怎么要炖那么长时间呢?而兰香不是只用那么短的时间吗?”

“其实这汤早就已炖好，只等公子你醒来食用，不过，炖熟了，你仍没有醒来，便又凉了，只好再热一下子便端过来喽。”报春解释道。

蔡风这才释然，却不由苦笑道：“想不到炖个汤都这么难，不过也真的好香，好适口。”

“反正也没事，有的是时间，别说是炖这莲子宝参汤，便是炖更难煮的汤也不足为奇，这都是奴婢们的事。”报春幽然而欢欣地道。

蔡风不由得心底暗叹，不过却大感受用，难怪这么多人都想荣华富贵，只有有了荣华富贵才会有这种让人惊羡无比的享受。

“蔡公子，你没事我便放心了。”穆立武大步跨入房中强装欢颜道。

蔡风不经意地咽下口中的汤，望了穆立武一眼，见他那样子，知道是受了元浩的训斥，不禁心中大感可怜与好笑，想不到堂堂一个郡丞却要如此低三下四地忍气吞声，不由得对看破官场的父亲大感欣慰。不过此时却也要装出欢颜地应和道：“些许小伤，并无大碍，休息几天便会痊愈，大人不必挂心。”

穆立武不由得苦笑道：“想不到我这个郡丞会做到这步田地来，真是对不起蔡公子了!对凶手，我们仍没能抓到他们的线索，惭愧之至，我真觉得无颜见蔡公子了。”

蔡风又咽下一口汤水，哂然一笑道：“这在我意料之中，贼人的可怕之处，我的感触最深，若是他们这么轻易便可以被你们所抓住，我想，我也不必受这个伤了。”蔡风很自信地望了穆立武一眼。

穆立武似乎听了蔡风这话后，心情要好一些，不禁赔笑道："听说昨晚元府也闹过盗贼，不知蔡兄弟可与他们交过手?"

蔡风深深地望了穆立武一眼，淡淡地道："我差点便死在这一群盗贼的手上。这一群人正是大人所说的有用枪的高手，其武功和可怕之处并不逊于那一群戴鬼脸的人，其胆大的程度似乎也不逊于那一群人，还好元府并未被偷走什么，只是死去了几名弟兄而已。"

"啊——"穆立武似乎还不知道元府死去了几名弟兄，不由得一声惊呼。

蔡风深深地吸了口气，惨然一笑道："我真不明白，为什么邯郸城中会突然出现这么多可怕得让人心寒的大盗，其实说他们是一群杀手，应该更为贴切一些，不知道大人能够给蔡风一个解释吗？或是邯郸城中真的有过什么异常，也许蔡风可以帮得上忙也不一定，蔡风还自信手中的剑并不钝。"

穆立武一阵干笑，却不由得有些回避地应道："等蔡公子的伤养好了，我再和蔡兄弟长谈好了。这里，我便不打扰蔡兄弟休息了。"

蔡风心头一动，知道了问题所在，不由得暗骂："妈的，老子差点不明不白的死了，你他奶奶个儿子，居然真的有不可告人的秘密。"不过表面上装得平和的样子洒脱地一笑道："穆大人既然如此说，蔡风也不便多问，若穆大人有用得着蔡风的地方，蔡风定会尽力而为。虽然我不过是个乳臭未干的黄毛小子，却不会让人小看的，大人公务繁忙，蔡风有伤在身，不便远送，还望大人走好!"

"蔡公子能如此理解我，我穆立武实在是感激不尽，若有事须动用蔡公子，我定会亲自来请。我敢肯定，绝没有人敢小看蔡公子。"穆立武似乎有些感激地道。

蔡风平静地一笑，淡淡地道："这还是穆大人看得起。"

"蔡公子言重了，这么说倒叫我深感不是了。"穆立武诚惶道。

蔡风含笑着又咽下一口汤，眼角人影一闪，却是昨夜的那位大夫和仲吹烟两人连袂而至，不由得缓和地道："穆大人好走，蔡风不便相送了。"

穆立武回头望了仲吹烟和那大夫一眼，转身对蔡风抱拳道：“蔡公子好好休息，我先走了。”说着转身便从仲吹烟身边挤了出去。

仲吹烟淡漠地扫了穆立武背影一眼，又望了望蔡风，含笑道：“蔡公子你好些了没有？”

蔡风对仲吹烟似乎大有好感，或许是由于同是汉人的缘故，见对方一脸真诚和关切，不由得笑道：“仲大伯便叫我阿风好了，我以前村里的人都这么叫我。”

“阿风，好，那我便叫你阿风吧。”仲吹烟似乎很高兴地道。

“看蔡公子的气色，比昨晚要好了一些，甚至比老夫想象的更要好一些，看来是因为蔡公子体质特异，伤势才会好得如此之快。”那大夫有些喜色地道。

“是吗？”蔡风不由得奇问道。

“自然是，老夫医人无数，这一点小的观察绝对不会错，蔡公子的体质是因为训练之故，使得肌理再生能力和气血再生能力比普通人快了很多，因此才会有这种效果。这里我再给公子伤口换几次药，相信用不了几日就会好得差不多了。”那大夫高兴地道。

“这药还要换呀？”蔡风惊问道。

仲吹烟不由得笑道：“不会疼的。”

蔡风不禁干笑道：“我不是说这个，只是觉得有些麻烦罢了。”

“我去为公子端热水来。”报春很乖巧地端着碗行了出去。

“长孙大哥伤得怎么样？”蔡风淡淡地问道。

“他只是内腑受了一些震伤，并无大碍，过两天自然会好起来。”仲吹烟淡淡地笑应道。

大夫为蔡风轻轻地解开伤口的包扎。

“对了，仲大伯，你在邯郸城应该很多年了，相信对邯郸的情况了解自比我清楚多了，可在以前有过这群可怕的大盗飞贼？”蔡风似想起了什么，也不顾伤口的处理，便向仲吹烟问道。仲吹烟一愣，沉思道：“邯郸城中一向都很太平，这群贼人应该是最近从别的地方游来的，阿风问这个问题可有什么别的看法?”

蔡风淡淡地一笑，吸了口气道：“这一群能够在邯郸城中来去自如，而且狂妄得可以，连调动守城的官兵都无法查出他们的下落，我怀疑他们背后有主谋，或者说是他们在邯郸城中有内应。而且这内应应该在邯郸城之中极有分量和地位，可是，在邯郸城中还有谁有这么大的力量呢？谁又有资格做这些人的后台，并让他们不被查出来?”

仲吹烟并不动声色，只是有点笑意地望着蔡风，平静地道：“这是你自己的看法吗?”

蔡风大为不解，反问道：“仲大伯这是什么意思？这难道还有别人说?”

仲吹烟吸了口气，深沉地道：“阿风这种想法很危险，本来我是不应该这样说，但你和我们同为汉人，这邯郸城却是鲜卑人的天下，我们实在不宜去多管我们身外的闲事。只要这些人不再惹我们，便随他们去吧，让别人去头大去。”

蔡风惊疑不定地望着仲吹烟，像是看一个怪物一般，却不知道仲吹烟这话到底有什么意图，只好干笑着应道：“反正现在我有伤在身，想管也管不了，待我伤好之后，一切才好谈一些，现在便让他们去头痛好了。”

仲吹烟叹了口气道：“四方渐乱，群贼乱舞，邯郸出现这种情况只是迟早的问题，而今时局不同，其中所牵涉到的实不是我们所能够解决的。因此，我才有此说，与其在这种小旋涡中挣扎，不若去大风浪中搏一搏，至于为什么，阿风你也不必知道得这么多。”

蔡风这才恍然，知道仲吹烟是为了他好，不由得感激地道：“蔡风明白了。不过，我对什么都不太感兴趣，人生唯有活得自在，尽兴便行，做自己想做的事情。这是我爹常对我讲的一句话。我也很喜欢这句话，因此，我只遵循着这句话，也是我为何可以很快活的原因。”

“做自己想做的事情?”仲吹烟有些疑惑地问道。

“不错，人生极其短，若是不能尽兴，若是不能自在，这一生的遗憾太多了，我可能会活得很不开心，因此，我只会做我想做的事情，哪管他危险不危险，哪管他后果怎样，即使代价是死，而你在死之前，至少是无憾的，或是把遗憾压缩到最少，这又有何不好呢?”

“难道你便没有想到报效国家?”那大夫不禁也插口问道。

蔡风望了两人一眼，不禁不屑地笑了笑，淡漠地道：“为何要报效国家? 国家为何物，我不想说世道如何，却知道这个国家绝不可能解民于水火，我若是报效国家的话，那便等于害死更多的百姓，我倒没有想到报国这个字眼。”

仲吹烟和那大夫的脸色大变，不由得扭头向四周望了一望，再侧耳倾听了良久，知道并无别人旁听，才安下一颗心来。

蔡风却哂然一笑道：“你们放心，只要我是在元府之内，便会有人传出这话，而大人也绝不会因为这一句话而失去一个很好的驯狗师。”

仲吹烟却有些色变地道：“你比我想象的还要狂傲一些。”

“我很狂傲吗?”蔡风有些不解地问道。

“敢在元府内说如此大逆不道的话，的确是够狂傲的了。”那大夫边为蔡风换药，边笑道。

蔡风哑然问道：“大夫你似也不是鲜卑人，对吗?”

那大夫淡漠地望了蔡风一眼，淡淡地应道：“我是溪族人。”溪，也写作奚，溪族在南北朝时期，属南方少数民族，主要居住在今江西南部和广东北部。溪族人多以渔钓为业，所居多在水边，这大概是溪族得“溪”名的原因。

“他和你一样，也是从南朝入北，同投元家，你可叫他陶大夫就行。”仲吹烟淡淡地道。

“难怪，仲大伯和陶大夫的关系似不同凡响啦。我很小的时候，便向往在水边的生活，陶大夫既然是溪族人，相信定很会钓鱼，不知道可否教我一教，让我既可上山猎虎，又可入水擒龙，那可真是太妙了。”蔡风想到兴奋的地方，不觉得欢快地道。

陶大夫不由得哑然失笑道：“只要蔡公子有空，可以同我一起去渚河钓鱼也无不可，至于入水擒龙，蔡公子倒也太抬举我们溪人了。”

“渚水钓鱼，那真是太好了，至于不擒龙可以擒鱼也一样吗!”蔡风欢喜道。

“公子，小姐来了。”报春轻盈地行了进来，微微地福了一福道。

“叶媚小姐来了！”蔡风喜不自禁地问道。

仲吹烟和陶大夫不禁有一点面面相觑的感觉，不由得向蔡风望了一望，含笑道：“那我们先出去了。”

蔡风不禁干笑道：“那个自然，那个自然。”

仲吹烟不由得哑然失笑道：“你可得小心，小姐可不是好对付的哦。你的伤口要被再击裂了，可得又花上一些时间静养便麻烦了。”

“这个没关系，只要她愿意我又有什么受不了的！”蔡风满不在乎地道。

陶大夫也不由得苦笑着摇头道：“世上有你这种人，大夫可就吃香喽。”

“又在说我什么坏话啦？”元叶媚那娇嗔而甜得让人心醉的声音从门外传了进来。

第十二章　死性不改

众人不由齐扭头向门口望去，不由得眼睛一亮。蔡风更是大为享受，不过却忙赔笑道："我们正在谈小姐品貌天下无双，却不想小姐便突然闯了进来，想来是小姐心灵有感，真叫蔡风大感欢欣。"

仲吹烟和陶大夫不禁张大嘴巴难以置信地望着满不在乎的蔡风。他们根本想都没想过世间有这么不拘言语的人，心头不由得都有些怪怪的感觉。

蔡风得意地向两人眨了眨眼，并抛了个眼神，两人才回过神来，笑道："是啊，是啊！蔡公子所说的没错，不过现在既然小姐芳驾已到，我们还别有他事，便不再多留，先行告退，还望小姐不要怪罪。"

元叶媚向蔡风狠狠地瞪了一眼，笑骂道："你这个人口蜜腹剑，坏得紧。"旋又转身对仲吹烟两人淡淡地道，"你们有事，本小姐也不拦你们。"说着款款地行到蔡风的床前。

蔡风见仲吹烟退了出去，并有关上大门的声音传来，不由得装作含怨的样子道："小姐真是冤枉我了，我蔡风虽然说话不太收敛，可是句句由肺腑之中掏出，绝不似小姐所说的口蜜腹剑之人。不信，小姐给我一些时间让我给你看。"

元叶媚见蔡风那似很委屈的样子，不由掩口一笑，道："看你这一副惨样，还是口不择言，真是本性不改。"

蔡风不由得苦苦一笑，耸了耸肩，深深地注视着元叶媚，那凄美得若月夜里寒星的眸子，温柔而真诚地道："我真的很喜欢听到小姐以这种语气说话。”

元叶媚不由得俏脸微微一红，嗔道：“人家本来想向你请教怎么养狗的，还这么不正经。”

蔡风不由得神魂为之颠倒，若不是手腕受了伤，只怕会立刻跳起来一阵欢呼，不过此刻却忍不住挑逗地问道：“难道小姐不是来探望我的伤势吗?”

元叶媚转过头望了望窗外的景色，半晌才扭过头来，显得有些陌生地望着蔡风，吁了口香气，淡淡地道：“不错，我是来看看你的伤势。若不是因为为了救我，你也不会受到这群人的攻击，也就不会受伤，因此，我这次的确是来看你，却没有别的意思，你不要误会。”

蔡风不由得心里凉了半截，苦涩地笑了笑，吸了口气，有些酸酸地道：“对不起，蔡风的确是被欢喜冲昏了头，对小姐有不敬之处，还请原谅。”

元叶媚不禁也呆了一呆，有些惊异地望着蔡风，像犯错了的小女孩般，不知道如何说话，但眼神却有着坚定之色。

“小姐来了，不知道大人可知道?”蔡风歪着目光盯着元叶媚的俏脸淡淡地笑问道。

元叶媚脸有不快之色地道：“你太小看叶媚了，这点小事，难道还不能自己做主?”

蔡风哑然失笑，扮个鬼脸，耸耸肩，笑道：“男人总是很狂妄自大的，我也不例外。不过我和叶媚小姐在一起，怎么老是施展不开手脚，小姐，你别这么严肃好不好？我真有些怕怕的。”

元叶媚强忍着想笑的冲动，嗔骂道：“你还不够狂妄自大吗？居然还会怕我!”

蔡风摊了摊左手，笑道：“这不，气氛多么活跃，感觉多好？为什么小姐笑又不笑呢？笑起来不是更美吗?”

“死性不改!”元叶媚白了蔡风一眼笑骂道，旋又转问道，“你是否对每个女孩子都这样放肆的?”

蔡风神情一肃，认真地道：“这怎么可能？蔡风本是个眼高于顶，狂妄自大之人，又怎会对每个女孩子都如此呢？只是我对小姐真是……唉，怎么说呢！”说着专注地望着元叶媚那有些发红的俏脸和有些期盼的眼神，心中不由得微微有些欢喜，遂轻柔地道，“叶媚可以不怪蔡风的唐突和无礼吗？”

元叶媚一惊，避开蔡风的目光，幽幽地反问道：“难道叶媚一直都在怪你的唐突和无礼？”

蔡风一呆，叹了口气道：“不知为什么，我见到叶媚，便觉得十分亲切，所以才会毫无拘束，甚至情不自禁地要将心中的一些话吐出来，甚至连一点自控能力都没有。自太守府回村之后，心里抹不去的始终是你的影子，当我从狼口中救下长孙敬武和管家的时候，因此便想到若能到邯郸来，那与你相见的机会便多了，可是到了邯郸，我的心里更不踏实。我真不知道是从什么时候开始变得如此婆婆妈妈的，连现在想向叶媚说出心中的话都不知从哪儿说起。”微微一顿，扭头望了元叶媚一眼，苦涩地笑了笑道，“我是不是很笨？”

元叶媚也微微愣了一愣，有些感动地问道：“你到邯郸城来真的只是为了能多见我几面？”

“唯天可表，蔡风若有半句谎言，便叫我再受三刀。”蔡风神色一正，竖起左手沉声道。

“你为何要发誓呢？”元叶媚伸手按住蔡风的口，可是想着却又收了回去，只好低怨道，心中却是一阵感动，眼神似水般柔和得让蔡风感到心醉。

蔡风苦笑道：“那叫我如何才能解释呢？何况只要我心诚，说的是实话，誓言对我并不起任何作用。”

“你真是一个怪人，我从来都未见过你这般让人难揣度的人。”元叶媚倏然温柔地道。

“听你这么说，我不知道应是高兴还是应该悲哀。”蔡风愣了愣道。

“人说旁观者清，连我也看不出是好是坏。不过我看你应该不是普通猎人家的儿子，对吗？”元叶媚依然很温柔地问道。

“何以见得？”蔡风移了移身子，使身子坐正一些含笑着问道。

元叶媚那清澈的眸子似罩上了一幕淡淡的烟云，专注而无畏地望着蔡风的眼睛，朱唇轻启道：“我不说你的武功如何，单凭你的谈吐，便绝对不会是普通猎人所能具备的，难道你还不承认？”

“哦，是吗？能得叶媚的赞许，我真的是很高兴。”蔡风满面欢喜地道。

元叶媚娥眉微收，突然改换话题问道：“你和我两位表哥很熟吗？”

“你是说田禄、田福两人？”蔡风反问道。

“不是他们还有谁！”元叶媚白了蔡风一眼，微嗔道，似是怪蔡风的明知故问。

蔡风有些得意地笑道：“我和他们自然是好朋友了，熟得不能再熟了。怎么，有问题吗？”

“当然有问题，他们怎可以把人家的名字随便说给一个陌生人呢？”元叶媚有些不诧地道。

蔡风哑然失笑道：“没有这么严重吧。不过，这你不能怪他们，是他们拗不过我高压政策，终于招供了。可是，我知道了叶媚的名字也并没有什么不好哇，这样叫起来多顺心，多文雅，更何况你的名字这么好听。”

“你不觉得这样直呼其名是一种不敬吗？”元叶媚似真似假地认真道。

蔡风一呆，潇洒地耸肩，淡淡地道：“我不认为直呼其名是一种不敬，人的名取出来便是为了让人叫的，若说身份有别，我蔡风无话可说。不过，我却并不是一个习惯讲求身份的人，如果叶媚不喜欢我叫你的名字，我可以叫你仙女、菩萨也无不可，叶媚认为如何呢？”

元叶媚呆了一呆，无可奈何地望了蔡风一眼，淡然道：“你愿意如何叫便如何叫吧，嘴长在你的身上，我也无法阻止你的思想，便是堵住了你的口，也堵不住你的思想。”

“叶媚说得极是，我看叶媚对我们汉人的文化已学得非常好了。”蔡风有些得意而欢喜地道。

“孝文皇帝不是大力提倡我们的族人向汉人学习文化吗？我自小生在

这种环境中，自然更要学习汉人的文化了。别忘了，我叔祖爷爷当年是支持孝文皇帝的，因此，我家无论男女，都在学习汉文。”元叶媚解释道。

“难怪，叶媚的语意会如此深沉。”蔡风恍然道，心中也不免有一丝欢畅，暗忖，“我们汉人至少还有让人敬慕的文化。”

“不过，我看你对汉文中所讲的礼义道德全不在意的样子，真叫人怀疑你是不是汉人！”元叶媚意味深长地望了蔡风一眼笑道。

蔡风不由得哑然失笑道：“礼仪道德只是用来约束庸人的，更何况汉文之中并不是每一点都是好的，取其精而弃其庸，才是正理。更何况，我这人只干我喜欢做的事，不必强调什么礼仪道德，也只有这样才可以让人生无憾，叶媚认为呢?”

“取其精，弃其庸!”元叶媚低念了一遍，望着蔡风露出甜甜地一笑道，“或许你说得很对，只不过能像你这般理解的人太少了，那岂不是这个世界上庸人多得无法想象?”

“难道这个世上的庸人还少？看一看你们所学我们汉文之中的礼仪道德，那种虚伪的伦理，更不知道去其庸取其精，使得人人只知道安于享乐，沉迷于享受，让百姓全都处身在水深火热之中，却又有多少人问管?而百姓正是在受着这种虚妄的礼仪道德毒害，不知道为自己应该得到的东西去争取，让沉迷者继续沉迷而不知醒悟，让受苦者受苦更深，这便是所谓的礼仪道德，这便是庸人的想法，这或许是一种悲哀。”蔡风有些激愤地道。

元叶媚呆了一呆，傻傻地望着蔡风，似在看一个稀奇的怪物。

蔡风被元叶媚这样一看，很少见地红了一下脸，干笑道：“我不应该这般激动的，其实，这一切都与我毫无关系，每个人都有自己生存的方法和依据，每个人都有自己的想法，我其实也没有权利去指责任何一个人。”

“不，你说得很对，自我朝迁都洛阳以来，虽然有了很大的进步和改变，但也使很多族人全都忘了节俭为国为民。自元格皇叔即位之后，朝中的一些大臣跟着贪污腐化，而太后临朝，奢侈之风更让人难以控制和想象。高阳王叔宫室园圃，亭榭禁苑，童仆六千多人，使女也达五百多人，出巡则仪卫塞道路，归却歌饮连日夜，一顿膳食要花数万钱。每欲与我河间王叔争富，骏马十余匹，全都以银为槽，窗户之上，玉凤衔铃，金龙吐旗，常常请诸位王叔去喝酒作乐，酒器有水精钟、玛瑙、赤玉杯，制作之精巧，全是国中独一无二的，又有陈女乐、名马及各种奇珍异宝，曾引领众位王叔亲自去参观他的宝库，金银、钱币、缯布，多得数都数不清。顾渭章武王叔还说‘不恨我不见石崇，恨石崇不见我’，甚至有人花钱买官做，这的确如你说的。”元叶媚也有些激动地道。

蔡风不由得傻了，他在深山中长大，只知道世道极为黑暗，大有民不聊生的处境，哪里想过朝中的大臣会有如此疯狂的财富，这一切自然全都是由百姓那里搜刮而来。这真是让人有些不敢想象，更让人想不到的却是这些全都是通过一个生在王族之中的小姐亲口所讲，因此，他才有些发呆。

元叶媚似乎发现自己讲得有些过头了，不禁有些不好意思地叹了口气道：“我本不应该说的，但是你的话激出了我的所想。”

蔡风痴痴地望着那眼中隐含着淡淡忧郁的元叶媚，竟似在刹那间，元叶媚变成了另一个人，一个让蔡风感到有些陌生而又让蔡风不得不尊敬的人，那种出于心底游耍的态度全在这一刹那间改观了，不禁有些不好意思地道：“以前是我看错了叶媚，叶媚比我想象中的更让人尊敬，能有今日这番话，可见叶媚真是一个奇女子，单凭这份勇气和诚挚就让蔡风汗颜。”

元叶媚淡淡地一笑，温柔地道：“因为我当蔡风是朋友，真心的朋友。”

蔡风愕然，愣愣地反问道：“叶媚说我们是朋友？”有些不敢相信地望着神色自若的元叶媚，连眼睛都不眨一下。

元叶媚伸手轻轻地拂了一下肩头斜洒的几缕秀发，娇柔无限地道：“我并不是开玩笑，真的，我明白蔡风的心思。很多人都只将我们女流之辈看作这个世界的附庸，但我们却绝不傻，我今年也有十六岁了，也不是小孩子，我第一次见到你，便发现你很特别，顽皮得像个小弟弟，有时候精得像个阴谋家，让人无法揣度，大胆妄为和狂傲的确是我这一生中见到最特别的一个人。若说我没有想过你，那是在骗我，也是在骗你。当我在元府听到你一席话之后，真的也曾整夜未休息好，之所以提前返回邯郸便是因为这些，谁知你比我想象的还神通广大。”顿了顿，元叶媚拉了拉身上的披风，优雅而有些苦涩地笑了笑，继续道，“谁知道，回到邯郸第一个见到的人却又是你，而且还是你救了我，这或许是天意，也或许是偶然，后来才知道你居然做了我家的驯狗师，可是我们之间是不可能有结果的。我不是一个习惯逃亡的人，你不是一个喜欢名利的人，便算你成了朝中大官，仍旧是不可能，因为我已经有了未婚夫婿，这是不可改变的命运，我无法改变，你也无法改变。因此，到了府上，我打算一直躲开你，可是你吟唱那一段诗后得知你喝得大醉，才决定过来，可是昨夜，你受伤了，我便知道，不该留下的便把它放开，不能改变的便不要去想。于是我在心底作了一个决定——当你是我最好的朋友！真的，我从来没有一个可以谈心里话的朋友，他们见了我不是捧我、宠我，就是百依百顺，这种生活只能使一个人变得无比孤独。只有你，没有身份之念，更敢直话直说，我真的很希望有你这样一个朋友，可是却不知蔡风是否愿意交我这个朋友呢?”说完一脸期待地望着蔡风。

蔡风心里酸酸的，但却不是很苦，甚至有些感动，他并没有马上回答元叶媚的问话，只是苦涩地笑了笑，酸酸地道：“我不知道该说些什么好，我真的不知道这一切是好是坏。”旋又深深地吸了一口气，悠然有些伤神地道，“我想，是应该把它当作一个很好笑的梦了。好，只要叶媚不说我蔡风是个不检点的痞子，我愿意有叶媚这个朋友。”

元叶媚悠然一笑，风情无限地甩了甩头发，欣慰地道：“那真是太好了，叶媚怎会说你是不检点的痞子呢?就算是，你也是最好的那一种，绝对没人会说你的。”

蔡风酸酸地一笑道：“是叶媚太抬举我了。其实有叶媚这般的红颜知己，已是蔡风终身的幸运了，又何必再有其他的奢求呢?我这人虽然很不自量力，但仍不是个傻子，早知道我这样只会是一个没有结局的游戏，可是又不甘心，不过能有如此结局，也实在让人庆幸。”

“能有蔡风这样的朋友，叶媚也很知足了，我真想告诉我爹，让我们结为异性兄妹。”元叶媚欢喜无限地道，脸上又显出那种甜美而娇憨的神情。

蔡风吓了一大跳，忙道：“千万别这样，这样反而会变成坏事，大人绝不会允许叶媚和一个低下的养狗师结为异性兄妹，更何况这于你的声名并不好，因此，我看还是免了吧。”

元叶媚娇笑着道：“蔡风不是不喜欢接受这些礼仪道德，更是天不怕地不怕吗？怎么此刻却像女孩子家，婆婆妈妈，畏首畏尾？”

蔡风不由得一声苦笑，道：“此一时，彼一时也，听了叶媚刚才一席话之后，我全都变了，行了吧？其实女孩子也并没什么不好，至少有我这种独一无二的男子汉去追求她们，为她们的生活增添了很多乐趣，不是吗？”

“啊，你笑我！”元叶媚不依道。

蔡风的心中好酸，元叶媚虽然同一个动作，若是在前一刻，定会让蔡风神魂颠倒，可是此刻却又完全是另一回事。他也完全不明白，为什么会有这种感觉，他也弄不明白，到底爱与情又是什么东西，只知道，他将永远失去一些什么，永远地失去了，就像是一个很名贵的花瓶被摔碎的那种感觉。

也许，他也得到了些什么，他明白，可是得到的并不等于可以弥补失去的，这或许真的便是命。命，只能是这个样子。

元叶媚似乎感觉到了蔡风的沉默，也似乎看懂了蔡风的心，那是一种很难以言明的感觉。她，很聪明，却也无法去让现实变成另一回事，其实，在她的心中也存着莫大的悲哀，只是她的脸上并不会写上苦涩。

“蔡风，你不舒服吗？”元叶媚有些明知故问地道。

蔡风一惊，慌忙应声道：“不，不，我怎会不舒服呢？我高兴还来不及呢！”

元叶媚轻盈地立身而起，缓步踱至窗边，望着窗外青幽的树，淡雅的花，阳光已经有些烈了，在阳光下，元叶媚美丽的眼中充满的只有冰凉的忧郁和淡淡的哀愁。

蔡风仰头望了望有些黝黑的屋顶，轻轻地叹了口气，连蔡风自己也吃了一惊，他是一个从不叹气的人，而在此刻，却莫名其妙地叹了一口气，可是他已经不能够收回。

“外面的天好高。”元叶媚有些伤感地道。

蔡风的心不由跳了一下，也有些伤感地应和道：“对呀，外面的天真的是很高，无论是什么鸟儿都达不到天之上。”

元叶媚心头一阵感动，怆然一笑道：“的确，没有到过天之上的人，自然看不到天之上的景色。看那白白的云，虽然很轻，可谁都知道，那不是天的顶点，而是帷幕，人连云都看不透，比起鸟儿就更差了，别说天不知有多高，便是知道，也只会望天兴叹。”

元叶媚娇躯轻轻地震了一下，猛然转身，眼中微有泪花地望着蔡风，声音禁不住有些悲切地问道：“蔡风，你能告诉我，这对人来说是好还是坏呢?”

蔡风心弦猛颤，没有受伤的左手不由自主地握得很紧，深深地吸了口气，却避开元叶媚的目光，淡漠地道：“我不知道，真的不知道，这或许正是人类本身的悲哀，叶媚不会不知道。”

元叶媚似一下子失去了所有的力气一般，软软地坐在桌边的椅子上，倚着桌子，别过望着蔡风的脸，滑下两颗晶莹的泪珠，声音极为舒缓地道：“蔡风说得是，这正是我们人的悲哀，人天性就注定了要面对这种残酷的悲哀。”

蔡风有些苦涩地应道：“人也有很多种。”

“是吗？蔡风何不说来听听。”元叶媚轻轻地拭干眼角的泪珠，扭过头来望着蔡风仍有些苍白的脸。

蔡风昂首吸了一口气，让心情变得稍微舒缓一些才悠悠地道：“人的分类，也应该是由于对这种悲哀的看法。有的人，他也认识到这种悲哀的存在性，而一直沉浸在这种悲哀之下，郁郁一生，只有这唯一的结局；而有的人则是根本就不知道人类本身悲哀的存在，他们的生命，只有在庸碌的红尘中不着痕迹地消失；还有的人，他们打一开始就知道这悲哀的存在，因此，他们便以打破这悲哀为人生的目的，一生在不停地为自己的目的而奋斗，直到死去。我认为这第一种人是另一种悲哀，可却是聪明人，第二种是庸人，这当然是一种悲哀，第三种人，是勇士，他们的悲哀同样存在，只是他今生是无憾的。”

元叶媚呆呆地望着蔡风，从眼神中可看出心底的虚弱。

良久，元叶媚才幽幽地道：“蔡风认为我是属于哪一种人呢?”

蔡风苦涩地一笑，认真而诚恳地道：“我看叶媚是属于第一种人，那不是叶媚的错，而是这个世道的错，谁也不能怪。”

元叶媚不禁叹了口气，淡淡地有些伤感地问道：“那蔡风又属于哪一类的人呢?”

蔡风笑了笑，吸了口气，道：“我想，我哪一种人都不是。”

“你哪一种人都不是?”元叶媚奇问道。

“不错，我不属于这三种人中的任何一种。”蔡风望了元叶媚一眼，以自己认为最潇洒的动作耸了耸肩，应答道。

“那蔡风属于哪种人?”元叶媚更为奇怪地问道。

“我既不是聪明人，也不是庸人。不过，我正因为知道了自己的悲哀是不可以改变的，于是我便不去想它，从另一种形式去让自己人生无憾。我可以从没有一个永恒的目的和理想，但却没有一刻不在享受着生命，因此，我不属于三种人中的任何一种。”蔡风摊了摊那仍很灵活的左手，有些苦涩地道。

“这是好还是坏呢?”元叶媚若有所思地问道。

蔡风哑然道：“叶媚又为我出难题了，我能给叶媚的答案只有‘我不知道’这四个字。”

元叶媚一呆，不禁也有些苦涩地笑了笑，道：“叶媚都糊涂了。”

“糊涂并不是一件坏事，我倒希望有一天我能够变得糊涂起来。其实庸人们若不是处在这个世道，相信他们会活得比我们更为开心。”蔡风有些感触地道。

元叶媚一愣，突然立身而起，浅笑道：“看，我们都说的是什么，我还没有请教你驯狗之术呢！蔡风愿教吗？”

蔡风心中泛起一种淡淡的悲哀，强装欢笑道：“自然愿意，因为我们是朋友，对吗？”

元叶媚娥眉一展，满面欢喜道：“蔡风终于肯承认我是你的朋友啦，那真是太好了。”

蔡风心中一阵感动，也不由得心头舒畅了不少，笑道：“自然承认，因为你本来就是我蔡风的朋友嘛！何况我蔡风向来都是对女孩子很尊重的，特别是漂亮的女孩。”

元叶媚不禁甜甜地一笑，道：“蔡风终还是蔡风，叶媚真的很高兴。”

“这是无可奈何的事情，谁叫庭院太深，天空太高，云层太厚了，我只好认命喽。”

“长孙教头到了，小姐。”外面报春轻柔地喊了声。

蔡风与元叶媚不由得面面相觑，蔡风回过神来，向外吩咐道：“请长孙教头进来。”

片刻，长孙敬武的脚步声在房门外响了起来，在蔡风和元叶媚的注视下，长孙敬武大步行了进来，望了元叶媚一眼，不由得有些尴尬地脸色微变。

“长孙大哥可好了一些？”蔡风抢先问道。

长孙敬武望了蔡风一眼，淡淡地应道：“已经好了很多，这并不是一个很重的伤。”

“那就好了。坐呀，叶媚小姐已经是我的好朋友了，不必拘束。”蔡风笑道。

“好朋友？”长孙敬武骇然道。

元叶媚不由得一声娇笑，道：“长孙教头不必奇怪，人生在世，能够找到一个朋友的确是很不容易的一件事，特别是一个能够知心的朋友。我和蔡风可能是有缘，而他又救过我的命，我们成为朋友并没有什么不可，不过绝没有违礼仪之举。”

长孙敬武仍有些惊疑不定地望着蔡风，见他并无异色，表现得极为平常，不由得也有些信，脸上微带异色地道："恭喜蔡兄弟了。"

蔡风知道长孙敬武有些疑虑，不由笑道："恭个什么喜，我心里不高兴得紧呢！我们成了朋友，我连一点歪的想法都不能有，不是让我太难受了吗？真是幸灾乐祸。"

长孙敬武不禁呆了，脸色变得有些难看且有些惶急地望了元叶媚一眼，见元叶媚一副若无其事的样子，不由得放下一颗心，又好气又好笑地狠狠瞪了这个胆大狂妄的蔡风一眼，笑骂道："真是狗嘴里吐不出象牙。"

元叶媚却笑应道："长孙教头，你骂的这一句，蔡风可是最会答了。"

长孙敬武一愕，哑然失笑地望着蔡风，问道："是吗？我倒想听听，怎么个答法，快说。"

蔡风心中一甜，却装作一脸苦相道："你别这么凶好不好，让我慢慢来。你一凶，我便被吓得稀里糊涂地把话给忘了。"

长孙敬武行了几步来到蔡风床前，失笑道："要是蔡风都可以被吓着的话，真让我难想到什么人才会不被吓着。"

"长孙大哥实在是抬举我了，其实我刚才便被叶媚三两句话给摆得服服帖帖，惨啦巴叽的。"蔡风无奈地道。

"没有这么严重吧！"元叶媚反对道。

长孙敬武见二人如此和睦，真是又感到惊异又感到欣喜。

"大人到。"报春在门外传话道。

元叶媚和长孙敬武脸色微微一变，唯有蔡风神色自若，平静地道："叶媚何必心虚？"

元叶媚经蔡风一道，立刻醒悟，也变得从容自若起来。

"大人您早。"报春温顺道。

"嗯，里面还有什么人？"元浩老成地应了声问道。

报春脆声道："禀报大人，里面除了公子之外还有长孙教头和小姐。"

"哦，叶媚也来了！"说着，元浩伟岸的身子已进入了房间。

"爹，你也来了？"元叶媚很从容地立身而起，温柔地道。

"大人好！"蔡风和长孙敬武同时呼道。

“嗯！”元浩点头应了一下，旋即扭头向元叶媚奇问道，“你怎么也来这里了？”

元叶媚娇声道：“蔡风昨日救了女儿一命，昨夜更受了敌人的暗算，说起来，事情因我而起，女儿自然不是忘恩负义之辈，这次来看看蔡公子又岂有奇怪之理？”

蔡风和长孙敬武不由在心底暗赞了元叶媚聪明伶俐，如此一说，元浩哪有别的话可说。

果然，元浩含笑点了点头，拍拍元叶媚的肩头欣慰地道：“女儿长大了，懂事了，爹很高兴。好，这里就由爹帮你谢过蔡风吧，你先回房休息。”

元叶媚拉着元浩的衣袖撒娇道：“不嘛，女儿要陪着爹看爹怎么谢蔡风。”

元浩显然极疼爱元叶媚，被缠得没办法，不由得问道：“你想怎样谢蔡风呢？说出来，爹定会为你做到。”

“真的？”元叶媚装作欢喜无限地道。

“当然是真的啦。爹几时骗过你？”元浩一拍胸脯笑道。

“女儿感谢蔡风的方法，便是要他教我驯狗之术。”元叶媚语破天惊地道。

“什么？”元浩有些好笑不已地疑问道。

蔡风心里自然明白元叶媚的意思。

“难道爹没有听到？”元叶媚不依地道。

元浩好笑道：“你一个女孩家学什么驯狗之术？更何况，这驯狗之术是蔡风家传之学，如何可以外传？”

“不嘛，女儿也是人，为什么不可以学驯狗之术？而爹刚才不是说不骗女儿吗？”元叶媚缠着元浩，小女孩似的不依道。

“你呀，真拿你没办法，女孩没个女孩样，待爹问过蔡风后，由他说得算。你这哪是报答他，是让他头痛嘛！”元浩无可奈何地道，旋又转头对蔡风摊了摊手无奈问道，“蔡风看这怎么办？我就只有这一个宝贝女儿，的确养得太娇了……”

“大人何必如此说呢？其实小姐的想法并不坏，而我的驯狗之术若能得以推广，也应该是一个很好的事，既然小姐有此心，不怕我学浅术低，我又岂会吝啬这难登大雅之堂的小技呢！”

元浩以为蔡风是看在他的面子上才答应授技的，不由得心中对蔡风又多了一份好感。他对蔡风的驯狗之技真是深信不疑，因为他绝对信任元权，元权也如此肯定了蔡风的驯狗之技，同时加上自己的考校，自然无所怀疑，而在一般驯狗师的眼里，其技是秘不可传的，对于一个爱好斗狗之人，要是能学得一身很好的驯狗之术，那肯定比获百两黄金还动人。若是能让自己的女儿学得蔡风驯狗之技，那自然是一件好事，在鲜卑人的眼里，这男女之防看得并不是很重，因此，他才会有此之请。

“蔡风都答应了，爹你可不许不算数哦，我明天便开始从事学技。”说着元叶媚不理众人的惊愕，转身就向房外飘行般地走了出去。

元浩不由得大为愕然，不禁向蔡风干笑道：“真拿她没办法。”旋又正容道，“蔡风和敬武的伤势可好了一些？”

蔡风和长孙敬武同声道：“托大人的洪福，我们伤势都有所好转，相信用不了几天便会痊愈。”说完，两人不由得相觑而笑。元浩也畅快一笑道：“你们两个倒是两心相印呀，说话如此齐声。”

蔡风不由得也笑道：“因为我们是同沾大人洪福，所以也便同声而答了。”

“哈哈……”元浩不禁欢快地大笑了起来，道，“蔡风，你的确是个人才，不仅驯狗有术，说话也说得如此好，在我府当个驯狗师是否是委屈了你呢？”

蔡风忙道：“大人哪里话，蔡风所好正是驯狗之道，而非仕人之途，能在大人府上当驯狗师，正是我心所愿，又何言委屈呢？”

“好！不过，我见蔡风这种文武全才的人才，若只是成为一个驯狗师，的确太可惜了，待蔡风伤好之后，我想再给你安排一个职务。现在，只让蔡风身体迅速好起来，怎么样？”元浩笑哈哈地道。

“为我再安排一个职务？大人的意思是……”蔡风有些不解地问道。

“你先安心养伤，到时自会告诉你。”元浩拍拍蔡风的肩膀温和地道。

蔡风满腹狐疑，却不好相问，只好轻轻地点了点头，以算是答复，心中却暗忖：“老子爱情无望，还待在你这鬼地方，岂不是折磨人。待老子玩得尽兴时，便拍拍屁股走路，还管你什么职务。”

元浩自然不知道蔡风心中所想，只是似有深意地问道：“蔡风能有如此骄人的才干，相信你爹更是一位高人，却不知道能否对我告知一二？”

蔡风装作若无其事地笑了笑，淡然道：“我爹只是一个普通猎户罢了，我读书习剑全都是我师父一手相教。只不过在很多年前，我师父被一个左手剑的人所伤，失去两根手指之后，便不想世上之人知道他的名字，做弟子的自然不能违背师父的意愿。然则大人对我的恩惠，我又不能对大人有所隐讳，这叫蔡风心中很矛盾，大人能否教蔡风如何做？”

元浩想不到蔡风居然以如此的说法来回绝他，可是这样也的确是让人无懈可击，不由得暗赞蔡风思绪的快捷和说话的圆滑。这么一说，把决定权全交到了元浩的手中，使得元浩不能不显出大将之风。

“师尊之语，当然不能不听，蔡风如此一片苦心，我理解，那好吧，明日叶媚来向你请教驯狗之术，你可得小心哦。我这女儿极不好对付。”元浩干笑一声道。

蔡风心中暗暗得意，却不敢表露于脸上，只是很自信地笑了笑道：“大人放心，蔡风自信小姐不会过分。”旋又神色一正，问道，“大人可知道，这两群贼子可有踪迹？我真想找到他们和他们明刀明枪地大干一场，或以暗制暗，也给他们放几支暗箭，看他们是否仍能得意。”

元浩脸色微一沉，气恼地骂道：“一群饭桶，这么长时间，这么多人还不能够找出贼子的一点踪迹，我看朝廷是白供养他们了。”

“敬武曾与这群贼子交过手，这一群人的确极为可怕，他们的武功之高根本就不是普通的贼子所能比拟。而此刻这么多可怕的高手全都聚集在邯郸城中，看来不单单是为了偷窃几十万两黄金如此简单，定有更大的图谋。”长孙敬武沉声插口道。

“哦，敬武是这么想吗?”元浩反问道。

蔡风心中升起一种异样的感觉，却说不出到底是为了什么。

“不错，敬武是有这个猜想，至于真的是不是这样却不是我所能知道的。”长孙敬武应道。

“这个，我会多派一些人去，有必要，便从邺城调些高手来对付这一群人，你们先安心养好伤。”元浩神色不变，淡淡地道，顿了一顿，又转头对蔡风道，“你也好好休息，一切都不用想，到时候，我会来找你的。我还有事，不能陪你们，便先走了。”

“大人事务繁忙，能挤出这宝贵的时间来看我，已叫蔡风受宠若惊了。大人有事便不必管我了，我有伤在身，不能起身相送，请大人原谅。”蔡风笑道。

“没关系，敬武也回去休息吧，不要打扰蔡风的休息了。”元浩对着长孙敬武含笑道。

长孙敬武点了点头，又转向蔡风豪放地笑了笑道：“蔡兄弟好生休息，争取早日康复，去把贼子杀个落花流水。”说完转身随着元浩行了出去。

蔡风也欢颜道：“这个一定，我这里不能相送，尚望见谅。”

望着两人消失的背影，蔡风只觉得有些疲惫，昨日因失血过多，身体极为疲软，这一刻又陪着这么多人说话，使得精神有些不振的感觉，有人时还不怎么样，人走了，这感觉更明显，不由得便缓缓躺下身去，沉沉地又睡了过去。

第十三章　怜天乐声

邯郸城中昨日本已是风雨飘摇，可今日似乎更甚，街上守卫森严，挨家挨户地搜查，使得城中人人都知道，出了一帮极为厉害的大贼，谁也不能够太安心。不过因为几家大户早有遭窃的传闻，对这事并不太感奇怪和诧异，可是这两天连续有人死去，那便不是一个正常的现象了。再加上北部六镇的动乱不断地传过来，虽然朝中派临淮王带兵去扑灭义军，可这所造成的影响却是不可思议的。

邯郸城中似乎有些混乱，这是不可避免的，但话题最多的还是昨夜郡丞府里的夜宴，这并没有多少人知道，可是世上没有不透风的墙，至少在“烟雨楼”中谈论得便是不亦乐乎。

外面虽然不断地有官兵穿梭，也不时有官兵进楼查问，但“烟雨楼”中的气氛并没有改变多少，客人也依然很多，烟雨楼味道最好的一道“珍珠翠玉宝参鱼”今日却没有得卖，很多客人都大为失望，因为这一道菜主厨师父已经永远都无法复活，昨夜死在郡丞府的膳房之中。因此，烟雨楼的人对郡丞府的内幕知道得并不少，所以，到“烟雨楼”来吃过菜的人，自然便能得到最前卫的消息，更何况邯郸五大家中昨夜全都经历了贼人的洗劫，这个世上的人，最爱作捕风捉影的宣传。

城内的官兵和衙役似乎根本就无法对付这一群可怕的敌人，在元浩的指令下，有人飞马赶往邺城，请高手相助，也有飞骑赶往大名府，这或许是没有办法中的最佳决策，元浩似乎对邯郸城中的高手都有些失望了。

元府内并不是很紧张，因为元府内的高手到底有多少，并没有多少人知道。其实邯郸城五大家之中，每家都有高手，但谁都明白，便算是其他四大家中的高手加起来，也不一定会比元府之中的高手多。

知道元府内布置有多少高手的，只有元浩和元家的大总管元费，连元府的管家元权都不太清楚。

元费是一个很神秘的人物，无论是对外还是对内，在邯郸城中，他只是一个传奇色彩很浓的人，而在元府，他却是一个难以揣度的人。在元权的印象中，元费是个一个月难得听到十句话的人。

元费是元家的大总管，可是的确有一点不称职，他所要做的事，一般都是由元权和长孙敬武共同分担了，他却成了一个闲人，也不知道他整日是在干些什么，见到他面的人也不是很多，但他的的确确是元家不可否认的大总管，元家其实还有另外一位高手：元重。元家的生意很多，而这个元重便是负责这个生意之上的事，各路的生意全由这位难得一见的人物打理，而元浩身为家主，却很少亲自动手去管这些事，他所经营的便是官场与田地之业，他一手控制着整个元家的产业。

蔡风受了伤，这并不是一件很大不了的事，长孙敬武受了伤也并不是怎么一件惊天动地的事，可是若有人胆敢欺到元府内来了，那便成了另一回事，那绝对不是简单的推测便可以解决的，而且关系到元府的权威，因此，这触怒了平时有些沉默寡言的元费。

元费的武功似乎是很高，但见过的人却没有几个，包括元浩在内。不过，只知道，和元费交手的敌人，并没有几个人仍活着，活着的却也并不是完整的人，因此知道元费可怕的人很多，而知道元费深浅的人，在邯郸城中却是没有。

元府内似乎很平静，和骚乱的府外似是两个不同的世界，可是敏感的人却知道这只是一个假象，只要是元费出手布置的局面，便是静得可以卷着裤管蹚过的小河，也要加倍小心，一不小心，那失足淹死的可能绝对不是为零的指数。

蔡风第二天很早就醒了过来，昨日睡了一天，脑袋都有些发麻了，他担心把脑袋给睡扁了，那可不是一件好事。

天气并不冷，甚至有些热。不过，这个清晨那种清爽宜人的感觉却的确不错，蔡风想起的是府内小河的鲜荷，那洁白美丽的莲花和那碧绿若伞般的荷叶，他也感到奇怪，为什么会在这么早便想起那些东西呢？不过他的感触的确是来自荷花和荷叶，或许因为这个早晨的空气很清新，抑或来自那“莲子宝参汤”。不过，不管怎样，蔡风只觉得精神已经好多了，伤势也好得快极了，肩上的箭伤那曾经锥心的剧痛已经消除，甚至都结起了血痂，而腿上的伤势也好多了，不知道是因为陶大夫的药好呢，还是因为蔡风的体质好，反正蔡风昨天吃的补品倒是很多的，补血之类的东西在元府中应有尽有，只让蔡风吃得嘴腻。

元浩待蔡风还真的不错，也许应该说是元权待蔡风很好，毕竟蔡风是他的救命恩人，也是元叶媚的救命恩人，更因为蔡风竟可独立杀死两位连官府都束手无策的大盗，成了不可否认的高手。对于人才，元府是不会不珍惜，因为元家所需要的便是这种人才，元费很喜欢。

蔡风心中却想着云层上面的天，天外面的景色，他甚至不清楚自己是否真的便不是那三种类型的人之中的一类，他真的有些糊涂，从田府到元府，为了什么？

这一切便像是做了一场梦，不知道他是应该庆幸还是应该感到悲哀，抑或是好笑，生命总有那么多的无奈，或许她是骗了自己，因此，他想到走，离开元府，离开邯郸，可是……

蔡风真的有些好笑，他到邯郸本是为了元叶媚，而离开邯郸却是为了避开她，这的确是有些可笑，有些可悲，他想到了那株洁白的莲花和那碧绿的荷叶。

是呀，只有从水中冒出来，才能够呼吸到外面的空气，才能够展现出自己的美丽，才能够享受到真实生命，才能够知道生命存在的意思。

蔡风有些体悟地悠然一笑，深深地吸了口气，轻轻地掀开身上的薄被，移了移两脚，缓缓地站起身来，忍着隐隐的伤痛移步窗边，极目远望。

天地之间仍是一片祥和，太阳仍未披上山头，却在西边的天幕泛起了一片淡淡的白色，外面并不黑，这种清爽的亮光，使人更能感受到生命真实的存在。

“嘎吱——”房门轻轻地被推开了，兰香听到房内有响动，立刻便推门进来。

蔡风并没有转身，转身其实并没有必要，他早就知道，进来的是兰香，从脚步声便可以听出来。

“公子，你怎么下床了呢？你的伤……”兰香一声惊呼，见蔡风如此立着，竟显得有些慌乱而不知所措。

蔡风依然没有回头，只是很温柔地道：“不必担心，我没事。这点伤又算得了什么，你先去休息吧，别管我！”

“可是公子，奴婢早已休息过了……”

蔡风轻轻地挥了挥左手，打断了兰香的话，深深地吸了一口清新的空气，轻缓地道：“那你为我搬一个椅子到小河边，我想去看看荷花。”

“去看荷花？”兰香有些惊疑不定地问道。

“不错！”蔡风淡淡地应了声，说着轻步向外移去，面色恢复了昔日的红润，目中射出自信而傲然的光芒，使得兰香不得不深信蔡风的决定，只好搬张靠背椅跟在蔡风的身后。

草儿之上那晶莹的露珠闪烁着眼睛般的光彩，为夏末的早晨增添了一丝凄美和生动。

“就放在这儿吧。”蔡风伸出那只灵活的左手折下一枝垂挂到了头顶的柳枝，望着满河的碧荷，温柔而恬静地道。

兰香很依顺地放下椅子，用一种极为崇敬的目光望着蔡风却并没有说什么。

“让我一个人静一静。”蔡风依然没有回头，却安然地坐到椅子上了，平静地道，同时将柳枝很野性地放在嘴中咬着，目光幽远地在碧荷中搜索。

一朵莲花，在荷叶的遮护下，静静地生长，蔡风却叹了一口气，并没有他所想象的那种震撼的情绪。

水在缓缓地流，那种悠然的境界让蔡风的心中变得很平静，其实，蔡风的心很容易平静，这是猎人独有的心理，在恬静中，把自己融入大自然，则可以感觉到那潜在的危险，这是一种通过后天的训练才有的结果。

不过，这一次，蔡风并没有感觉到任何危险，却似感觉到一种召唤，那是一种似箫而非箫的乐声，那般安详和恬静，却又隐含着一种悲怜天人的博大的情怀。

蔡风说不出那感觉，声音很小，似是从很遥远的地方传来，也似是由地底传出，这让他大感惊异，不过却渐渐地完全被引入那低低的乐曲所制造的境界之中。

那乐曲所包容的是一种与世无争的恬静、安详，却又隐隐带着一缕缕淡淡忧郁的情怀……

"蔡风，你怎么会坐在这里？"竟是元叶媚的声音在蔡风的耳边响起。

蔡风惊了一跳，从那超然的乐曲声中回过神来，有些茫然地望了元叶媚一眼，有点不知所措地问道："怎么叶媚起得这么早？"

"太阳都上山了，还早吗？"元叶媚似笑非笑地道。

蔡风向东方的天空望了一眼，一惊，失声道："怎么如此快太阳就起床了！"

"太阳起床？"元叶媚好笑地望了蔡风一眼，重复着蔡风那让人发笑的话。

"上山和起床有什么区别呢？用得着这样大惊小怪的吗？"蔡风不诧地响应道。

"哦，错了还不准人说呢！"元叶媚一蹦一跳地来到蔡风的旁边笑着不依道。

蔡风不由得心神有些恍惚道："我警告你呀，以后再不要学刚才那般动作，你可知道有多大的诱惑力吗？我差点又控制不住爱上了你呢，你说有多么危险。"

"贫嘴，没半点正经。"元叶媚很大方地白了蔡风一眼，笑骂道，旋又问道，“你刚才想得那么入神，在想什么呢？”

蔡风一愣想起刚才听得不知时间流失的乐曲，侧耳细听却又并没有再听到，知道是没有再吹奏了，不由得心中暗叹，却斜斜地望了一眼，似笑非笑地道：“我刚才想叶媚正要抓我去见官，可是半路上杀出一个黑脸大汉，把我给救了，还说叶媚是个大坏蛋，要砍了你，我吓得跪地求情向他解释道：‘好汉刀下留人，听我细讲内情……’”说到这里，蔡风突然停住不说，却昂首故作深沉地吸了口气。

元叶媚知道蔡风故意卖关子，可见蔡风说得古里古怪的，不禁忍不住问道：“什么内情，干吗不说？”

蔡风邪邪一笑，意味深长地望了元叶媚一眼，改变声线，装作惶急的样子，学足求饶的声调道：“好汉爷刀下留人，好汉爷刀下留人，刚才是因为我对叶媚大小姐出言轻浮而且粗俗，才激怒了她，以致要抓我见官，虽然见官不好，可是我认命了，请你千万千万要刀下留人。”

“扑哧！”元叶媚禁不住笑了起来，笑不打一处来地道，“一个大大的滑头，不过演戏的功夫还是一流的。”

“是吗？怎么叶媚一点都不感动呢？让我感到好像我的表现极差似的，唉，看来我还是不行。”蔡风似乎有些丧气地拾起早已从嘴上掉到腿上的柳条，在虚空抽打了一下道。

“别一副不死不活的样子好不好？我看你早晨能跑到河边来，已经是了不起的业绩了，谁会有你这么快从伤痛中恢复过来的速度呢？你没见到你的表现，已让我惊了一大跳吗？”元叶媚也从树上折下一根柳枝，似笑非笑地望着蔡风道。

蔡风微微展颜一笑，道：“真是世道太差，明明是我被你吓了一跳，反说被我吓了一跳，未免也太不公平了吧？”

“男子汉大丈夫吃一点亏算什么呢？这么小气。”元叶媚一噘小嘴不诧地道。

蔡风苦笑道：“我投降了，是我小气，我想叶媚定还没用过早膳，还是让我们用完早膳再争论吧。”

“真不明白，你怎么还撑得住跑出来!”元叶媚低声怨道。

“是别人送我出来的嘛，这点也猜不到，我还以为叶媚很聪明呢，原来也不过如此，来，送伤员回房。”蔡风大大咧咧地道，把手中的柳枝向口中一横咬，一副高高在上的样子。

“我送你回房?”元叶媚望着蔡风那样子，又好气又好笑地问道。

“当然是你啦，在邯郸城中只有你这么一个朋友在我面前，而我又有伤在身，自然伤者优先，未伤者多劳喽!”蔡风不怀好意地笑道。

元叶媚这才知道蔡风是在耍她，不禁好笑道：“那只好请你在河边多坐一会喽，我可是记得孔夫子所说男女授受不亲，因此，我没办法帮你。不过为你搬椅子倒没问题。”

蔡风不由得摇头苦笑道：“真不够朋友，朋友都不分男女，又说什么男女授受不亲，不过念在你能自觉搬椅子倒也还有一点良心，便不和你计较了，搬吧。”说着蔡风很艰难地站起身来，一摇一晃地向所住的房中行去。

元叶媚估不到蔡风真的站起来，不由得急忙上前搀扶道：“我扶你!”

蔡风停下脚步，歪着脖子望了望元叶媚那不含杂质而又关切的眼神，感受着由她身体上所传来的热力，不由得心头一阵感动，有些感动地道：“谢谢你。”

“我们是朋友嘛，刚才我只是开个玩笑而已，谁知道你当真了。”元叶媚低声怨道。

蔡风深深地吸了口气，真诚而快慰地笑了笑道：“有叶媚这句话，蔡风真的是很高兴了，不过蔡风还是不希望叶媚扶我，真的，这样会对叶媚很不好的。”

“我不在乎。”元叶媚丝毫不在意地响应道，同时并没有松开环着蔡风腰际的手，并将蔡风的手搭放在自己的肩上。

蔡风轻轻一挣，却让右肩上的伤口渗出血丝，终还是挣脱了元叶媚的手，这才用左手拉开元叶媚的手，并以左手轻轻地搭在元叶媚的香肩之上，深沉而又满怀真情地盯着元叶媚，有些激动地道：“叶媚不在意，我

在意，我在乎，我绝不想叶媚因为我而败坏了名声，请叶媚不要逼我。”

元叶媚一呆，愣了半晌，眼睛一瞬都不移地望着蔡风的眼睛，平静地道：“蔡风应该不是这样怕事的人。”

蔡风放下搭在元叶媚肩上的手，苦涩地笑了笑道：“在这半刻之前，蔡风绝不会拒绝，绝不会想这么多，可是此刻我若如此，会让我觉得自己是多么卑鄙，多么无耻，会让我觉得自己的心是多么肮脏，我会对不住自己的良心。”

元叶媚呆愣愣地望着蔡风，重新认识了一个人一般，但绝对不是鄙视，而是感动。

蔡风深深地吸了口气道：“叶媚对我是如此真诚，而我却始终没有认真相对，我始终清除不了心头那肮脏的念头，已经让我感到了极为不安，直到刚才那一刻，我知道自己再也不能骗自己了。真的，我必须面对现实，我必须去珍惜我所拥有的，相信叶媚会理解我，对吗?”说完，蔡风深情地望着元叶媚那美丽得让人有些心醉的俏脸。

风，轻轻地吹，凉爽得使清晨的每一个音符都变得轻快起来，初升的太阳洒下那让人心醉的光芒，温柔地抚摸着每一点蕴藏于大地之上的生命。

风，轻轻地吹，碧荷摇晃成生命的频率，拨动着每一根充满生机的心弦。

风，轻轻地吹，河水未有半丝皱纹，轻缓地流淌着，在碧河之底，流淌成另一类生命的契机，一切都变得有些迷离，一切都有些不真实，这在清晨中的苏醒，是一个预示。

良久，蔡风和元叶媚都从沉默中苏醒过来，却唯有以相视而笑来为这异样的清晨注入了无尽的生机，这一笑，所包容的真诚，在两人的心中早已称量，没有人能够感受得到有他们这般真切和深刻，便像没有人理解荷花和荷叶为何会如此协调地并生一般。

蔡风不很潇洒地转身和移动脚步，却有着极为让人震撼的活力和内涵，元叶媚以娇贵的手在蔡风的身后搬着大椅子，有些吃力的样子，但却绝对没有放弃的表情。

在清晨，两人走成了一道极美的风景。

“啊！是小姐和公子！”兰香老远便一阵惊呼，急奔行过来。

“小姐让我来搬，怎么能让你亲自动手呢！”兰香诚惶诚恐地道。

“没关系，你扶一下蔡风，由我搬。”元叶媚很轻松，也很安详而平静地淡然道。

“这怎么行呢，要是让大人知道了，岂不会打断奴婢手脚。”兰香惶急地道。

蔡风回头淡淡一笑道：“叶媚，便让她搬吧，你搬连我也会心中不安的，你还是先回去用早膳吧。”

元叶媚一噘嘴，有些不甘心地道：“什么也不让我干，我岂不是很可怜！”

蔡风哑然失笑道：“你呀，人家是为你好，反而不知好歹。好吧，那你便把椅子搬到我房中再去吧。”旋又对兰香道，“你别怕，大人看见了，有小姐挡着，不会有问题的。”

“这……”兰香有些瞠目结舌地望着眼前这两个怪人，真的不知道该说什么好。

“对了，叶媚，你们府上可有会奏乐的高手?”蔡风想起了什么似的问道。

元叶媚有些疑惑地望了蔡风一眼，应道：“当然有啦，你问这个干什么?”

蔡风一呆，哑然道：“我不是指那些歌女奏乐的，而是似笛非笛、似箫非箫的乐音！”

“似笛非笛、似箫又非箫的乐音？那是个什么东西吹的?”元叶媚放下手中的椅子有些疑惑地问道。

蔡风知道问不出来什么东西，不由得淡淡一笑道：“我也不知道是什么东西吹的。算了吧，你先回去用早膳了，否则，一大早别人会以为我们干坏事呢!”

元叶媚俏脸一红，嗔骂道：“狗嘴吐不出象牙。”

蔡风笑道：“你不是正准备向我学狗嘴吐出象牙的本领吗?”

“不跟你说了!”元叶媚白了蔡风一眼，转身便行出房子。

用过早膳之后，相继有人来看蔡风，可是元叶媚并没有来。

这一天都未曾再看到元叶媚，蔡风心里有一种很不踏实的感觉，这的确是很反常，元叶媚是不会失信的，蔡风很信任她。

元叶媚真的是没有来，这是为什么呢?蔡风并没有出去寻找，他只是在房间中静静地坐着，整整一天心情都不是很好，似失落了什么东西似的，他不明白为什么会有这种感觉，可是凭他的直觉，知道今日一定发生了什么事。不过，他唯一可以做的事便是疗伤。

他的伤势并不是很重，都是皮肉之伤，以他的体质和药物，已经好得差不多了。

这一夜，他有些郁郁地睡着了，他的剑便在床的旁边，抛开元叶媚的阴影，他又是一个真正的猎人。

这一夜，他梦到了那让他心神飞越的乐音，那种似笛非笛、似箫非箫的乐音，所以他早晨很早便醒了来，在阳邑，他也是这么早便起床，要么练功，要么去捡中了机关的猎物，而今日却不是，他是为了去听那似笛非笛、似箫非箫的声音。

河塘依然那般轻悠而自在，碧荷之上几颗水珠晶莹成梦幻宝石般的通透，洁白的莲花依然风姿绰约地立于碧荷之上。

风轻轻地掀动蔡风的衣衫，这种感觉的确很清爽，兰香和报春并没有跟着他，这两个俏婢很善解人意。

蔡风的右手已经可以握剑，轻轻地移动，虽然有些隐隐作痛，却并无大碍，只要不剧烈运动，应该不会裂开伤口，也的确，这支箭射得很深，差一点没把他的肩胛骨给刺伤，若非蔡风全身都布满真气，大概，这一箭连肩胛骨也会给穿透了。

蔡风立得很稳，那受伤的右腿虽然伤处的面积比肩头更大，可是却没有肩头的伤口深，基本上已经愈合得差不多，所以蔡风立得很稳，像一根碧荷的翠杆。

蔡风深深地吸了一口凉丝而潮湿的空气，只觉得心中注满了一种难以解说的生机，他的思想似乎已经深深地嵌入了这一片宁静而祥和的天地之中。

但他并没有听到那让他入迷的乐音，不过他仍很享受这种与自然相印的感觉。

他听到那乐音的时候，东方的天空已成灰白之色，天空中唯有金星仍闪着微弱的光芒，这乐音似是从心底升起。

蔡风的脚步循声而行，他已经可以很自然地迈出步伐了。

声音不是来自心底，而是来自地底，是从一座假山之中传出来的，这缕缕丝丝，细小而悠长的声音的确是由假山中传出来的，蔡风的耳朵敢和狼媲美，就像他那超乎常人的灵觉一般，都是来自于野兽。

声音是从假山的石缝之中挤出来的，很微弱，若非蔡风凝神倾听，再加上他的听觉超乎常人，绝对无法捕捉这随风而至的乐音。不过，这让蔡风有些奇怪，为什么在这假山之底会有人有如此雅兴呢？而且他似乎知道外面的时间正是天将放亮，太阳将升之时，这岂不更让人奇怪？他不由得顺着假山绕行了几圈，却并无出口，不禁有些讶然，难道这地下有一个很大的密室，而出入口在很远的地方。不过对于这样一个大家族来说，有一个很大的密室并不奇怪，奇怪的是什么人有如此博大而仁爱的胸怀，那种悲怜天人的情感杂着一种超然于世的基调，的确有着一种别样的震撼。

“请止步！”一个十分冷漠的声音传了过来。

蔡风抬头扫了四周一眼，却是一名家丁打扮的汉子立在不远处，冷冷地望着蔡风，原来蔡风竟不知不觉地走到一座楼阁之下，这里与东院并不远。

蔡风不觉淡淡地一笑，问道：“这里不准人进吗？”

“没有大人和总管的令牌，谁也不得进入。”那人声音依然很冷地道。

蔡风望了阁门之上的那块写着“挂月楼”三个龙飞凤舞的大字一眼，才向那人抱拳笑道：“清晨散步，府径不熟，一时走错，还望见谅！”说着转身有些微拐地向回路行了去，可脑子之中始终盘旋着那奇妙的乐音和那神秘的“挂月楼”，他心中有一个奇怪的想法，便是那假山之底奇妙乐音定和“挂月楼”有关，这是他的直觉在告诉他。

“好剑法，好剑法……”一声精豪而欢畅的呼声传入蔡风的耳朵，跟着又传来几声鼓掌之声。

蔡风不由得一阵惊异，这大清早，谁在这里练剑呢？不禁好奇心大起，向声音传来的竹林行去。

“费叔叔过奖了。”一声清脆而响亮的声音传了过来。

“长虹如此年轻，便能有如此之成就，的确已是难得，放眼当今，能在你这种年龄便练成如此剑术的没有几人呢！”

“长虹！”蔡风口中暗暗叨念，心头突然一动，立刻恍然这个人是谁了，难怪昨天早膳之后一直未曾见到元叶媚了，全因为她的未婚夫婿叔孙长虹的到来。想到此，心头不由得一阵酸溜溜的感觉，什么朋友，未婚夫婿一到，便连个招呼也不打一声，想着神色不由得一阵黯然，脚下一错，踩得一枝竹枝“呼吱！”一响。

“谁在那里鬼鬼祟祟的？”一声冷喝传了过来，显然又是叔孙长虹的声音。

蔡风一惊，心中一阵狂怒，但他却知道这样明着与叔孙长虹唱对台戏，只会让自己难堪，不过却对叔孙长虹的目中无人极为恼怒，不由得放声一阵大笑，毫不避忌地大步转进竹林，行入竹林中间的宽阔场地，朗声道：“何为鬼祟，我蔡风倒是有些不明其意。”顿了顿，对叔孙长虹瞧都不瞧一眼，便向那立在一旁像大山一般有气势的中年汉子恭敬地行了一个礼道：“蔡风见过大总管。”

这人正是元府大总管元费，刚才蔡风听叔孙长虹喊过，而在眼前只有一个显眼的人，因此，蔡风绝对不会错。

“嗯，你就是蔡风？”元费仔细打量了蔡风一眼，淡漠而又带着微微的赞赏问道。

“不错，我正是蔡风。”蔡风不卑不亢地应道，眼角斜扫了那立在一旁的叔孙长虹一眼。

叔孙长虹长得也不丑，可以算得上是俊朗，不过他那种狂傲和目空一切的气质之中却少了蔡风的那种野性。叔孙长虹的剽悍之气是完全露在外面的，无论在哪里，都给人一种猛兽的压迫感，这或许就是因为鲜卑人的习俗所形成的。而蔡风却不同，他的那种剽悍却是从骨子里透出来的，深蕴其内，给人的感觉却是一种自然而轻松，同时也让人觉得这是一种完全压不倒的人，更多了一种从容洒脱而优雅的气质。这或许是由于从小便受蔡伤那种接近禅学佛学的思想所影响形成的。

“大胆奴才，有你这样答话的吗?”叔孙长虹眼角射出两缕强烈的嫉火和杀机，大喝道。

蔡风心中一凛，并不是因为叔孙长虹的问话，而是叔孙长虹眼角那两缕杀机。他自信和叔孙长虹从没结过仇，那嫉火可以理解，可是他不至于引起杀机呀，这解释或许是叔孙长虹心胸太过狭小，不过元叶媚与他的事，叔孙长虹肯定已经听说过，否则绝不会如此。想到这里蔡风豪气上涌，昂起头来，缓缓地转过身去，冷而不屑地扫了叔孙长虹一眼，淡漠得不带半丝感情地道：“你的奴才都在你身后或是在你家里，这里没有谁是你的奴才，我蔡风更不是！告诉你，我蔡风无论是到哪里，凭的是自己的本领和所创造的价值吃饭，绝不是靠奴颜卑膝、阿谀奉承、拍马吹牛而生存，因此你没权力叫我奴才。若你自信比大人和总管更有权威，你不妨叫别人，可不要叫我。”

元费也不禁脸色微变，但目光中却露出一种欣赏的神情，而叔孙长虹却气得脸色铁青，他哪里想到蔡风会如此不留情面，而且强硬地反答他的话，这使他觉得自己似丢尽了面子一般。

“蔡风，不得无礼，还不向叔孙公子赔罪。”元费装作恼怒地呵斥道。

蔡风一听，心中大乐。他本来是由着他自己的脾气所说，并想好以挫败叔孙长虹的锐气为结局，大不了被赶出元家，而元家绝对不会因此而杀了蔡风，原因便是蔡风不仅救了元权、长孙敬武、楼风月和元胜，更重要的还是元叶媚的救命恩人，碍于面子，他们绝对不会杀死蔡风。而叔孙长虹，对于蔡风来说，并不是一件大不了的事，他有这个自信，至少元府不能有失身份与叔孙长虹联手。不过此刻元费的话明显有一点袒护自己，他自然不会再自找没趣，装作惊异地道："哦，原来是叔孙世子，难怪，蔡风不知叔孙世子大驾，言语冲突之处，还请见谅，蔡风先行请罪了。"

叔孙长虹哪里还听得进蔡风的道歉，他从来都没想到会有人敢顶撞于他，使他养成了目空一切的习性，刚才蔡风的冷嘲热讽已激起了他的潜在的杀机。更何况蔡风这平平淡淡的道歉几乎是没有丝毫诚意，叫他如何能够忍受得了这口气，不由得吼道："杀了他!"

蔡风和元费脸都变得有些阴沉，而叔孙长虹身后的四人扶剑便要进攻，叔孙长虹更是双目杀机暴射，只待寻机而动。

蔡风脸色铁青地一声冷哼，淡漠得不带半丝人气地道："我想告诉叔孙世子，这里是元府而不是叔孙家，而我也得事先声明，谁想对付我蔡风，都得付出沉痛的代价，这是绝对的。"

叔孙长虹还是比较冷静，他身后的几人也似乎知道元费在场绝对不可以私下动手，以至全没人敢上。

元费踏上几步行至蔡风与叔孙长虹中间一声轻笑，道："两位都是我元府的客人，一位是我元府未来的姑爷，而另一位是元府的恩人，我只希望，今日这一切只当个小小的误会，没有发生过，不知两位可否愿意给元费一个面子?"

蔡风哂然一笑道："蔡风自然是无话可说。"

叔孙长虹也知道今日绝无可能找蔡风的麻烦，不由得狠狠地瞪了蔡风一眼，也借机下台，冷哼道："今日若非是看在费叔叔的面子上，我定要你人头落地。"

元费脸色泛起一丝不自然的神色，蔡风却不屑地笑了笑，道："错过了今日，错过元府，蔡风随时随地相候。"

"你……"

“好，既然大家都给我面子，今日就此作罢。”元费抢着打断叔孙长虹的话，并转头对蔡风淡淡地道，“蔡风还是先回房养伤，希望不要到处乱跑。”

蔡风感激地望了一眼，笑道：“蔡风知道，那我便先告退了。”

“嗯……”元费点头淡淡地应了一声。

蔡风不再说话，转头以无比潇洒的气势向竹林外行去，连头也不回半个，唯叔孙长虹那喷火的目光和强烈的恨意紧锁蔡风的背影。

竹林内变得很静，唯有元费、叔孙长虹和几名叔孙家的家将，在静静地立着。

蔡风心中有些得意，对元费却也有了许多的好感。不过，他知道与叔孙长虹这个怨是结定了，不过他并不在乎，本来，他就并没有打算和他做朋友，想到从武安至邯郸元府便是想以狗儿咬叔孙长虹的屁股，不想现在却是与他正面相对，不由得想要大笑一通。

“公子，你回来了！”报春那娇柔的呼唤，唤醒了沉思的蔡风，他竟在不知不觉中回到了住处。

“嗯！”蔡风望了报春一眼，轻轻地点点头。

“刚才小姐身边的春红姐来找公子，公子却不在。”报春轻声道。

听到元叶媚身边的人，蔡风不由精神一振，急忙问道：“她人呢？还在不在？”

“她等了一会儿，见公子仍没回来，便又走了。只是说由于叔孙世子来了，大人不准她到处走动，更不准她到这里来，因此，她这些日子可能来不成了。”报春上前轻扶着蔡风道。

蔡风不由得有些失望，轻轻地推开报春的手，叹了口气，并不说什么，大步地向自己的房间中走去。

“公子！”报春以为蔡风有些想不通，不由得想出言相劝，却又不知道该说些什么。

蔡风望了一眼桌上的膳食，扭头对报春淡淡地一笑道：“我知道你是为了我好，我没事，你去把元胜找来，我有事找他。”

“是，奴婢这就去。”报春俏脸微微一红，福了一福，应了声便施施然而去。

元胜匆忙赶至，蔡风正立在窗子旁欣赏着窗外的美景。

“你好了？”元胜有些惊喜地问道。

“再若不好的话，岂不被别人笑死？这么一点点小伤已经躺了两天的床了，真是丢人至极。”蔡风转过身来低骂道。

元胜忙赔笑道：“你还说这么点小伤，失血那么多，能够这么快便好，已经算是奇迹了。”

“别屁话多多，我找你来是要你带我到邯郸城中逛一逛，这两天都闷出鸟来了。”蔡风怨道。

“哦，这个当然没问题，我这就去为你备马。”元胜毫不犹豫地道。

“对了，我们小姐的未婚夫婿来了邯郸！”元胜补充道。

“就是那个狂傲自大、趾高气扬的叔孙长虹吗？”蔡风不屑地问道。

“你见过他？”元胜惊疑地望着蔡风问道。

“哼，我岂止见过他，我还骂过他呢！”蔡风一脸不屑，若无其事地道。

“你，你骂过他，他最后怎么样了？”元胜似乎对这事极为感兴趣地靠近蔡风问道。

蔡风不由得好笑地问道：“你似乎对他的反应很感兴趣，是不是你吃过了他的苦头？”

元胜有些不好意思地搔了搔头，讪笑道：“苦头倒是没有，只不过受了一点点气而已。”

蔡风哑然失笑道：“连我都弄糊涂了，吃苦头是什么意思。不过，叔孙长虹有什么反应，你只要去问一下大总管便知道了。”

“问大总管，难道大总管也在旁边？”元胜骇然问道。

“自然在啦，否则叫你去问他干吗呢！”蔡风哂然一笑道。

“还是由你告诉我好了，我怎敢去问大总管呢？那岂不是自讨没趣。”元胜涎着脸求道。

“真让人失望，这点胆量都没有，难怪会被叔孙长虹欺负了。看你可怜，便告诉你吧，他要杀我，却没成功，就这么多。走，去备马。”蔡风摇头笑了笑，若无其事地道。

元胜好笑道：“他想杀你，真是自不量力，想找苦吃。”说完转身变得极有气势地跨出大门，似乎为蔡风开路在一刹那间，变成了无上的光荣。

邯郸城这两天似乎静了一些，不过，走在路上的人却并不怎么沉默，街道上依然很繁华。

古城毕竟是古城，无论是从哪一方面来讲，邯郸都比武安要繁华多了，因为这里曾是战国时期赵国的都城，一百五十多年为都城所遗留下来的东西，自然不是普通的地方所能比拟的。

有人说邯郸人走路是最好的，姿势最美，因此才有当年燕国青陵的一个青年人来邯郸学习走路，结果不但没有学会邯郸人走路，连自己的走法也忘了，只好狼狈地爬着回去了，此后都作为笑谈。

蔡风正和元胜走在被人传为“学步桥”七孔石拱桥之上，大桥横跨渚河。

七孔石桥的形状，的确很优美，桥下湍湍的流水，桥上挑担赶路的人来来往往，的确给人一种美的享受，蔡风还是第一次到这地方来，不由得从马上翻身下来，走到桥边，好奇地望着清澈的流水中那自由自在的鱼儿。

元胜也不得不跟着下马，蔡风抬眼相望，却发现对岸不远处有一位戴着竹笠的人正在钓鱼，不由得向元胜打了个眼色，径直向那钓鱼之人行去，马匹自由那两位牵马之人牵着随行，这种出游的方式的确很舒适。

那是一个老翁，蔡风一眼便认出是陶大夫，不由得惊喜地呼道：“陶大夫好有雅兴哦。”

陶大夫扭头向蔡风摇了摇手，做一个噤声的手势，然后回过头紧紧地盯着河面。

蔡风从来没有钓鱼的经历，见陶大夫这样一个严肃的模样，只好放轻脚步向那株柳树边行去。

“哗……”

一条半尺长的红鲤鱼破水而出，吓了蔡风一大跳。

望着那犹在空中挣扎的红鲤鱼，蔡风不由得兴奋得如个小孩子，欢呼道：“钓到了，钓到了……”

陶大夫不由得一笑，熟练地从鱼钩上摘下鱼，放入身边的鱼篓，有些惊异地道：“想不到你恢复得比我想象的还要快，真是可喜可贺。”

“我说呀，陶大夫真是不够朋友，明明说要带我到渚河中去钓鱼，却一个人到渚河边来钓喽，都不通知我一声。”蔡风埋怨道。

“谁知道你会好得如此快，我还以为你至少要到明日才可以下床走动呢。”陶大夫解释道。

“择日就不如撞日。不如，今日便教我如何钓鱼吧。”蔡风兴奋不已地道。

“蔡风，你不是说要去丛台看看吗?”元胜疑问道。

蔡风不耐烦地道：“去丛台急个什么急，来日方长，我们有的是时间去呢，不过这学本领可就是另一回事了。来，我看得起你，你也和我一起来拜师学艺吧。”

陶大夫不由得笑道：“蔡公子说得严重了，这点微末消遣之技，哪算是技艺，只叫你见笑了。”

蔡风豪爽地一笑道：“能够如此消遣之人是雅人，以山水为乐乃是高士，我若能学得这种消遣的方法，人生不又多了一点另类的乐趣吗？我想，世人无论大技小技都有其独到之处，我这人也是不喜红尘之喧嚣，得这钓鱼之秘法，自然正对我的胃口，这拜师之事吗，我也就不提喽，说实在的，我真不太习惯叫师父。”

元胜也不由得好笑，而陶大夫自然也笑了起来道：“蔡公子总有自己的道理，而且是个直人，小老头自然也不敢藏私，便将这钓鱼之中的一点难登大雅之堂的经验与你细讲一下，以公子的聪明，自然是一学就会。”

“那太好了，不过，我还得向你请教水性方面的技巧，省得我钓鱼时，一失足，掉到水中去了便一命呜呼，成了鱼儿的美餐，不知陶老可否愿一并教给我呢?”蔡风有些得寸进尺地要求道。

陶大夫粲然一笑道：“蔡公子有此心，小老儿自当尽力，只不过教水性之事，还得择日才行，今日便以钓鱼为主。”

“这个当然没问题!”蔡风有些迫不及待地蹲在陶大夫身边喜道。

第十四章　真才实学

蔡风趾高气扬地提着一竹箩鲜鱼，踏入南院，立刻引来一群好奇的目光。

蔡风左手持着钓竿，像打了大胜仗的将军一般，欢快无比地向众人介绍自己的战利品。

“蔡兄弟有如此雅兴，去钓鱼了？”长孙敬武从院内笑着走来。

“哈哈，今日我又学到一手好本领，你可不知道，当那鱼儿放在鱼钩上那种沉甸甸的感觉是多么舒爽呀，真刺激，太有意思了。走，长孙大哥，用我的战利品去做下酒菜，今日还要请我的大师父来喝酒呢！”蔡风兴奋得有些语无伦次地道。

“你的大师父？谁呀？”长孙敬武好奇地问道。

“便是陶大夫。”元胜在一旁有些不乐意地应道。

“你似乎有些不高兴哦？”长孙敬武奇问道。

“他呀，一个人在独钓其鱼，连上鱼虫也要我来，还让我在旁干看了一上午，能高兴得起来吗？”元胜十分不满地嘀咕道。

蔡风不由得老脸一红，干笑道：“大不了下次你钓鱼我为你上鱼虫不就得了，何必这么小心眼呢！”

长孙敬武不由得哑然失笑地拍着蔡风的肩膀道：“你还应该请这小子喝一顿。”

蔡风望了元胜一眼，唠叨道：“上次把我灌得一塌糊涂，我还没忘记呢，又要来呀。”

元胜也不由得笑起来，道：“谁叫你如此没用，醉了还要硬撑。”

“好哇，今日，我一定要让你先给我醉得趴下，看你有何话说。”蔡风十分不服气地道。

“惨喽，元胜，今日你醉定了。”长孙敬武为元胜叹气道，一脸似笑非笑的神情望着他。

“鹿死谁手还不知道呢。”元胜也不服气地道。

这一场大拼酒，自然是蔡风不会醉的了，否则，那万杯不醉大法岂不白练了，不过这一下午，蔡风也并没有干什么大不了的事情，只向报春要了一包针，在学着怎样做钓鱼钩和系鱼钩，费了一个下午，才做出一个让他比较满意的钓竿，总算有了自己钓鱼的工具。

第二天，蔡风一大早便去找陶大夫缠着他要教他水性，陶大夫被缠得没有办法，只好带蔡风到渚河之中去游泳，不过蔡风在灌下五大口河水之后，勉强可以学得狗爬式的短游，但一个长期生长在山里的人能有这样的成绩已经算是不错了，不过蔡风从小修习内功，对于潜水，一学便会，而且时间长得连陶大夫也自叹不如，便是在年轻的时候也绝不能像蔡风在水中不换气地潜大半个时辰。

蔡风更有一股狠劲，不行便再来，一天下来，蔡风已经勉强会游上几丈远近。

于是一连几天蔡风都缠着陶大夫学游泳和潜水，到后来，蔡风已完全习惯了水中的生活，只觉得韵味无穷，甚至有些乐此不疲的感觉，再加上这个天气的水温并不低，也不冷，游起泳来，格外舒畅，这渚河可以毫不费力地游过去，甚至游一个来回也无所谓。最让他兴奋的是，陶大夫教他在水中如何刺鱼，如何对敌，这些常识对于属溪族的陶大夫来说，是极为平常之事，可对蔡风却是新奇无比，也是乐趣无穷。

在蔡风伤势好了之后的第七天，元浩派人来请蔡风，说是种狗已经挑选好了，请蔡风去看一下。

蔡风对潜虎阁并不陌生，初见元浩时，便是在此，不过今日要见的，不仅是元浩，还有那选好的种狗。

当蔡风大步跨进潜虎阁的时候，不禁大为不解，有些呆呆的感觉。

潜虎阁依然是潜虎阁，元浩也依然是元浩，但潜虎阁中不只元浩，还有叔孙长虹和叔孙长虹的家将。狗，有五条，分别牵在五个人的手中，那长长的铁链紧拴着狗脖子上的铁圈。

狗，绝对是好狗，在蔡风的眼中，绝对难以掩盖其本质的优良，蔡风更知道，这几条狗都是训练有素的战狗。

狗，目光都露出了一种贪婪之色，吐着长长的舌头，便像是已把蔡风当成了一只很好的猎物和美味。

蔡风所感觉到的，是敌意，还有淡淡的杀机，这些来处不是元浩，而是叔孙长虹，还有那几个牵着战狗的家将。

蔡风还有一种感觉，让他感到很可怕的感觉，那便是熟悉，熟悉得让人有些心寒。

熟悉的感觉居然很可怕，的确，他对这几个牵狗之人有一种极为微妙的感应，他敢发誓，在以前，他从来不认识这几个人，而这种熟悉的感觉又是那么实在，因此，他觉得这怀着深刻敌意而又有熟悉感觉的人，是那般可怕和让人心寒。

“蔡风来啦，我都等了很久了。”元浩站起身来笑道，他依然是那般客气。

蔡风不得不恭敬地还了一礼，道：“蔡风让大人久等了，实在不该。”旋又把目光全投到这五条高大威猛的狗儿身上。

“蔡风认为这些狗儿作为种狗如何？”元浩笑着问道，同时又有些得意地望了五条狗一眼。

蔡风淡然地点了点头，笑道：“这五条战狗的确不错，至少是二流之色，不过要选种狗，这之中唯有一条合适。”

“二流之色?”叔孙长虹一脸愤怒地道。

元浩却饶有兴致地望着蔡风，含笑问道：“蔡风何以这么说？我看这五条战狗至少都是一流之色，而又怎会只有一只合适做种狗呢?”

蔡风望都不望叔孙长虹一眼，哂然一笑道：“这些狗种本都是一流狗种，却没有达到狗王的地步，但虽然是一流狗种，却是二流的训练，因此，作为战狗，这只能算是二流。至于作为种狗，因为训练各方面因素，有一条狗勉强可以合格，我再加以训练，应该可以完全合格，而达成种狗的任务。”

“哼，夸大其词，我所请的驯狗师都是我国一流的驯狗师，每个人都只负责训练一条狗，若还是二流驯狗之法，你未免太高估自己了吧?”叔孙长虹讥讽道。

蔡风斜斜地望了叔孙长虹一眼，不屑地道：“叔孙世子想来也是一个了不起的驯狗宗师，可否告之，一流的战狗是看其狗的实质还是看驯狗的人呢？若说我们只看驯狗师是一流的，便可以驯出一流的狗儿，我看不若让大家去看驯狗师相斗算了，何必看狗儿比过才论输赢呢？更何况在这个世上，敢欺世盗名的驯狗师也多不胜数，并不一定每个自诩一流的驯狗师都是一流的，而也有句俗语叫‘天外有天，人外有人，一山更比一山高’，驯狗之道又何谈其精呢?”

“你、你……”叔孙长虹估不到引出蔡风如此一番理论，只叫他无以应对，对于驯狗之道，他的确是外行，此刻遭蔡风一阵抢白，只涨得满脸通红，不知道如何还口。

“蔡风所说极是，只不知蔡风何以看出这些狗儿是二流驯狗之法驯出来的呢?”元浩有些奇怪地问道，同时也期盼蔡风作出解答。

蔡风哂然一笑，施施然地来到一人身前，浅笑道：“这位仁兄，我们好像很熟呀。”

那人脸色“刷”地一下变得十分难看，甚至有些惊恐，不过却是一闪即逝，可这一切并未逃过蔡风的眼睛，他本来只是一种猜测，可便在这人面色突变的一刹那，他已捕捉到一点什么东西，不过他并没有继续追问。

蔡风不理叔孙长虹的震惊，只是从容地回过头对着满面惊异的元浩淡淡地道："大人莫怪蔡风的怠慢，实因我似与这位兄台在哪儿见过一次似的，才会有如此说。"顿了一顿，旋又道，"这驯狗之道有两种不同的驯法，有人驯狗他只是重在一个'驯'之上，重驯之人，他定是把狗当作低人一等的活物，那么他的驯法重在皮鞭、棍棒，这样的驯法已经落入俗套，只能驯出二流的战狗。战狗不仅要战，而更重要的是奉赏、服从，它所服从的，不仅仅是驯狗师，而是驯狗师告诉它们的每一个人，那是一种无条件的服从，绝对的无条件，只忠于和服从驯狗师的战狗，无论它是否无敌，也都只是下乘。而眼前这狗绝对只服从驯狗师的皮鞭，而对其他的人和狗，只有攻击性，说白了，这种狗是一条只知道攻击的疯狗，只有在铁链子中，它们才是安静的，一旦放开铁链，除非它们驯狗师或是特别有技巧的非驯它们的驯狗师，其余之人根本就无法制伏它们，因此，我说这些狗，至多只能算是二流的战狗。"

叔孙长虹和那几位牵狗之人也不由得听得呆住了，不过叔孙长虹却极为不服气，不由得反唇相讥道："难道你驯狗会不用皮鞭和棍棒，我倒很想看看。"

元浩自身对驯狗之道也有所了解，对蔡风的话体会却更深，再看看那几条系在铁链中的大狗那种贪婪凶狠的表情，不由得赞许地点点头，道："蔡风所说的的确有道理，只不知另一种驯狗之法又是什么呢？"

蔡风见元浩能够接受，不由得粲然一笑道："另一种驯狗之人，他们不是重'驯'，而是重'法'，以'法'驯狗之人，并不是将狗儿看成异类，看成低人一等的，而是将之看成朋友、子女，他们驯练之中当然也少不了皮鞭和棍棒，但他更能够体贴和理解狗儿，以人性去驯狗，这种狗不仅仅是一种战狗，而且更是人的好伙伴，甚至可以明白主人的心理变化，那便成了狗王，差一点的，也至少有绝对的服从，服从每一个驯狗师叫它服从的人，不服从每一个驯狗师叫它不服从的人，而这种战狗才会是一流的战狗。而这样驯出的狗儿并不需要用任何铁链相锁，那一切只是没有必要的工具，没有主人的命令，它绝对是温顺的，就像人一般，真正的高手，绝对不是那种丧心病狂只想杀人的，真正的高手他们都有一个深度，而不是高手绝对无法理解这个深度的存在，这是肯定的，我想大人一定明白这其中的道理。”说完，蔡风傲然地扫视了叔孙长虹和他们众家将一眼。

“蔡风的话真是大快人心，真是大快人心，这论断的确有让人耳目一新的感觉，真难以想象蔡风如此年轻却有这般超凡的见识，看来，我是真的选对人了。”元浩捋须欢笑道。

“说，人人都会说，但现实和理论总会有一个差距，当年赵括不是有纸上谈兵的先例吗？若不是能将理论说得天花乱坠，又怎会有长平之役赵国的惨败呢？会说的人不一定都会做。”叔孙长虹总不忘要对蔡风进行言语上的挑衅。

蔡风淡淡一笑，不置可否地望了叔孙长虹一眼，反讥道：“若当年赵括在谈兵之时，有一个廉颇或者有一个赵牧在旁，我倒想看看他是否能够有天花乱坠之说，抑或长平之役，他碰到的不是白起，大概也不一定会被别人当作笑谈。不过，今日有人仍有纸上谈兵之嫌，自然很容易便可看出结果。”

叔孙长虹虽然气恼，却自问不敢与赵牧和廉颇相比，不过蔡风的意思便已经把他贬成了比赵括更没用的庸人，他一向自信自己的文才武功都是上乘之选，却没想到遇到蔡风，却怎么也展不开手脚，不由对蔡风的杀机更增。

蔡风自然不会与他计较，而元浩对蔡风所言也有一些尴尬，而对叔孙长虹，毕竟要多一份关切，不过对狗王的产生也很看重，因此，并不想得罪蔡风。更何况蔡风刚才那一段论调，已深深地激起了他的兴趣，不由问道：“那蔡风刚才说这五条战狗之中，唯有一只可以作为种狗，那又是为什么呢？”

蔡风吸了口气，在五条狗儿面前走了两趟，伸手指着一条灰白相间的狗道："这条狗与其他四条狗有稍稍的不同，不同是在于它的母性仍未去尽，而不是纯攻击性的。作为种狗，并不一定是取优良的战狗，这四条狗攻击性太强，若遇到野狼的话，那种敌意会影响配种的效果，更有可能，它们会对野狼进行攻击，而致使狼无法与他们配种。而我所说的这条狗儿的母性仍未去，只要进行一些驯练，可让它的攻击性能去掉一些，再加一些适当的手脚，这样配种才能够达到尽可能好的效果。"

"难道这四条狗不是母狗吗?"叔孙长虹不屑道。

"这四条应该不能算是母狗，因为它们已经完全失去了母狗天性所有的温驯，失去了成为母狗的权利，像是一个只有仇恨的疯女一般，它们根本没有权力去养一个孩子，谁也不放心让这种疯女去养孩子，不知道叔孙世子认为是否如此呢?"蔡风冷冷地望着叔孙长虹，淡淡地道。

叔孙长虹一下子被问得哑口无言，他的确不知道应该如何分辩和反驳，因为他根本不知道这四条狗是否如蔡风所说的那般严重，他对驯狗完全是门外汉，自然，他们身边的家将也没有插嘴的权力。

元浩对蔡风的解释很满意，当然他不可能大加表扬，因为叔孙长虹在一旁，他自不能褒扬了蔡风而损了叔孙长虹的面子，只是淡淡地道："蔡风所说的有理，那我便将这一条花狗交给蔡风啦，至于什么时候去选择狼种，也由你自己决定。"

"岳父，他刚才不是说，这些狗儿若是放开了，只有一个真正有技巧的驯狗师才能制伏吗?刚才他的理论的确说得无懈可击，但能找到狗王之人，绝对不会是一般的驯狗师，那相信蔡公子也一定可以驯服这五条狗儿，若是不能驯服这些狗儿，那便是说他所有的一切理论都只是纸上谈兵，是一个大大的骗局。若蔡公子真是驯狗高手的话，就应该把这几条狗儿驯服，我想蔡公子不会反对和拒绝吧?"叔孙长虹眼睛一转，平静地道。

蔡风心中暗恨，这叔孙长虹也的确歹毒，这样让他与五条疯狗相斗，还不能伤得这狗太重，将之制伏，倘若一个失手，未能制伏的话，元浩也绝对不会放过自己，他真恨不得上去把叔孙长虹一剑给劈了，虽然他并不怕这五条狗，但对方那歹毒的心机已让他恨之入骨了。

元浩似乎也极为动心，眼中神光暴射紧紧地盯着蔡风，含笑淡淡地道："蔡风以为如何呢？若是不愿的话，我也不勉强，你对元权、敬武及叶媚的救命之恩，我也不会忘记……"

"大人何用说这种话，制伏这几条小狗，还不是小儿科吗！若是连这几条疯狗也制伏不了，那所说的驯出狗王岂不是空谈吗？大人请放心，这几条狗还不在我的话下。"蔡风冷冷地望着叔孙长虹，毅然地打断了元浩的话，一脸不屑地对着叔孙长虹那幸灾乐祸而怨毒的眼神。

"蔡风需不需要皮鞭？"元浩惊疑地询问道。

蔡风自信地道："驯服这几只狗真是太简单了，又何需皮鞭。"

"听说蔡公子剑术高绝，不知是否用剑来对付这些狗儿呢？若是如此的话，我想这些狗儿还是认输好了。"叔孙长虹淡漠地笑道。

蔡风扭头厌恶地望了叔孙长虹一眼，不屑地道："叔孙世子请放心，我不会让你的宝贝狗儿伤得很重的，所谓打狗还看主人面，用剑，这些狗还不够资格。"

"你……"叔孙长虹气得满脸铁青，他自然不是傻子，蔡风话中先说打狗看主人面，后又说这狗不够资格，很明显便是在暗示叔孙长虹不够资格，怎叫他不怒呢。

蔡风若无其事地对着脸色有些难看的元浩，淡淡地道："大人不信，可在一旁观看，不过小心这些狗儿反噬。"

"好，现在就看蔡风的了。"元浩干笑道，旋又拍了拍掌，低喝道，"关门，开锁。"

"叮……"铁链一阵乱响，几人忙为战狗解开铁链。

厅内光线微微一暗，大门迅速被关上，蔡风却驻立不动，像是大厅内一根固定的石柱。

大厅中的光线并不是很暗，蔡风可清楚地发现众人眼中的惊讶，是因为蔡风的镇定和沉着。

五条战狗开始发出“汪……”的低吼，似是在向蔡风示威，可是它们似乎也敏感地觉察到眼前这静如山岳的对手，绝对不是一个易于对付的家伙，因此，它们并没有叔孙长虹所想象的，一解开铁链便向蔡风疯狂地扑过去，甚至连元浩也感到奇怪。他对狗至少有一些了解，知道眼下这几条狗正如蔡风所说的，已经是只知道攻击的疯狗，不过，他还来不及反应便被震惊了，那是一声巨吼。

竟似猛虎出山之时的那种啸傲山林的巨吼，来得太突然，似真的有一只无形的巨虎在大厅之中嗷叫一般，除蔡风之外，所有的人都不禁激灵地颤抖了一下，就因为这一声虎啸。

这一声巨吼却是从蔡风的口中迸出的，谁也想不到蔡风竟会先来上这一手，五条战狗也全被这惊天动地的巨吼吓得直打哆嗦。狗对虎有一种天生的畏怯，因此，这五条战狗也不例外地颤抖了一下，那猛悍的躯体竟在刹那间倒退了数步。

蔡风身子一弯，整个人都散发出一种很浓的压迫感，那似是一张无形的气势网，使这虚无的空间之中似涌起一股暗流。

元浩自然感应到这种可怕的压迫感，叔孙长虹也不例外，他简直有些不敢相信，这个和他差不多一样大的少年竟会有如此不可思议的气势。此刻，他才深切地感受到这少年的可怕之处，并不是他们所想象的那么简单，那几名牵狗的家将当然也是人，自然可以感受到这无形的压力，他们也全都是好手。蔡风很清楚，因为那晚攻击他的那四名鬼面人，这之中便有一位，因此，他才有那种熟悉的感觉，也才会让那人脸色在一刹那间全变了颜色，不过他此时并不想将这些情况揭发出来，问题便是他没有真凭实据，说出来只会使自己的局面更尴尬。

感受最深的还是那五条战狗，那肥壮的身体有些颤抖，不过却不停地以足掌扒着地面，发出“汪汪”地低吼，那本来极为凶厉的眼光，在刹那间，便成了惊恐和畏怯。

“咄咄……”一旁的驯狗师，发出低喝，他们也想不到自己一手驯练出来以为是最好的战狗，在此刻却变得如此畏缩，不由得气恼地催逼着五条战狗。

那五条战狗听到驯狗师的低喝，身形立刻改退为进，向蔡风扑去，但目光中却多的是畏怯和惊惧。

“嗷——呜——”蔡风口中又是一声老虎的号叫，声音之猛烈，直震得大厅中窗纸发出“嗡嗡”的振响。

那五条战狗飞纵的身形立刻缓了一缓，蔡风的身子便若穿花蝴蝶一般蹿入狗丛之中，手脚在空中一阵乱抓乱踢，似有些手忙脚乱的感觉，但是叔孙长虹和元浩及诸家将的脸色全都变了，变得骇然。

蔡风那些手忙脚乱的姿势的确有些滑稽，可是每一脚、每一抓全都落得很实，而那五条本来灵活得没有话说的战狗，却连蔡风衣角都未曾碰到。

“嘭！嗵！嗵……”五条战狗只在瞬间便相继扑倒在地，动也不动一下，像是死了一般软瘫着。

蔡风轻轻一笑，先拍了拍双掌，再以双掌拂了拂衣服，似乎要将刚才与几条战狗交战时的尘土全部清去，意态之中有说不出的潇洒和从容。

“你杀了它们？”叔孙长虹骇然问道。

那几个驯狗师也如梦初醒般地，急忙蹲在几条战狗旁，伸手一探鼻息，却感觉到从狗体内喷出热乎乎的气流，不由得脸色稍缓和了一些，回声应道：“还没有死。”

元浩也松了口气，但眼角却闪出一丝阴影，假笑道：“蔡风的制狗之法，真让我大开眼界，你这两声虎啸真是惟妙惟肖，叫我还真吓了一大跳，真不知道你怎会练成如此好的口技呢？”

蔡风悠然一笑，淡淡地道：“雕虫小技，何足挂齿，在山中与野兽为伍，这点小玩意儿只要留意，便不难学，只不知道大人可还要考教蔡风其他的什么？”

元浩一声干笑，道：“蔡风此话便见外了，我只要你专心为我驯练出狗王来便心满意足了，至于其他的一切都好说。”

蔡风心中暗忖：“老奸巨滑的家伙，若不是为了狗王，恐怕此刻便把老子脑袋交给叔孙长虹那臭小子了，居然猜忌老子，以为老子不知道。”不过表面上仍装出一副欢喜的样子道：“只要大人有此一说，蔡风便敢放开手脚去干了。”说着傲然地扫了叔孙长虹一眼，却在他的眼中捕捉到了一抹一闪即逝的杀机和深刻的怨毒。蔡风心里一阵暗笑，他自然知道为什么叔孙长虹第一次见到他，便在眼中闪出杀机，全因为蔡风杀死了他的两名手下，更让两名下属受到严重的创伤，只是他想不通，以叔孙家族的财力和地位，还用得着这般鬼鬼祟祟地躲藏吗？不过此事有太多不是常人所能理解的，或许这之中真的有什么不可告人的秘密。

“不知道蔡公子是以什么手法制住这些狗儿的，可否告之我们，以救醒这些狗儿。”那几个驯狗师在狗儿的身边急得满头大汗，犹不能够使狗儿醒转，不由得出声相求道。

蔡风哂然一笑道：“这些狗儿只不过是血脉被击，以至使血脉不得畅通，才会倒地不醒，只要过得一个时辰，它们自然会醒转过来，若是你们愿意为它们按摩，相信一定会醒转得更快一些。”

“血脉被击？”元浩惊奇地问道。

“不错，人可因血脉受击而昏迷，狗也同样可以。”蔡风不无得意地应道，旋又道，“若大人再无吩咐，蔡风先行告退。”

元浩扭头望了叔孙长虹那快要喷火的眼睛，又转头对蔡风笑道：“你可以先走了。”

蔡风转身头也不回地大踏步而去，但他心中仍不断地盘旋着一个问题，那便是叔孙长虹为什么要自己的家将鬼鬼祟祟地行动呢？而这些人似乎连元叶媚都并不看在眼里，他们到元府来岂是为了这门亲事？若是他们看重元叶媚，又怎会有属下敢打元叶媚的主意呢？也便是说，他们所要做的事情，甚至比元叶媚的生命更重要。而此刻，这些人全都进入元府，更有甚者，还有另一批武功高绝的大盗，也曾闯入过元府，他们是否也和叔孙长虹是同一个目的呢？若是那些人只为了金银的话，又岂会死守着邯郸，长期不去，邯郸已为他们提供了四十多万两白银，如此庞大的数目，足够让任何贼人收手，可这批人却不怕邯郸城中那紧张的风声，仍不顾一切地留在邯郸作案，很明显就是有更大的图谋。那便是说，这个图谋很可能是与元家有关，才使得两路盗贼全都在元府出现，只不过出现的形式不同而已。

邯郸城中最近多了几十位好手，情况似乎要好一些，那两批盗贼再也没有闹事，这并不等于这些人已全都撤出邯郸，而更有可能是由明转暗，让人根本就无从查起。

蔡风心头一动，似乎想到了些什么，那便是这几天一直未曾去留意的地底乐音，他记起长孙敬武曾对他说，元浩准备将他调到“挂月楼”去当职。他也知道那里是一块禁地，而当初元浩来看他的时候，也说过伤好后，再为他安排事情，想来大抵便是“挂月楼”守卫的事情，以蔡风的武功，的确是个很好的守卫，而“挂月楼”更有可能与地底的那密室有关联。

想到这里，思路似乎更有一些头绪了，在蔡风的猜想之中，这两批盗贼的出现可能是与这地下密室有关，而听那人所吹的乐音，绝对不会是元府看守之人，而是一位世外高人，至少这人的思想绝对不是这些世俗之流可以比拟的。想到那乐曲之中所流露出的悲怜天人之情怀和博大无边的仁爱，蔡风不由心血为之一热，暗暗决定，定要与这人见上一面。

“蔡兄弟，种狗选得怎么样了?”长孙敬武不知从哪里钻出来，把蔡风给吓了一跳。

蔡风没好气地白了长孙敬武一眼，骂道：“选是选中了，可是却丢了元府的面子。”

“哦，这怎么讲呢?”长孙敬武不解地问道。

“这几条战狗，还要人家大老远从晋城牵过来，这不仅是丢了元府的面子，也丢了邯郸人的面子，真是的。”蔡风不耐烦地怨道。

长孙敬武也一下子丢光了面子似的，蔫了一大截，苦笑道：“这个我以前怎么没想到呢?”

蔡风哑然失笑道：“你是个死脑筋，怎么能想得到呢？见了一条像样一点的狗都兴奋得有些不辨东南西北，如何还去想狗是从哪里来的。”

“嘿嘿!”长孙敬武一声干笑，搔了搔头道，“那倒也是，他奶奶的，只要是好狗，哪管它是哪里来的，我看蔡兄弟也别太挑剔了。”

蔡风脸上霎时显得极为气恼地道：“我一想到叔孙长虹这小子便有气，自然讨厌晋城的狗喽。”

长孙敬武哑然，愣愣地安慰道：“男子汉大丈夫何患无妻，以蔡兄弟之能耐，想找一个王公贵族的小姐，只要你肯去争取，想来也并不是一件难事，何必为我家小姐耿耿于怀呢?”

蔡风心头一阵黯然，解释道：“我并不是为了这个，叶媚已经把我当朋友，我自然不能对她的未婚夫婿有恨意，而这小子也太狂了，你也知道我的脾气，当然是与他们无缘喽。更何况我还有一个更大的发现。”

“什么发现?”长孙敬武也不由得被勾起了好奇心，问道。

蔡风伸手轻轻地搭在长孙敬武的肩膀上，压低声音道：“我发现了，那晚伏击我们的那一群杀手了。”

“什么?”长孙敬武浑身一颤，禁不住失声道。

蔡风面容一肃，轻轻地拍了拍长孙敬武的肩膀，淡淡地道：“长孙大哥不能太过冲动，因为我们并没有真凭实据，只是感觉而已，还不能成为揭穿他们的把柄。”

长孙敬武自然不是一个傻人，立刻恍悟，骇然道：“你是说，那群杀手是叔孙世子的人?”

蔡风缓缓地点了点头，面容冷漠得像一块铁，声音无比阴沉地道：“他们可以瞒得过别人，却瞒不过我蔡风。只要曾与我交过手的人，我都可以辨认得出他们的气息，和你交手的那人，正是他的家将之中那个左脸上有个大黑痣的汉子，只要你仔细留意他，应该可以找到感觉。”

“你是说尉扶桑?”长孙敬武疑惑地道。

“我不知道他们叫什么名字!”蔡风淡淡地道。

“难怪，我第一眼见到他，便有一种很熟悉的感觉，总觉得在什么地方见过一般，若不是蔡兄弟提醒我，我还真的想不起来呢。”长孙敬武一脸恍悟，愤怒地道。

“既然长孙大哥已经有感觉，也不必要我说。不过你不能鲁莽行事，叔孙长虹毕竟是元府未来的姑爷，大人不能拿他怎么样，因此我们必须找到充分的证据。”说着蔡风伸了个懒腰，吁了口气道，“我倒想去丛台走走，去享受一下当年赵灵王检阅军队的那种感觉。”

长孙敬武也长长地吸了口气，稍稍平复了一下心情，仍不免在脸上写下愤怒两个字。

蔡风望了气鼓鼓的长孙敬武一眼，笑道:“想开一点吧，你看每天叶媚只陪着那小子四处游逛，我都没生气，你这么一点度量也没有吗?”

长孙敬武狠狠地道:“我真想去杀尉扶桑，他奶奶的狗熊，居然当面和老子称兄道弟，原来一切都是假的。”

“别说气话喽!”蔡风一拉长孙敬武，向庄外走去。

丛台，乃是赵武灵王年建，这里的亭台楼阁多不胜数，因此叫作丛台，不过现在这些亭台楼阁并不属于谁家，但却不是每个人都可以来的。

蔡风自然不是例外，在邯郸城中，谁都要给他几分面子，特别是那些守城的官兵，对蔡风怒剑斩恶贼早已传得有些神了，蔡风进入丛台，他们巴结都来不及呢，又怎会阻止呢?

丛台内也有酒楼，这里的酒楼大概是邯郸城中最高档的，不仅有美酒有佳肴，更有人见人爱的娇美人，和一般青楼所不同的是，这里的每一个美人都很优雅，那种感觉，并不像一个庸俗的青楼女子，倒像一个个大家闺秀。

这里更多的却是歌女，常在一小亭子中的茶铺酒肆之中围着一大圈人，粗豪的人们呼喝着那卖唱的小姑娘再来一段，抑或卖唱的小娘子再来一曲。

蔡风对这里倒感到很新奇，他比较喜欢这里的气氛，这是一种比青楼粉脂味要淡得多的地方，更可以有那种极为粗豪的感觉。

蔡风喜欢这种调调，长孙敬武却不喜欢酒楼中的那种调调，因此喝酒的只有蔡风一个人，至少在这张桌子上喝酒的只有蔡风一个人。

这是一个还算比较大的水榭，曲曲的小桥，通到河心一个别有风韵的亭子中，这里有酒喝，也有歌听，唱歌的女子并不很美，但配上那朴素的着装和高挑的身材，却别具一种让人心动的秀逸，倒像是一株淡雅的兰花，那种自然而大方的动作配上那悠扬清脆而圆润的歌喉，更具一番意味，更有老翁在一旁击筑，声音清越协调，听者无不神往。

蔡风这几天似乎对水极有感情，因此，他选择的席位是在水边。

“日居月诸，胡迭而微？心之忧矣，如匪瀚衣，静言思之，不能奋飞。”

那女子一曲《柏舟》唱罢，榭中立刻掌声四起，蔡风也忍不住叫好。

“姜成大，今日的钱可给大爷凑齐了？”一个蛮横的声音从榭外响起。

蔡风的目光不由得被引了过去，只见一群气势汹汹的大汉拥了进来，径直向那击筑的老翁行去。

那老翁和那少女的脸色立刻变得有些难看，眼中却多了几分惊惧和畏怯，老翁慌忙立身恭敬地道：“麻大爷你好，小老儿今日的保护费已经准备好了。”说着从怀中颤巍巍地掏出几块钱币。

那被称为麻大爷的大汉凶巴巴地接过老翁手中的钱币，点了一点，趾高气昂地道：“嗯，今日看来生意还不算坏哦，通知你一声，明日起，所有的保护费都加一块钱，听到没有？”

“啊！”那老翁一惊，那女子却有些不诧地道，“麻大爷，我们只是卖唱的，一天也挣不了几个钱，你前日才涨的，怎么明日又要涨呢？”

“哦，小娘子知道什么？”那被称为麻大爷的汉子目无旁人地伸出手来轻浮地便去摸那女子的脸，并色迷迷地盯了她胸脯一眼。

那女子粉面一红，羞急地躲到那老翁的身后，那老翁忙道："麻大爷说多加一块便加一块吧，小老儿父女俩便是吃不饱也要先把大爷你的保护费凑齐。"

那姓麻的大汉一脸下流地笑道："还是老头子知礼一些，不过我倒有个办法，可让你父女俩不用为吃喝穿着而劳心劳力，不知道老头子你可愿意?"

老头子脸色微变，忙道："我们父女俩还勉强可以过活，麻大爷好意老汉心领了。"

"哦，你们勉强可以过活，那好，从明日起，保护费上涨四块大钱，怎么样？小玉姑娘?"那大汉涎着脸问道，目中射出一丝贪婪而淫邪的神色。

"大爷，这不是让我们活不下去吗?"那老头满脸哀求，苦着脸有些近乎想哭的感觉道。

"姜成大，老实跟你说，我便是要你们活不下去，你们只有一条路可走，大家都欢喜，今日算你老头子走运了，是尉大少爷看上了小玉，特托我来向你说亲，只要你一个字，这一切都变得和和美美，怎么样?"那姓麻的大汉脸色一沉道。

蔡风轻轻地放下手中的酒杯，像看游戏一般地望着那几个蛮横的大汉，而另四位大汉却横在那曲桥之口，挡住了上岸去的路。

姜小玉气得娇躯轻颤，却并不作声。

"麻大爷真是说笑了，小女蒲柳之姿，怎么入得了尉大公子的眼呢，便是能入尉大公子的眼，也配不起尉大公子呀……"

"老家伙，别跟大爷我装迷糊，我只问你一个字，是肯还是不肯?"那姓麻的大汉阴沉着脸狠声道。那四个大汉脚步也紧逼过来，似是将老者和姜小玉看成了待宰的小兽一般，每个人的目中除了狠辣还是狠辣。

水榭之中很静，每个人的呼吸都显得很清晰，喝酒的人只有几个人没有停下，蔡风不知道什么时候又开始端起酒杯，让蔡风感到惊异的并不止眼前这幕不怎么让人欢喜之外，还有两个人。

那是坐在一个斜角落之中的两个人，静默得有些像这枯寂的亭榭，他们也仍喝着酒，对眼前的事，似乎很不在意一般，更多的则像他们根本不在乎除自己身边之外的任何事情。

蔡风有一个很奇怪的感觉，那便是对这两个人很熟悉，这是一个猎人的直觉，他望了望两人桌子底下的两个黑布包，轻轻地横在地上，但绝对瞒不过蔡风的眼睛，那是一柄刀和一柄剑，就因为这些东西，让他想起了两个人。

“你们想干什么?”姜小玉一声尖叫。

“你们难道就不怕王法吗?”姜成大拼命地拦在他女儿的身前，慌急而无助地道。

“哼，王法，王法便是权和财，有钱有权便是王法，你这老家伙敬酒不吃吃罚酒，是你自找的。”那姓麻的大汉像抓小鸡一般提起老头，而其他四人伸手去抓住姜小玉的手臂，便要向外拖。

姜小玉凄慌而无助地死命抓住栅栏，尖厉呼道：“救命呀，救命。”

“小娘子，乖乖地跟着去吧，会有你好日子过的。”姓麻的汉子一脸邪笑地拍了姜小玉屁股一下道。

“砰……砰……”两声暴响，姓麻的大汉一声惨号，一下子扑到水榭的石柱上，撞得满头全是血。